桶川跟踪狂杀人事件

[日] 清水洁 著

王华懋 译

四川人民出版社　后浪出版公司

目 录

- i 前言
- 3 第一章 案发
- 37 第二章 遗言
- 69 第三章 锁定
- 101 第四章 侦办
- 133 第五章 逮捕
- 163 第六章 成果
- 187 第七章 摩擦
- 211 第八章 终点
- 239 第九章 余波
- 275 后记
- 279 补遗 遗物
- 313 文库版后记
- 317 出版后记

本书摄影
樱井修（第一至五章、第七章）
清水洁（第六、八、九章及补遗）

前　言

　　杀人事件的死者，留下了"遗言"指出凶手是谁。

　　一九九九年十月二十六日，一名女大学生在埼玉县JR桶川站前遭人持刀刺死。这起最初被认为是随机砍人案件的命案，由于死者猪野诗织（当时21岁）在案发前曾长期遭人跟踪骚扰，引来媒体热烈的关注。被害人在同年年初与男友分手后，自己和身边的人便遭遇种种骚扰。虽然没有任何证据指出其前男友就是"歹徒"，但被害人坚信就是他干的，也曾向警方求助；但被害人最终还是惨遭杀害。

　　新闻闹得沸沸扬扬。居然会遭到跟踪骚扰，死者是个什么样的女孩？她遇到了什么样的骚扰？"凶手"是谁？

　　有许多错误的报道；也有许多虽然不算错，却极为偏颇的报道。这是因为应该听到她的"遗言"的警方坚守沉默，许多媒体也对此充耳不闻的缘故。新闻上报道的全是扭曲的被害人形象，调查本身则触礁了。

　　这时，偶然有一名记者相信了死者的"遗言"，那就是我。我在命案发生不久后，听到被害人的朋友描述事情经过，持续追踪采访的同时感受到仿佛有人在背后推着我。在警方的侦办毫无进展的状况中，我在死者遗言的引导下，查到了实行犯，并揭发了埼玉县警的丑闻，让多名警界人士遭到处分。这两者在工作上都可以算是轰动一时的独家头条。然而在参与这起案件的过程中，比起采访者，我更觉得自己是被卷入案件的当事人之一。这五个月以来，我被一股莫名的"力量"驱动着。

我立志成为报道摄影师，踏入这个圈子，却在不知不觉间从新闻摄影师变成了自由记者。本来是在摄影周刊《FOCUS》负责拍照，然而回神一看，竟以社会**记者**的身份在最前线采访。与《FOCUS》合作以来，已经过了十七个年头，我总是身在第一线。

我经历过许多不知何时才会结束的跟踪监视、在大批媒体中推挤拍照。即使变成了记者，前往现场和警察署、拜访案件相关人士、访问他们并拍照这些工作，也没有什么不同。就像巡回公演似的，每星期踏遍日本全国各地，一年三百六十五天都在社会案件、意外事故、灾害中度过。这是一份脚踏实地、毫不华丽的工作。坦白说，我完全没有想过自己居然能持续这份工作这么久。

因为我很讨厌周刊。

说到周刊给人的印象，就是耸动的标题、愚蠢至极的丑闻、强势粗暴的采访。事实上，周刊并不是以这种方针编辑出来的，却只因为它不是政府宣传型的"公共媒体"，就被冠上了这样的形象，这令我厌恶。我痛恨社会的这种成见。以前有人说："这个国家的周刊，定冠词就是'三流'。"还说这个国家没有"一流"周刊。我也这么认为。如果不是以报道内容，而仅是以媒体形式来区分一流或三流，那么周刊作为报道媒体，岂非永远都只能屈居于"三流"？

但是参与调查这起桶川命案，我得到的启发之一，就是这起命案如实揭发了这种分类的弊害。如果满足于"一流"称呼的媒体只知道把政府机关公布的"公共"信息照本宣科地报道出来，当消息来源本身有问题时，报道会被扭曲得有多可怕？当消息来源发布错误信息时，"一流"媒体强大的力量，会将多少事物践踏殆尽？

本书的另一个目的，就是把遭到身为公家机关的警方及受其诱导的"一流"媒体所扭曲的命案的真正面貌及被害者形象重新传达给世人。

被害人诗织看不到今年春天的樱花，也听不到夏季的蝉鸣。往后都再也看不到、听不到了。同龄女性应该会在往后经历恋爱、结婚、生子等充满各种喜悦的人生，她的人生却在那个秋天结束了。我在采访过程中，想到的净是这些。

已经过去的时光无法倒流。

那一天，惨案发生了。

但是，为什么？

二〇〇〇年九月

本书提到的人物,
皆采用当时的年龄及头衔

案发当天的命案现场

第一章 案发

去到那里之前，就只是一般的案件采访。

大宫的KTV。

这是我第一次踏入的店。穿过周五夜晚繁华区震耳欲聋的喧嚣，我们找到了坐在路边的金发女生告诉我们的那家店。是平凡无奇、随处可见的KTV大楼。狭窄的通道回响着客人抓着麦克风嘶吼的歌声，吵闹的打拍子声无止无尽。我们在一脸讶异的店员的带领下，穿过走廊进入那个包厢，隔着小桌在沙发坐下。我一边坐下，一边用眼角余光扫见店员反手带上了门口的廉价门板。我的视线瞥着只差几厘米就完全阖上的门板最后的动作，下一瞬间却被坐到对面的青年嘴唇的动作给吸引了。那名壮硕的青年劈头第一句就说：

"诗织是被小松跟警方杀死的。"

我都还没完全坐下。

一定就是在这一瞬间，我的心中有什么改变了……

案件的第一波报道总是一团混乱。

这起命案也不例外。最早接到的消息是"随机砍人"。

一九九九年十月二十六日,这天我任职的《FOCUS》编辑部休假。我早就决定要好好睡个懒觉。前一天我几乎整天没合眼。为了赶上截稿日,我近乎通宵写完稿子,看过清样,结束稿件的最后确认后,还参加了会议之类的,一眨眼就入夜了。当然一回到家,往床上一倒,立刻不省人事,醒来的时候都已经中午了。生活在正常时间的家人老早便展开各自的日常,空荡荡的家中,就只有宠物金仓鼠"之助"在笼子里跑来跑去的沙沙声。久违的悠闲一日即将开始。

也有许多杂务等着我处理。得去洗衣店取到现在都还没领回来的夏季外套;让"之助"放个风,打扫一下它的小窝吧。我犹豫该从哪件事着手,决定清扫仓鼠笼,并伸手拿出笼中的饲料碗时——

手机响了。

开端总是手机。对社会记者来说,手机就像恐怖的项圈。

或许会是总编以莫名沉着的声音说:

"发生大地震了,你立刻赶去现场。"

也有可能是同事打来的:

"那起命案的凶手落网了!现在要被带去警署了!"

或许是其他报社认识的记者:

"警方终于对××进行搜索了!"

甚至有可能是来提供线报的:

"我家附近有人养的巨蟒逃走了!"

什么都无所谓,是谁都没关系,反正手机响了,就是工作上门了。我按下通话键,不祥的预感几乎变成了事实。

"清水兄,不好意思在你休假的时候打扰!"

不出所料。就算猜中,也并不令人开心。是编辑部摄影师樱井修的声音。

"有消息说埼玉桶川站附近有个女人被杀了。似乎是随机砍人。"

我忍不住叹息。我跟樱井前前后后已经共事将近十五年了,他是我最为信赖的同事之一,北至北海道,南至冲绳,我们共同采访的案件、事故、灾害多不胜数。搞不好比起我太太,他要更了解我。他非常清楚在采访中落后的记者会有多丢脸,所以应该是出于好意通知我,但这也是我好不容易才盼到的休息日,坦白说,真希望他放我一马。

"……你一个人吗?"

"大桥也正在赶去现场。"

大桥和典是编辑部的年轻摄影师。

"意思是这个案子我负责?"

"不，山本总编没说什么……"

这表示接到指示的只有摄影师。对摄影周刊来说，照片就是一切。总编山本伊吾应该是打算先派摄影师过去，能拍到什么就先尽量拍。我这个记者就算装作没事人，应该也不会有问题……

不过事情落到我头上，也是迟早的事。所以樱井才会打电话给我。《FOCUS》编辑部没有几个记者会分派到这类称为"搜查一课[①]案"的采访。要是我继续留下来给仓鼠放风，到时候要扛起采访落后的责任的，可是它的饲主。就在我犹豫踌躇、挥舞着仓鼠饲料碗的这一瞬间，已经展开采访的其他记者应该正不断地搜集到各种消息。下个星期，应该就可以在书店看到他们比我详尽许多的报道。

是要现在享乐，事后付出可怕的代价，还是立刻工作，分期处理掉麻烦？多**欢乐**的选择题啊。我是个劳碌命，没有选择的余地。

"……凶手呢？"

"完全没有眉目。我也是刚接到编辑部的消息，离开家而已。"

"……那，我这里稍微调查一下。"我想我的声音应该变得很阴沉。再怎么说，案件报道讲求的是速度。这一点我也再清楚不过。但难得休假一天，才刚起床二十分钟就泡汤了。我右手握着挂断的手机，左手拿着仓鼠的饲料碗，喃喃

---

① 日本的警察机关里，通常搜查一课负责的是杀人、强盗、伤害、绑架等重案。

自语：

"干吗好死不死，偏偏挑在今天发生……？"

但是，接下来我将深刻感受到这起命案不能以今天或明天这样的单位来看待。漫无止境而遥遥无期的采访，就此揭开了序幕。

我立刻着手打电话。

任何采访都一样，第一步是搜集信息。就算糊里糊涂冲到现场也无济于事。虽然心急如焚，但与其不清楚天候就航向惊涛骇浪的大海，最起码也要先在港口踢一下木屐占卜一下天气[①]再做打算。这种时候，要先打电话给平日就有交情的同行记者，或是查阅通讯社的新闻快讯之后再出击。

我从采访用的斜肩包里取出笔记本电脑，双手敲击键盘，一边查阅快讯，一边用肩膀夹着电话，开始搜集信息。一旦开始行动，便势不可挡。为了这种时刻，我的快捷键登录了将近四百个电话号码。我一通接着一通，不停地打。

"听说桶川发生命案，你们派记者过去了吗？我也正要过去……"我一面表明自己也将加入战局，一面向各方向打探消息。

询问多位报社记者、电视台人员后，不到十分钟，回拨的电话便愈来愈多，也有已经开始采访的其他报社及电视记者联络我。电话中接到插拨，接起来后又是插拨，忙得简直

[①] 日本有踢木屐占卜天气好坏的习俗。口中说着"希望明天好天气"，踢出套着木屐的脚，一般认为掉下来的木屐呈正面就会是晴天，反面就是雨天。

像航空管制员，我这个旧型十六位的大叔脑几乎快要处理不过来了。

初期信息很零碎。

匆促写下的便条纸上填满了我杂乱的字迹。被害女子是住在桶川市隔壁上尾市的女大学生，猪野诗织，二十一岁。案发地点在JR高崎线桶川站的正前方，属于上尾警察署的辖区。刺死人的男子目前在逃，警方正在追查他的下落……

花上三十分钟从四面八方搜集到的信息，整合起来就只有这些。总之是掌握到案件的骨干，知道是住在哪里的什么人，在何处遭到什么样的伤害了。行动前就能掌握5W1H[①]的状况可以说是寥寥无几，能知道这些已经是万幸了。

我直接穿着身上的牛仔裤，抓起褐色外套，搭上背包，冲出家门。

前往现场的交通工具，是我自己的四轮驱动车。这也是我还是报道摄影师时留下的纪念，不过在采访案件时，最重要的是尽早抵达。如果搭电车更快，就搭电车；坐飞机更快，就坐飞机，完全不考虑距离和费用。过去我曾为了抢先五分钟而风光得意，或为了落后五分钟而顿足懊恼。这起命案，最恰当的选择是车子。如果遇到塞车，就随便找个停车场丢下车子，改搭电车，若是接下来还需要车子，在现场拦出租车或租车就行了。

---

① 即何因（why）、何事（what）、何地（where）、何时（when）、何人（who）、何法（how）的英文首字母合称。——编者

十八年来，我一直站在"第一线"。在脑袋思考之前，身体会自己先行动起来。我冲出家门，跳上车子，把背包扔到后车座。脑中描绘出前往桶川的路线，转动钥匙发动引擎。打开车用电视的开关，把车开出去。从冲出家门到开出车子，应该花不到五分钟。

我将手机设定为免提扩音，一边开车，一边打给樱井说明状况。

"要怎么安排？"樱井问。

"你在现场拍摄'杂感'。如果有警方鉴识人员就拍进去。大桥在上尾署外面待机，为凶手落网的时候做准备。"

"了解。"

"现场拍完后，你也去上尾署。"

"没问题。"

彼此都很熟悉对方的行事风格了，不必详细讨论。

我任职的是摄影周刊，因此摄影师的安排是最优先事项。今天应该确保的，首先是现场的照片，再来是如果有记者会，就是警方记者会的照片，若凶手落网，当然就是落网时的照片。我请樱井拍摄现场，大桥到警署外守候，樱井拍完现场后，就可以转去拍摄记者会。报道需要的照片每次都不同，只能依照案情和规模、发展来判断。这次因为事前已经搜集到一定程度的信息，所以摄影师的安排也很顺利。

路况畅通，感觉是个好兆头。不过移动期间，脑袋也不能放空休息。我用眼角余光留意车用电视画面，脑中模拟抵达现场后该做的事。要做的事堆积如山。决定要采访哪些对象、请求支援、安排摄影师……

总之，已经发生的案件采访，动作最快的人就是赢家。弄错步骤将会造成致命伤。采访对象会被别家记者打搅，受访者愈来愈不愿意开口，假装不在家，或销声匿迹。甚至是宝贵的资料被其他记者抢走，相关人员串供，有时甚至还会捏造出不在场证明……虽然不愿意想象，但这就是现实。

车用电视开始播报新闻。"十二点五十分左右，桶川站前的人行道发生一起持刀杀人事件。死者为住在上尾市的二十一岁女大学生，猪野诗织……"距离现场还有一段路程。我握着方向盘，在脑中记下"十二点五十分"这个时间。"死者猪野前往车站准备搭车去大学上课……""死者猪野正要停下自行车，一名男子从后方靠近，首先持刀刺入她的背部，接着刺向胸口……"播报声片段传入耳中。我将这些也全部输入脑中。虽然不管怎么样都必须直接采访，但最好先把握该前进的方向。

目击者的证词也立刻播出来了。"我听到有人大叫：'哇！好痛！'"回答记者采访的是现场附近的店员。店员听到叫声，跑出店来，看见一名男子跑走的背影，人行道上倒着一名女子。店员说："我完全不知道发生了什么事。"

我不停切换频道，将看似有关的信息全部记在脑中。"警方不排除随机砍人的可能性……"听到男主播的声音，我切实感受到果然各家媒体都倾巢而出了。但是另一方面，也有一股怪异的感觉。

我知道为什么媒体会争相报道这起命案。

这样说或许不好听，但杀人事件本身，日本各地每天都在上演，所以并不是每一起命案都会受到媒体大篇幅报道。

人命不可能有贵贱之分，原本不管任何人怎么样遇害，都是重大事件，但现实中，不同的命案，世人的关注程度也不同。是因为媒体报道，所以民众关注，还是因为民众关注，媒体才大肆报道？我不知道。

不过，只要看看各家媒体对这起命案的第一波报道的标题《女大学生遭当街刺死》《随机砍人？女子被刺身亡》，就可以知道媒体瞩目的要素是什么。关键字是"年轻女子""随机砍人"。

"年轻女子"不必特地说明，令我在意的是"随机砍人"。

近年来，随机砍人案件频传，甚至有报纸提到，如果说一九九八年可以用"毒物列岛"[①]来形容，那么一九九九年就是"连环随机砍人"，就是陆续发生了这么多起与凶手非亲非故的一般民众惨遭杀害的事件。只要发生轰动的大案子，就会引发一连串类似的模仿案件。若是二〇〇〇年，应该可以称为"十七岁的犯罪"[②]吧。媒体关注的模式就是如此。

在东京池袋繁华区，一名男子砍伤路人后四处奔跑，并

---

① 一九九八年，日本和歌山发生一起毒咖哩事件，祭典中的咖哩遭人掺入砒霜，造成四人死亡，多人送医。此后日本各地陆续发生在食物中掺入毒药的模仿犯罪。
② 二〇〇〇年前后，日本连续发生多起年约十七岁的青少年所犯下的凶残犯罪，如五月的西铁巴士劫持事件等，甚至让"十七岁"一词成为该年度的流行语大奖候补。

以铁锤殴打逃走的民众，遭到逮捕。

从羽田飞往札幌的全日空班机，遭到热爱模拟飞行的男子携带刀械进入机舱劫机，并杀害机长。

山口县下关市，一名男子开车冲进车站，挥舞菜刀追砍民众。

我本身就参与了池袋与下关两起随机砍人案件的采访。下关的案件，我三星期前才刚写过稿子。

这名三十五岁的精英分子凶嫌十分谨慎，作案前还预先到下关站里面勘查过环境。他到租车行租下用来冲进车站的车子时，特别指定要小型车，并在车站附近购买菜刀，然后从站前圆环的出口开车冲上人行道，犯罪行为充满计划性。他接连撞飞女高中生，冲进车站大厅，直到验票口前才停下车来，下车后面露狰狞笑容，握着菜刀翻进验票口里面……

毫无意义的杀戮。遇害的人毫无救赎可言。如果被害人有任何过错，他们唯一的错，就是相信这个"社会"是安全的，在那一瞬间身在那个地点。

站前、随机、砍人……桶川的命案，让人联想起这一连串案件。

但是……我的思考随着车子在红灯前停了下来。这起命案是否有些不同？

随机砍人案件的受害者，大半都是跑得慢的老人或小孩。然而这次的死者是年轻女子，而且只有一个，就是这一点让我觉得似乎有些不对劲。

为什么选择年轻女子？为什么只砍杀一个人？

从上野站搭乘JR高崎线到桶川市需时四十分钟，后者是东京通勤圈的卫星都市之一。

那里有地方都市站前常见的小型圆环、井井有条的整洁街景。银行分行与大型购物中心、家庭餐厅栉比鳞次。榉树与杜鹃花丛并排的人行道上铺着褐色地砖。命案现场就在这条人行道上，邻近验票口。

我把车子停在离现场稍远的地方，严格来说是违章停车。仪表板上放着印有公司名称的臂章，但也只是求个安心。违章停车就是违章停车。部分"一流"媒体拥有各都道府县公安委员会发行的"路边临停许可证"这种方便的玩意儿，但我这种"三流"周刊记者不可能有那种东西。而且理所当然，我也不像这类媒体拥有"专车"这种奢侈品，会在一旁等我采访结束。只要被开小警车的女警抓到，立刻就要吃罚单。担心归担心，也没法子，我们不是警方认可的媒体，也只能认了。

现场的人行道被看热闹的民众及媒体挤得水泄不通。樱井已经离开了。应该是拍完现场的"杂感"，前往上尾署了。熟识的电视台记者一手拿着麦克风，正比手画脚地对着镜头说明。我仅止于在拍摄的空当扬起一手向他打招呼。

抵达现场后，便开始想象所能了解到的状况。这算是我个人的现场勘验。每次抵达案件、意外事故现场，我都一定会这么做。

被害人猪野诗织来到车站，准备搭车去大学上课。从自家骑来的自行车停在人行道旁边。时间是十二点五十分。平常的话，猪野会直接走上通往车站的天桥。稀松平常的时间、理所当然的日常；然而，惨案却在这一刻发生了。

她正在锁自行车，被一名自背后靠近的男子持刀刺伤。回头的时候，又身中一刀。她发出惨叫，蹲倒在人行道上，男子丢下她，就这样逃逸无踪……

我停下脚步，看向脚下。虽然已经冲洗过了，但血迹还清晰可辨地残留在那里。据说是她骑来的自行车，钥匙还插在上头。她准备下课后骑着它回家，所以才会上锁。万一车子被偷就糟了，所以正准备上锁。

没有人愿意想象自己会遭逢什么样的不幸。即使刻意想象，一般人所能想象的不幸的上限，也就是自行车遭窃吧；但是现实中却有个持刀的凶残男子从她背后逼近了。

突如其来的死亡。二十一岁的死亡。到底是有什么样的深仇大恨，才会让人对一名年仅二十一岁的女大学生怀抱着杀意？

太残忍了。

我像要扯开视线似的把目光从现场移开。必须先访问目击者。不能拿二手传闻当报道。这叫"直访"，我想要亲自访问目击者当时的状况。

但是记者会的时间也逼近了。我犹豫了一下该怎么做，当下便做出决定。情非得已，放弃警方那里吧。反正宣布的内容可想而知，而且再过几小时，记者会内容就会出现在电视和报纸上。

以将其作为采访对象来说，我并没有瞧不起警方的意思。警方是可以获得最多信息的采访对象。只要发生案件，现场的辖区警察署便会启动调查。若是重大案件，辖区警察署也会成立搜查本部[①]。很多时候，报社和电视记者的采访都是从那里开始的。

但是我们周刊记者有些不同。

电视剧里面，当"杂志记者"或"报道记者"前往警察署采访，亲切的署长或刑警就会详细说明案件内容，或出示现场照片。或者是亮出记者证，警察就会敬礼，挪开封锁线，让记者进入现场。

不过我从事这一行相当久了，几乎不曾遇上这样的状况。每次在电视上看到这样的场面，都忍不住羡慕万分。好想体验一下那种采访。如果还有来世，我想当那种备受礼遇的记者……虽然这也不是什么让人想要下辈子继续干下去的行业。

实际上对警方而言，周刊记者根本不算记者。就算我出面，也只是个无名无衔的路边大叔。理由很简单。

因为我们没有加入"记者俱乐部"。

不只是警方，日本的政府机关，每一处都有"记者俱乐部"这种玩意儿。这是报社和电视台等报道机构联合组成、法律上不具效力的"任意团体"。原本是为了让俱乐部成员顺利采访而成立的组织，但在我看来，实际上却是各政府机关以是不是成员来筛选媒体，以便进行新闻控管的组织。

---

① 相当于专案组。

在警方，各县警层级皆设有记者俱乐部，如果不是成员，即使提出采访要求，警方也不会理睬。所以就算我傻傻跑去埼玉县警上尾警察署，也非常有可能连记者会都无法参加。上尾署那里已经有樱井守在门口。如果能参加记者会，就请樱井拍摄记者会场面，顺道掌握情况就行了。时间宝贵。我选择了访谈。

采访任何案件的基本都是查访。实际上发生了什么事？如何发生？是什么状况？要写出生动逼真的稿子，需要翔实的资料。只能四处奔波，逐一打听。

我一一叫住路人，不停地抛出问题："请问您是否看见了砍人事件的凶手？"

绝大多数的人都丢下一句"不知道"离开，也有人默默挥挥手走掉。不过开始询问后不到三十分钟，就遇到有人说："是个有点胖的男人。"

休假泡汤总算是有了价值。

"可以请您说得更详细点吗？"我兴冲冲地把圆珠笔尖按在便条本上，结果那人说：

"刚才电视新闻说了啊，好像三十几岁吧。"

一阵虚脱。

要是有那么容易就碰到目击那**一瞬间**的人，就不必这么辛苦了。

后来不管再怎么四处询问，遇到的都只有案发后才经过现场附近的人。我也跑进附近的商家打听，但得到的回答都是"那个时候我们正在招呼客人,连声音都没听见"。

但是目前唯一的方法,也只有继续访谈下去。我锲而不舍地继续打听,但看得到现场的店家有限,路人也只是源源不绝地冒出来又离去,很快我就束手无策了。

毕竟现场位于大型购物中心的死角。加之站前这个位置,原本应该会有许多目击者,但不可能有人一直停留在此处。站前的人潮本来就不停流动,会在这里打转的,就只有对着我们或电视摄影机比胜利手势的凑热闹民众。目击凶案的人,早已继续前往目的地或回家去了。

而且秋季的日头落得飞快,天色一眨眼就暗了下来。只有时间和鞋底徒然消磨,我愈来愈焦急。

我打电话给樱井。

"你那边怎么样?"

"我进到记者会会场了,差不多要结束了。"

樱井说,起先不是记者俱乐部成员的媒体被拒绝入场,但几家媒体抗议之后,警方答应为非俱乐部成员的媒体另开一场记者会。当然,成员优先。

"真是公家机关作风。"

一定是因为非成员的媒体数量也不少,面对"多数力量",警方才不得不为他们另开记者会。

我请樱井将记者会中提到的被害人住址等信息大致告诉我。猪野家最近的车站是桶川站,但住址在上尾市。他们一家五口,有上班族父亲、母亲和两个弟弟。

"好,那请你再加把劲。"我对樱井说。挂了电话,我立刻打给认识的记者。

"那边怎么样?"

"清水兄也在跑桶川?"

如果非俱乐部成员的记者正在开记者会,那么先结束的俱乐部记者应该已经前往被害人家了——我猜对了。我和那名记者闲聊,本来期待对方能告诉我一些无伤大雅的信息,结果听到了奇怪的内容。

第一时间接到消息的记者赶到时,猪野家没有人,但记者在周围采访的时候,弟弟回家了。奇怪的是弟弟当时说的话。不知道命案发生的他,听到记者告知姐姐的死讯时,竟说:

"真的被杀了?不会吧?"

若非早有预期,不可能说出这种话来……我难以释怀地挂了记者朋友的电话。难道这起命案不是随机砍人?

夜幕完全笼罩的时候,我总算找到了目击者,是命案刚发生后经过现场的大学生。

他住在距上尾站十分钟路程的住宅区。虽然我已经向朋友问出住址,但入夜以后要在陌生的住宅区里找到特定的人家,十分困难。天色一暗,门口的名牌[①]便意外地难以辨读。而且住宅区没有任何可以作为路标的建筑物,地址号码的标示也是时有时无。

我把车子停在目击者家附近,翻找背包,找出笔型手电

---

① 日本的住宅门口一般会挂上名牌,标示该户人家的姓氏,甚至列出住户成员的姓名。

筒和地图。我下了车，一手拿着地图，用笔型手电筒逐一照亮每一户的名牌或住址。这模样完全就是可疑人员。我想起以前有名记者用打火机照亮名牌，结果烧伤自己的手指，还被误会是纵火犯，遭人报警。不过当然不是我。

找到要找的人家后，我发现前面已经站了一名其他媒体的记者。而且正好从玄关走出来的另一个人，也是认识的面孔。不是别人，就是我在从夏天便持续追踪的埼玉县保险金杀人疑案采访中认识的电视记者。原来如此，现在是在排队等叫号吗？

每次采访案子我总是想，目击者、被害人亲友、加害人的朋友等"相关人士"真的很辛苦。各家媒体记者络绎不绝地找上门来，同样的问题一而再再而三问个没完。有时候前面的记者问完了，但好不容易轮到自己，对方却说："我受够了，你去问前面那个人啦。"也有人对响个不停的门铃勃然大怒。我觉得这也难怪。我自己也感到很抱歉，但是总不能没有亲自问到当事人就写稿。结果也只好诚惶诚恐地再次提出相同的问题。

这名大学生一定也已经够烦了，但他还是愿意接受采访，谢天谢地。

"听说你目击到被害人？"

"我刚好要去同一站，经过人行道的时候，发现有个女生坐在地上。一开始我奇怪她怎么了？是在开玩笑吗？结果发现她的脚下有一摊血，不断扩大。"

"原来她是坐着的吗……"

"对。我吓了一跳，赶快跑过去，但她流了很多血，所以周围的人扶她仰躺下来，等救护车来。也有人拿毛巾为她盖上……大家都在鼓励她'撑下去，救护车就要来了'。她的手还会动，可是脸色愈来愈糟……然后就失去意识了……"

听着听着，我的心情一片惨淡。谢天谢地总算问到的，却是这样的内容。

突如其来的死亡。在熟悉的街道上遭人刺伤，坐倒在血泊中的被害人……人死亡那一瞬间的状况，不管听过多少次，都无法习惯。我也不想习惯。

我没有看到凶手，大学生说。

我再次回到桶川站前。记者已经撤退了，没有半个人。不知不觉间，现场献上了许多花束。一些人蹲在命案现场，合掌膜拜。

警方记者会应该也早就结束了。我打电话给樱井。

我聆听樱井报告记者会的内容，记下要点。针对此一命案，警方已经成立搜查本部，规模为百名搜查员，此外没有特别的内容。不过恐怕也是因为尚未掌握凶嫌形象，警方宣布的全是关于死者诗织的信息，令我在意。

就算是有记者询问，警方公布的死者服装也详尽过头了。"黑色迷你裙""厚底长靴""普拉达的背包""古驰的手表"等等。

一直要到更后来，我才发现原来这些信息是出于某种特定意图公开的。当时我只是想，以一个学生来说，真是有点招摇。我是个普通的大叔，听到古驰或普拉达，就会忍不住这么想。

时间已经很晚了，不是可以采访一般民众的时间段。我告诉樱井今天就此结束，挂了电话。

我打开车用电视。NHK、民营电视台的新闻时段，我都记在脑中了，也知道哪一台的哪个新闻节目会花多少时间来报道这类命案。我盯着电视，不停转台。

有个我没有问到的目击者上了电视。那人说，凶手刺伤诗织以后，往车站反方向小跑步逃走了。

"抓住那个人！"有人大喊，也有人追赶凶手，但结果还是追丢了。案发现场肯定相当混乱，好像也有人误以为是抢劫而追上去。

各家电视台共通的嫌犯外表描述，是身高约170厘米，短发，身材肥胖，年纪应为三十多岁。也有人说凶手穿着深蓝色西装外套，里面是蓝色系的衬衫。凶手在案发前就已经在站前闲晃，好像有不少人看到他。

不过就算目击者再多，除非有能够查出男子身份的证词，否则也难以将他逮捕归案……感觉会变成一起棘手的案子。

就在转到某台的新闻时，访谈内容让我心头一惊。目击者说凶手逃离现场时，做出把什么东西藏进西装内袋的动作，一脸怪笑地跑掉了。光天化日之下在站前杀人，然后笑着离开？

这到底是怎么一回事？

警方在记者会中说，诗织的左胸和背部两处，被尖锐的刀子一口气捅入。死因是失血过多。送医之后确认死亡。毫不犹豫地刺上两刀，笑着逃走，这不管怎么想，都是带有明确杀意的"杀人"，完全没有伤害致死的可能性。而且这种手法，简直就是职业杀手。

我忽然想如果我是凶手的……有电视台报道诗织每星期二都会去车站搭车到大学上课。连记者都能采访到这样的行程，不管任何人调查，应该都可以查到她大致上的安排。如果知道她下午有课，也就可以估算出她抵达车站的时间。只要有了这些条件，就可以埋伏诗织。

我是摄影周刊记者，而且以前是摄影师，非常清楚在什么条件下，可以查出目标的行程。

这才不是什么随机砍人。

凶手显然是守株待兔。手法干净利落，被害人也只有诗织一个，将这件事视为以诗织为目标的犯罪行为才自然。虽然不知道凶手是谁，但他查得到诗织的行程。既然能埋伏她，表示也认得她的长相，是认识的人下的手。

"身高170厘米，短发，肥胖，蓝衬衫……"

我把凶手的特征抄进采访笔记里，并输入我疲倦万分的脑袋。

深夜时分回到家里，家人都已经上床睡觉了。难得休假，居然连家人都没能见上一面。我兀自咕哝着，走进房间打开电灯。夜行性的"之助"似乎被突来的灯光吓到,在笼子里僵固在原处,一只前爪举在半空中。我觉得仓鼠这种动物真的很奇妙。仓鼠的天敌好像是鸟,它们只有在夜间才会行动,感觉到危险时就会全身僵硬,自以为假装成什么东西。这种手法,真的瞒得过敌人的眼睛吗?

我喜欢仓鼠这种傻样。我替它换了清水,丢进高丽菜叶,自己也钻进床铺。"之助"啊,对不起,下次再帮你打扫小窝。

次日一早,我在被子上摊开早报一看,桶川命案有大篇幅报道。"跟踪狂痛下杀手?"这样的标题跃入眼帘。

跟踪狂?

报道说,诗织遭到前男友纠缠及骚扰。

到底是怎么一回事?

我急忙更衣,驱车前往埼玉县。如果要读到更详尽的报道,就必须看埼玉县版的报纸。不过其实要阅读各县版的报纸有点麻烦。很多时候地方版不会收进报纸资料库里,必须亲自前往该县才行。工作就这样自然地展开了。

昨天当然没得补假。我很清楚,疲劳正不断累积。

几十分钟后,我又来到了桶川站前的现场。我前往车站商亭和便利店,搜集各家报纸。《朝日》《每日》《读卖》《产经》《东京》《埼玉新闻》、体育报……每次把一大叠报纸放到收银台问"多少钱",总是会引来店员惊讶的表情。

各家报纸内容大同小异,一样列出了"跟踪狂""前男友"等关键字。上面说，诗织曾经为了这件事向警方求助及报案。这似乎是警方流出的消息，不过记者会没有提到这件事，应该是报社记者在夜里私下采访问到的。

现在要怎么做？

我很清楚，就算去采访警方，也只会吃闭门羹。然而对于这起案件，我毫无线索。报上没有写出跟踪狂的住址或姓名，我不知道该从何着手才好。

采访无门的案件，会让记者忍不住去投靠警署。这天，不知道该从哪里下手的无能记者，同样走向了上尾署。

上尾署距离桶川站约十分钟车程，是地方都市随处可见的普通警察署。三层楼建筑，白色水泥砂浆墙面一部分贴上黑色系的壁砖，周围围绕着停车场。这栋平常应该很安静的警察署，由于命案的关系，从上午就有许多媒体在外面走来走去。

一走进门内，里面聚集了一群报社记者。虽然警方昨天也对非记者俱乐部成员举行了记者会，但我向副署长递出名片时，心里还是认为他们八成不会理睬杂志记者。

"敝姓清水，是《FOCUS》的记者……"

"《FOCUS》？如果不是记者俱乐部的成员，恕我们无法接受采访。"

不出所料。把拒绝当成我敏锐的直觉判断正确，也就不怎么生气了。

"这样啊。"我也干脆作罢。

二十几岁的时候，我也常为了这样的待遇大动肝火地抗议："信息应该要平等公开才对啊！只图便利少数媒体，这不是违反公务员规定吗！"但是现在我连这种念头都不会有了，因为我觉得太蠢了。就算能访问到副署长，也不可能得到什么大不了的消息。要是有什么新进展，就跟记者会一样，会立刻出现在报纸和电视上。不过得不到跟踪狂的信息，是一大损失。

那么，该怎么做才好？

如果不知道跟踪狂是何方神圣，就只好去采访被害人那边了。

杀人事件的采访中最令人焦急的，就是不管再怎么渴望，也见不到命案的当事人。已死的被害人当然见不到，但加害人也是，几乎不是遭到拘捕，就是在逃亡中。而这起命案，连凶手是什么人都毫无头绪。虽然出现了跟踪狂这个新元素，但现阶段也无从下手。即使非常清楚这样报道太不平衡，但无法采访到加害人时，也只能去采访被害人一边了。各家媒体现在一定都拼命从诗织的亲朋好友那里探索命案之谜。也就是期待采访诗织的亲友，或许可以找到某些与命案有关的蛛丝马迹。

我给各方打电话，发现这天各媒体充斥着诗织打工地点的信息，一片混乱。没有其他可以掌握凶手形象的线索。我也决定从打听到的诗织打工地点，一一去访问店家。

居酒屋、加油站、中华料理店。采访死者的打工地点，应该可以由此扩大采访范围，像是死者的同事、顾客、常去的店等等，但实际上也有许多错误信息，没有发现特别有用的线索。下午的采访对象就这样一个个断了线索，让人愈来愈焦急。

不管是什么样的人，都有亲近的人。诗织也是，一定有非常了解她的人才对。这些人里面，应该也有人想要和媒体谈一谈，可是我不知道那个人是谁。尽管那个人或许就走在我旁边，我却没有办法确定。即使只是一根细丝也好，我想要拉过来瞧个清楚，却连线头都找不到。总之现在只能不停地走，扩大采访范围——为了找到那根线头。

还有一项重要的工作，也就是摄影周刊必然的限制——"捡照片"。摄影周刊的记者少不了这种叫作"捡照片"的作业——就是寻找能够刊登在杂志上的照片。不过虽然说是"捡"，要是路边随便就能捡到，那就不必这么辛苦了。捡照片是拜托相关人士，借来照片或复印；如果是杀人事件，就必须拿到被害人与加害人双方的照片。案子刚发生时，一整天就耗在这项作业上也不稀奇，不仅如此，有时光是为了拿到照片，就会花掉一整个星期。毕竟如果捡不到照片，很多时候甚至会废弃整篇报道。因为哪怕采访到再精彩的内容，只要少了照片，就不能刊登在摄影周刊上。

以前报纸似乎也都会捡照片，但最近可有可无的状况似乎增加了。报纸上如果刊出凶嫌照片，几乎都是警方提供的。

以工作而言，"捡照片"并不怎么有趣。厌恶案件采访的记者，大部分理由也都是这项"捡照片"。不管是被害人还是加害人，愈是能够如实反映案件当事人的特色，就愈是好的照片；但是再怎么说，拥有这种照片的人，都是最熟悉当事人的人。对采访的人而言，心理压力相当大，有时必须去找哀痛欲绝的亲人问话，然后开口借照片。这不可能不令人心情沉重。我认为如果少了这项工作，记者的负担应该会天差地别。

但是怀着如此沉重的心情采访的对象，也是能提供极重要内容的人。为了写出可靠的报道，采访不怎么熟悉当事人的十个人，与访问当事人极亲近的一个人，获益亦可谓天差地别。

最重要的是，我们是摄影周刊。我们就是相信照片具有说服人的力量，才会办这本杂志。

这天我花了一整天孜孜不倦地采访。就在一天即将徒劳结束时，我在某个地方遇到一个人愿意提供诗织的照片，"希望可以早日破案。这张照片可以作为参考吗？"我想只有摄影周刊的记者才了解得到照片有多么令人感激。我松了一口气，接过照片，轻轻放在手掌上。

好漂亮的女孩。

傍晚我打开车用电视，新闻节目正在播放诗织朋友的访问。我忍不住身子往前探，调高音量。那名朋友说诗织找他倾吐了许多关于跟踪狂的烦恼。诗织想要和男友分手时，男友威胁她："别上什么大学了，来替我生小孩。如果要分手，就拿钱出来。"还上门恐吓。不仅如此，甚至发生过住家附近被贴上大量诽谤中伤诗织的传单的事情。

这太奇怪了。

确实，跟踪狂杀人的案件时有所闻。但是那类案件，绝大多数都是杀了对方再自杀，或是犯案后就那样怔在原地，遭到逮捕。换言之，许多都是有了同归于尽的觉悟才下手的。不过，如果刺死诗织的是那个跟踪狂，那么行凶后冷静离开的凶手形象，就不知该如何解释了。而且如果被害人与加害人认识，应该会有人目击到当场发生争吵或扭打，可是这起命案也没有。

我陷入混乱。起初以为是随机砍人案件，接着却冒出跟踪狂。而且以跟踪狂杀人而言，有太多不合理的地方。其中的扭曲有种说不出来的古怪。

是不是只有我一个人如堕五里雾中？我陷入这样的焦虑。其他媒体是不是早就已经跑得我看不见车尾灯了？到了下星期，会不会只有我们杂志的内容落后到惨不忍睹的地步？虽然想都不愿意想，但这样下去事情就麻烦了。

首先得弄到传单才行。

我决定到诗织家附近询问。那是一处独栋住宅并立的闲静住宅区。我一无所获地问了好几家，总算遇到一户还保留着传单的人家。

"可以让我看看吗？"

我兴冲冲地问，得到的回答却很无情。传单被其他媒体捷足先登拿走了，而且传单就只有那一张，是仅提供给第一名的限量商品。

虽然还有四天才截稿，但是往后的案情发展不容疏忽。

这张传单是显示真有跟踪狂的重要证据，无论如何我都需要它。我怀着祈祷的心情到处询问同行，发现那张传单在各家媒体之间传来传去。

人脉就是为了这种时候而建立的。我又打了好几通电话，查出传单现在奖落谁家，好不容易确定应该可以拿到时，已经进入深夜了。

次日一早，我又来到站前的现场。我跟传单目前的拥有者约在桶川站前碰面，感觉这起案件会让我不断重回这处现场。

早上愈来愈难醒了。太久没有休息就会这样。虽然眼睛睁开了，身体却爬不起来。必须出门采访，但背包也日益沉重。疲惫万分的我这天搭乘出租车来到桶川。

"那么，我暂时借用了。"

我接下传单，总算可以松一口气了，只是落后一步，就得花上这么多工夫，真叫人吃不消。明明我怕的就是这样。

看到传单，我更觉得厌恶了。这实在太叫人目瞪口呆。黄纸上印着三张诗织的照片，上面附有荒诞可笑的标题"WANTED""替天行道！"，底下甚至印出她的姓名和诽谤中伤的字句。

彩色印刷的墨色鲜艳，外行人也看得出制作相当精美。制作这样的传单，而且是大量印制，在同一时间张贴分发——这名跟踪狂的疯狂非比寻常。感觉纸面散发出异常的执着，令我不由得毛骨悚然起来。

我总算了解诗织的弟弟为什么会那样说了。

毫无预期的人，不会说什么"**真的被杀了**"。这名跟踪狂绝对与诗织的命案脱不了干系。

不过，这名跟踪狂到底是什么人？我有太多想要向他本人问个清楚的事情了。什么都好，我想要线索，但现实中记者俱乐部的高墙让我不得不放弃直接访问警方。要问到这个人的资料，只能去请教跑警察线的记者。脑袋里十六位的穷酸电脑嗡嗡运转起来。

脑中浮现一名人选。

T先生。

他是我的死党——不，损友。他会告诉我一些宝贵的信息，有时候则是说些我根本不想听的可怕案情。他也算是报社记者。隶属"三流"媒体的我好像没资格说这种话，不过T先生可不是个普通记者。他有着出类拔萃的采访能力，锲而不舍，而且神出鬼没。不管我去哪里，总能遇上他，好几次都令我觉得不可思议极了。要说有缘或许也是有缘，但是我作为周刊记者会去的地方，他都能抢先一步。就我而言，还是希望他只是个奇怪的记者。如果每个记者都像他这样，我就甭混了。

而且机缘巧合的是，一星期前在通讯社还是负责北海道警方的T先生，就仿佛预知了这起命案发生似的，转调来负责埼玉县警这里了。

我们才刚聊到最近要找个时间替他接风。我毫不犹豫地打电话给他。

"喂喂，你好～～"

这是T先生的口头禅。每次听到这声音，我就忍不住想依赖他，不过这就是他的伎俩。这软绵绵的声音让采访对象感受不到威严或紧张，忍不住放下戒备心侃侃而谈，希望这真的只是他的伎俩。

"大叔啊，这算是你给我的欢迎吗？"

我们又没差几岁，居然叫我"大叔"！我才刚过四十好吗！

尽管嘀咕，但我需要他的援手。探问之下，这起命案果真是他负责的。很好，看来我这星期吉星高照。他刚好调到我要采访的地点，甚至负责该起案子，这可不是随便就有的巧合。虽然老天爷完全没理由特别眷顾我，但这真正是上天安排。这么说来，上回我们见面是在北海道的室兰市，警方在暴风雪中对某个案子进行搜索的住家前面。那个时候我也曾诧异这人怎么也在这里……

其实，接下来我也得到了近乎不可思议的各种幸运眷顾，但T先生的出现，或许就是开始。

"大餐美酒等到这案子解决之后再说，咱们先交换一下情报吧。"

虽然我这么说，但T先生的采访进度远远超越了我。报社记者一开始总能冲得特别快。虽然很不甘心，但唯有这点，我再怎么努力都拼不过人家。而且他负责警察线的资历很老，已逐渐步入老手领域了。他不假思索地回答了我的疑问，关于最重要的跟踪狂男子，他也毫无保留。

"呃……姓名是小松和人。大小的**小**、松树的**松**、昭和的**和**、人类的**人**,小松和人,二十七岁。住址和职业正在调查……你再等一会儿吧。"

他说警方当然也很重视这名跟踪狂,正在追查他的下落。

得到跟踪狂的姓名和年龄了。我很清楚,这下我才总算站到起跑点而已,不过知道可靠的朋友就在身边,令我勇气百倍。

我斗志高昂,这天花了一整天,使尽所能想到的一切方法,试图接触知道纠缠诗织的跟踪狂的人。这样说好像有什么厉害的绝技,但我只是个平凡的大叔。要是有那种厉害的方法,还请不吝赐教。

方法很原始。首先是去案发现场。我找每一个献花的人攀谈。接着找到诗织的高中朋友,拜托他们接受采访。即使采访不到,也想方设法弄到了班级通讯录,展开地毯式的电话攻击。

然而却没有半点斩获。关于"小松和人",可以说几乎得不到任何消息。我愈来愈强烈地感觉到,自己好像在哪里走进了死胡同。

为什么?

我觉得很奇怪。愈是亲近诗织、应该了解状况的人,愈不愿意启齿。我不明白他们为什么要三缄其口到这个地步。我问了什么严重的问题吗?难道跟踪狂是只有一小部分的人才知道的吗?可是那不是众所皆知,甚至都有人在电视上说出来的事吗……

如今回想，他们不愿多谈也是当然的。因为他们很害怕，就像后来我也将身陷恐惧一样。

当时我虽然觉得不太对劲，却也只能努力挣扎，设法突破这山穷水尽的状况。一晃一天又过去了。明天一定要问到那个跟踪狂的事。我用拳头用力敲了几下疲累的脑袋。

直到第二天以后，我才好不容易找到愿意接受访谈的诗织朋友。他们是一对男女，岛田和阳子（皆为化名）。岛田比诗织大几岁，是她的学长。阳子是诗织的同学。

"不能用电话讲吗？"岛田不断要求。但是对记者来说，面对面与通过电话采访，得到的成果天差地别。

"能不能请你们务必和我见个面？我希望见到你们，得到你们的信任，然后进行采访。"我如此恳求，但是他们甚至不愿意透露自己的本名。

到底是什么让诗织的朋友警戒成这样？我觉得匪夷所思，但是这肯定会成为采访的一大突破。我的条件不断加码，不写出姓名、不拍照，写成报道的时候，绝对会尽可能细心留意，让文章内容看不出是谁说的。对方总算勉为其难地答应时，比起开心，我更对他们的戒心感到异常。

我找来编辑部的新人记者藤本麻美（藤本あさみ）支援，与他们约在大宫车站东口的百货公司前碰面。距离截稿日还有两天。只要能问到详细内幕，就能写成一篇报道。有照片，也有传单，接下来就看能从他们那里问到什么。对我来说，这次采访就像过去的诸多案件一样进行着。

与岛田和阳子的碰面很顺利。但是只消看上一眼，我就清楚他们发自真心地害怕着"什么"。他们站在碰面地点，不停东张西望。和我们打招呼以后，身体也毛躁不安地动来动去，似乎处在极度的紧张之中。

"我们去咖啡厅聊吧。"

"不，不行。不晓得会被谁看到还是听到，太危险了。"

我有些傻眼。吓成这样，他们到底是在担心什么？

"KTV怎么样？"KTV是我们记者常利用的地点。对话不会被听见，也不用担心被人看到。岛田点点头。

我们询问坐在百货公司门口的金发女生附近有没有KTV。"那一家很便宜。"指甲涂得五颜六色的手指指向一家平凡无奇的KTV大楼。前往那里的路上，我发现岛田一边走，一边不停回头张望。这次是担心被人尾随。

夜间的KTV柜台。我们四个人的组合实在太古怪了，完全不像是来高歌欢唱的。身材高挑、穿西装的岛田；时下女性打扮的阳子；记者藤本；还有与他们年纪相差一大截、外貌感觉最可疑的我。

"要选择通讯机种①吗？"柜台小姐问，但那不重要。

"给我们安静的房间。"我说。柜台小姐歪头，似乎不解其意。我们默默跟在一脸诧异地带我们去包厢的小姐身后。狭窄的通道回响着客人抓着麦克风嘶吼的歌声，吵闹的打拍

---

① 现今KTV的主流机种。以前的KTV是使用实体影带、CD或LD播放，直到一九九二年出现了以数字传输的通讯机种后，广为普及开来。

子声无止无尽。

奇妙的采访就要开始了。我们进入包厢，隔着狭小的桌子在沙发坐下。不，我还没完全坐下，那位乍看之下很成熟的青年劈头便说：

"诗织是被小松跟警方杀死的。"

其他包厢传来的声音显得格外喧闹。花哨到近乎刺眼的室内装潢、没有机会派上用场的厚重歌本及遥控器、走廊流泄进来的流行旋律、冰块融化的冰茶……

这个地方实在是太不适合整理混乱的思绪了，但这里正是我和这起命案真正的出发点。

案发现场的献花

第二章 遗言

"诗织是被小松跟警方杀死的。"

我才刚要开始采访而已。在微妙的时机冒出来的这句话，令我措手不及。

感觉就像在哨声响起十秒后就被进球的守门员。请等一下，我什么都还没问啊？还是我听错了？

我还来不及振作起来，第二发鱼雷急速接近，下一秒就爆炸了。一身西装的那名青年急促地说：

"小松是跟踪狂。诗织全都告诉我跟阳子了。把她跟小松之间发生的事，全部告诉我们了。我们也没想到诗织真的会被杀。可是她在死前对我们说——"岛田说到这里，咽下唾沫似的停顿了一下。

"如果我被人杀了，就是小松杀的。"

我的脑袋一片混乱。什么跟什么？意思是杀人事件的被害人留下凶手的名字后遇害了吗？这简直太离奇了。而且还说"警方是凶手"……警方不是正要揪出凶手吗？

我看见岛田的双拳握得死紧，在膝上微微颤抖着，注视着我的眼睛甚至蒙上一层泪水，表情严肃至极。

岛田又要开口，我制止他说：

"请等一下。慢慢来就行了,可以照顺序从头说起吗?"

总之必须先让对方冷静下来。我请藤本去点饮料。不,也许其实是我自己想要冷静,总觉得喉咙莫名干渴。

我观察岛田的样子。怀疑别人说的话,好像是记者的习性。

如果问我平日的人际关系当中,"怀疑别人"是好事还是坏事,我应该会回答后者。但是遇上采访,情况就不同了。信息匮乏的情况下,人会更愿意相信发言内容吸引人的采访对象。然而我知道,有些人就是清楚这一点,而刻意找上记者。轻易相信别人的话,绝对不会有好下场。在社会记者的眼中,这个社会充满了骗子。

可是这两个人没有理由撒谎,因为他们与这起命案毫无利害关系。虽然他们指控警方也是凶手,让我觉得似乎有待商榷;但依我看,两人不像是莫名偏执的类型。

被害人的亲友对警方的处理感到不满,反过来怨恨警方,是常有的事。也有人认定就是因为警方才导致悲剧发生。可是岛田的语气和表情,完全没有那种人常见的精神不稳定。

店员送来四杯饮料。一片漆黑的荧幕、沉默不语的四人、电线依然卷成一团的麦克风。这幕景象肯定诡异极了。

我老早就戒了烟,但是这种时候总叫人想要再次点燃打火机。咔嚓,弹开盖子,噗咻,点燃火焰。我想要这样的"空当"。我没有点火,而是按了两下手中的圆珠笔。本应该吵闹不已的KTV包厢里,就连便宜货的圆珠笔发出的咔嚓声都显得响亮。

"你刚才说的……"我先清了清喉咙才开口,但声音有点哑了,"'如果我被人杀了,就是小松杀的',这是诗织本人说的话吗?"

岛田和阳子同时点头。

"她对我们说过好几次。她的房间甚至留下了类似遗书的笔记。诗织不惜这么做,都想要留下她是被小松害死的证据,然而我们却什么都没办法帮她……诗织也找过警察,可是警察完全不肯帮忙,结果害诗织真的被杀了……现在连我们都很害怕。搞不好下一个就是我们了。"

他说警方是"凶手",原来是这个意思?明明都求救了,警察却袖手旁观。这个时候日本还没有可以遏阻跟踪狂的法律。警方一贯的作风,是遇到事情就搬出"民事不介入"来推诿,他们不肯提供帮助,也没什么好奇怪的。

不过与此同时,虽然隐隐约约,不过我有些理解采访时诗织的朋友拒人于千里之外的态度了。因为他们害怕自己可能被杀。说自己会被杀的诗织真的遇害了,而且她的死也证明了警方的漠不关心。为什么来到KTV包厢之前岛田和阳子会提防成那样,我也恍然大悟。

虽然我从来没听说过有被害人先告诉别人自己与凶手之间的一切才被杀死的例子,但是我认为他们的话应该可以相信。毕竟诗织的朋友都不愿意与命案扯上关系,却只有他们甘冒危险,也想要向我倾诉。

我打手势请藤本负责笔记。我想专注聆听。我本来就不爱做笔记，也不用录音机。只有姓名、住址、数字、句子等重要的部分会写下来。因为我相信重要的是专注聆听与对话。一边聆听对方说话，一边观察神情，判断真假，同时写下数量庞大的笔记，我可没办法这么神通广大。不过多亏了记者藤本，这段漫长的访谈留下了正确的记录。

"那个小松和人到底是什么人？"

"完全不知道。连他是做什么职业的、住在哪里都不知道。不……"岛田取出记事本。我讶异地看着。岛田翻着记事本，接着说：

"他好像住在池袋那里。东口。诗织也去过那里，但连他是做什么的都不知道。"

"不好意思……"要是事件当事人也就罢了，但这还是我头一遭遇到拿出笔记的采访对象。

"那个记事本是……"

岛田和阳子对望了一眼。

"我把诗织告诉我们的内容都尽量写下来了。"

"这样啊……"我应声，这次轮到我和藤本对望了。看来他们是非常优秀的证人。我完全没想到能听到如此值得信赖的证词。他们说，诗织为了与小松之间的问题焦头烂额，找他们谈心过好几次，每一次都请他们把要点记下来。

岛田继续说：

"最初他自称是汽车销售员来亲近诗织，可是那是骗人的。小松身高大概一米八，身材偏瘦……"

阳子比手画脚地开始说起来：

"头发自然卷,稍微染过。长相用艺人来形容的话,大概就像羽贺研二和松田优作加起来除以二吧。几乎不喝酒,也不抽烟。"

"请等一下。"我忍不住插嘴,"在命案现场目击到的,是身高一米七、短发、肥胖的男子。如果说小松是个身高一米八的瘦子,那不就是不同的人了吗?"

岛田和阳子再次对望。

"是这样呢。"

"可是,你们一开始说凶手是小松……"

"这该从哪里说起才好……小松这个人经常把这种话挂在嘴上,'我才不会自己动手。只要有钱,自然有人愿意替我效劳'……"

什么?

"……他很有钱吗?"

"他的裤袋里随时都塞着一整叠钞票。"

"他怎么会这么有钱?"

"他说他卖车子,一个月可以赚个一千万。还说只要有钱,想干什么都成……"

"小松和诗织之前在交往,对吧?"

"对,虽然很短暂……"

"诗织和小松是在哪里认识的?"

案件当事人是男女朋友的情况,这一点很重要,也是无法回避的问题。

"诗织说是在大宫站东口的游艺中心被搭讪的。她跟朋友在拍大头贴的时候机器坏掉了……是因为这样而认识的。"岛田膝上的拳头再次颤抖起来。

"可是……这真的是大错特错……"

诗织第一次找岛田倾吐烦恼,是三月二十四日的时候。

岛田接到电话,和诗织约在大宫站附近,发现她的样子很不对劲。虽然肚子不饿,但岛田把她拉进刚好看到的天妇罗餐厅里谈话。

细长的店内充满了炸面衣的声音与芝麻油的香气。两人隔着雅座的桌子面对面而坐。岛田催诗织开口,她却说出了惊人之语:

"我可能会被杀掉。"

诗织说这话时的表情,就像这天对我们剖白的岛田一样严肃。而岛田听到这话,反应也就像这天的我一样。

他想,"她在胡说八道些什么啊?"是自以为成了电视剧还是悲剧的女主角了吗?会不会是脑袋出了什么毛病?岛田甚至如此怀疑。诗织却说:

"你先别管那么多,把这个名字写下来。如果我突然死掉而且是被人杀死,凶手就是这个人。"

诗织从皮包里掏出一张名片。汽车经销公司名称"有限公司W"的旁边,印着"小松**诚**"这个名字。诗织把她和小松之间发生的种种逐一告诉岛田,他边听边点头。真的有这种事吗?真的有这种人吗?尽管难以完全相信,但唯一清楚明白的是,忧惧让诗织憔悴万分。后来这张名片被警方扣押了，不过那个时候岛田半信半疑地把这个名字写到了记事本里。

这是从命案回溯七个月以前的事。事到如今，已无从得知这时诗织对自己的命运究竟有多不安。但是从这天开始，直到"死劫之日"当天，诗织找岛田谈过许多次。而岛田也将亲眼看到一切都如同诗织的预测那样发展，而且正确得近乎骇人——

诗织与小松**诚**认识的那一天，是还沉浸在年节气氛的一月六日。

大宫站东口附近有条称为南银座的细长热闹街道。居酒屋、KTV、电影院林立，在埼玉县里算是颇为繁华的区域。诗织正在游艺中心和女性朋友用最喜欢的拍照机拍大头贴。可是不巧机器坏了，投入硬币也没有反应。

"咦？"诗织和朋友敲着机器，讨论是不是该去问店员。这时两名男子出声攀谈："怎么了吗？"

诗织回头，前面站着一名笑容温和的高挑男子。头发是稍微染过的自然卷，虽然有点 O 型腿，但外表还不赖。那就是小松。

"要不要去唱 KTV？"男人邀道。比起诗织，她的朋友更被小松的朋友吸引了。

小松对诗织一见钟情。他递出名片，自我介绍说是从事汽车销售的**二十三岁**青年实业家。诗织没有怀疑，就这样相信了。

四个人一起去KTV唱歌，临别的时候交换了手机号码——是非常普通的男女认识过程。

人的命运没有人说得准。因为一点阴错阳差，两人就此产生了关联。如果当时大头贴机器没有故障——不，只要时间再早一点或晚一点，根本就不会发生这起悲剧了……

后来过了两个月，两人的交往很普通地进展到一起去横滨兜风、去迪斯尼乐园游玩，也曾加上诗织的女性朋友，三个人一起去冲绳旅行。

"我最喜欢冲绳了，也想带你去那里看看。"小松这么说。

诗织认为小松**诚**温柔体贴，但是在阳子这些朋友的眼中，他显得有些古怪。他的反应很夸张，比方说在餐厅里，诗织只是稍微弄掉一点食物，小松就会火速冲去洗手间，大声喊着"没事！没事！"抓来纸巾帮她擦干净。他对任何事都有点反应过度。也许诗织觉得这是体贴，但身边的朋友就是无法甩开古怪的印象。而且小松总是用怀疑的眼神看人，精神方面感觉也不太稳定。

他很喜欢把"命中注定"挂在嘴上。

"我小学的时候，很喜欢爬上我家附近一块大岩石玩耍。"诗织这么说，小松便说："我就是那附近的学校毕业的耶！那块大岩石的路，就是我上下学走的路。搞不好我们以前也曾经遇见过。我们会这样认识，一定也是命中注定……"开口闭口就是"命中注定"。

这名自称的青年实业家夸口说他每个月至少能赚一千万日元。他很喜欢送东西给诗织。

一开始送的东西很便宜，三百日元左右的布偶。诗织也说着"好可爱"，坦然接受。但是等到有所觉察的时候，礼物已经愈来愈昂贵。小松开始送她路易威登的皮包或高级套装，叫她"下次见面的时候，你穿这套衣服，带这个包来"，简直把诗织当成洋娃娃对待。

据说诗织本来不是个对名牌货感兴趣的女生，只有和小松约会的时候，才会穿戴这些东西去赴约。朋友认识的诗织，是个很会穿搭平民服饰的女孩。

小松日益升级的礼物攻势令诗织不安起来，某天拒绝收礼。

"我不能再继续收你的礼物了。"她说，"我已经收了你将近十年份的生日和圣诞节礼物了，不用再送了。"

然而面对诗织的拒绝，小松的反应十分异常。

"这是我的爱情表现，你为什么不肯接受我的心意！为什么！"

突然暴怒的小松让诗织不知所措，同时也第一次注意到小松的异常。

小松开车很粗鲁。他有两台车子，奔驰SL的敞篷车和奔驰厢型车，他总是突然发车、紧急刹车。他会在空旷的国道上故意蛇行，停在十字路口时，便故意催油门发出巨响。诗织曾经向朋友抱怨，说坐他的车很丢脸。小松的行动毫无计划性，每次去兜风，目的地几乎都会再三变更。不知道出于什么理由，小松总是随身携带一次性相机，即使是开车的时候，也会突然拿出相机，朝着诗织打闪光灯。

就在诗织开始对小松心生疑念的时候，某天她不经意地打开车子的置物箱，发现了奇怪的东西。置物箱里放着许多名片，但每一张的姓名都是小松和人，而不是小松诚。太奇怪了。仔细想想，也不知道他说自己二十三岁是不是真的，而且刚开始交往的时候，明明诗织只告诉了他手机号码，小松却突然打她家里的电话找她，令她难以释怀。

小松打来的电话里，有一次说他住院了，叫诗织去探望。诗织急忙赶到都内的医院，却看到了奇怪的一幕。

病房里有好几个像是小弟的年轻人，离开病房的时候对诗织说："大姐，告辞了。"口气简直就像黑道。"我故意在池袋的斑马线上去撞小警车。这消息我已经告诉《朝日新闻》跟《赤旗》①了，警察得对我俯首听命了。"小松笑着说。

诗织大吃一惊。她完全不懂小松为什么要这么做。他到底是什么来头？疑惑愈来愈深。

三月二十日左右，小松突然变了个人。从诗织那里听到这天状况的岛田如此转述：

"事情发生在小松位于池袋的公寓。诗织去那里玩，但她说那里感觉好像没有人住一样。可是不知道为什么，房间里放了一台摄影机。她发现有摄影机。"

---

① 日本共产党的机关报。

诗织以为那是在拍自己，随口问道："怎么会有摄影机？"结果小松当场抓住诗织的手，把她拖到隔壁房间去。

"啰嗦什么！啊？你瞧不起我啊？"

诗织生平第一次被人大声怒吼，吓得靠在房间墙上。小松一脸凶神恶煞，一拳又一拳往她的脸旁边击打。小松瞪着惊吓到一动也不敢动的诗织，拳头"砰砰砰"地重重捶在墙上。

小松身高超过180厘米。遭这样一个大汉如此对待，诗织的恐惧可想而知。

小松怒吼：

"你敢不听我的话？好，把我之前送你的衣服，大概总共一百万拿来还我！拿不出来就去洗浴中心给我赚钱！我现在就去找你爸妈，把你跟我交往的事都说出去！"

这番言行，叫人难以相信是出自刚交往时斯文体贴的小松。直到很后来我才查到，这个房间的墙壁确实被打出了一个大洞。

与家人关系亲密、特别黏父亲的诗织，绝对不想被家人知道自己居然跟这种人交往。反过来说，诗织等于是在这时候暴露了自己最大的弱点。

"所以你只要照着我说的，乖乖听话就是了。"

男人对着什么话都说不出来的诗织狰狞地笑道。就在这一瞬间，两人的关系决定性地变质了。

从这天开始，诗织的生活完全被小松控制了。小松开始逐一检查她生活中的每一个细节。每隔三十分钟就会打她的手机,如果她没接,甚至会打到她家或朋友那里,所以诗织也不敢关掉手机。诗织形同被监视了。

"诗织,你喜欢我吗?"

"我爱你。"

"我肚子痛得快死了。我好想听听你的声音。"

"你还好吗?"

听到诗织与小松的电话内容,朋友都以为她们交往得很顺利。但是一挂断电话,她的表情立刻转为阴郁。她说如果不那样回答,小松就会大吼大叫。她对小松害怕到不行。对于这个逼迫她言听计从的跟踪狂,她早已完全失去了感情。

"我还年轻,也想跟其他朋友出去玩。我觉得你比较适合跟我不同类型的女生……"

"你要跟我分手?轮不到你决定!哪里还找得到像我这么棒的男人?钱我有的是,可以供你吃喝玩乐。只要结婚,你爱怎么花我的钱都行。到底有什么问题?告诉你,这个世上只要有钱,想干什么就可以干什么。"

诗织开始在小松面前扮演喜爱阅读的女生。她想要通过阅读,尽量减少跟小松的共通之处。但是只要不小心稍微回嘴,小松就会抓狂。他动不动就威胁要把他们的关系告诉诗织的父亲。诗织为了不让父亲伤心,只好百依百顺、胆战心惊地和小松交往下去。

小松的醋意之大,非比寻常。

有一次,诗织带家里的狗"糖果"去附近散步时,接到了小松的电话。那个时候，诗织就连遛狗都必须随身携带手机。

你在哪里？你在做什么？小松问，诗织诚实地说她在遛狗。然而就连对象是狗，小松也嫉妒得开始狂骂：

"你搞屁啊！居然丢下我跟狗玩，看我宰了你家的狗！"

还有一次，诗织在搭乘JR高崎线回家的路上，接到小松的电话。"我在电车里，等下再打给你。"诗织说，先挂了电话。在桶川站下车的时候，巧遇初中同学，她想要跟同学边聊天边回家，没想到走到一半时，小松又打电话来，嘶声怒吼：

"你搞什么鬼！为什么不马上打给我！"

"我遇到初中同学，跟她一起回家。"

"骗鬼，你跟男人在一起，对吧！所以才不打给我！叫他给我听电话！"

"不是的，拜托你，不要这样。"

"把电话拿给他！叫他给我听！"

诗织无计可施，只好请朋友听电话。小松听到是女的，不吭声了，然后说"都是你不对。你回家以后给我打来"，挂了电话。

四月上旬，诗织的发型整个变了。

她去烫了个像阿福柔头一样的超卷爆炸头。她在日常生活中拼命地把它压扁，只有去见小松的时候让头发整个爆开——是为了让小松讨厌她才烫的。

"一想到她是怀着什么样的心情把她那头漂亮的长发烫成那样,我真的难过极了。可是她这招失败了。因为小松塞钱给诗织的朋友,刺探她的状况。"

"我知道你干吗烫那种头。够了,给我弄回去。"

完全曝光了。据说诗织当时笑着,拼命解释不是这么一回事。

连朋友都背叛自己,这个事实让诗织大受打击。

好难受,我受不了了,好痛苦。

那段时期,岛田这些朋友经常收到诗织这样的信息。

诗织的身边甚至出现了奇怪的男人。开始有疑似征信社的人一整天监视着她的行动。这些人会在诗织下电车后,在车门关上的瞬间跳出车厢。

诗织一开始并没有注意到这些人的存在。但有一次诗织跟大学的朋友联谊后,应该不知情的小松突然说:"我也去那家店联谊好了。"

此外,小松还会毫无征兆地突然说出诗织的男性朋友的名字说:"不是有个住在××的 A 吗?我梦到他上个星期四晚上跟你一起出去玩。"

就连显然只有诗织才知道的事,小松也都了如指掌。唯一的可能,就是诗织的行动无时无刻不遭到监视。不管再怎么鸡毛蒜皮的小事,她的一举一动都被拿来挑剔。即使是诗织问心无愧的事,小松也任意怀疑、执拗地盘问。

四月二十一日，小松逼诗织在他的公寓住处下跪，说："把你的手机折断。你自己折断。"

当时诗织用的是折叠式手机，小松为了要她删掉手机里记录的电话号码，如此命令。"你只能跟我一个人往来，你应该好好地表现出你的诚意。"对小松害怕到只能言听计从的诗织，就这样失去了知交好友的联络号码。

岛田说：

"诗织很快就打电话给我了。她记得我的手机号码，但说她可能不能再联络我了。我也渐渐害怕起来。虽然我很担心她，但也不太敢主动打电话给她了。"

小松已经把诗织的手机通讯录彻底调查过了。诗织的男性朋友开始接到骚扰电话。岛田也在凌晨四点左右接到女人的声音打来的电话。应该是小松委托的。

"我是诗织的大学同学，你是诗织的男朋友吧？"

"我不是。"岛田否认，电话就这样"咔嚓"一声挂断了。这种事发生过好几次。

小松也打电话给诗织的其他男性朋友，大吼："不准接近诗织，敢动我的女人，小心我告死你！"接到这种近似恐吓的威胁，也难怪诗织的朋友会害怕小松。

诗织忍无可忍，也不止一两次向小松要求分手。然而小松不仅没有接受，每次诗织提分手，他的恐吓就会变本加厉。

"你爸在○○公司上班，对吧？大企业哩。可是啊，现在四五十岁的人不是正遇上裁员潮吗？如果你爸被裁了，你弟就没办法继续上学了吧？要让你爸被裁员，对我来说只是小菜一碟。"诗织完全没有向小松提过父亲的职业，他却不知为何一清二楚。事实上，后来发现是小松自己委托征信社，查出诗织家的电话、父亲的公司，还有疑似诗织朋友的许多手机号码。

他的恐吓感觉也不是唬人的。这个人真的有可能做出那种事来。诗织无论如何都想要避免的，就是给父亲添麻烦。

"这样你还是要跟我分手的话，我会把你逼到发疯，让你遭天谴。你爸就等着被裁员，家破人亡吧。别拿我跟一般男人相提并论！我绝对不会原谅背叛我、瞧不起我的女人。我会动用我的人脉，就算倾家荡产，也要把你彻底搞垮。你听好了，我才不会自己动手。只要有钱，自然有人愿意替我效劳。懂了没有！你只要乖乖听话，像以前那样穿我给你的衣服，跟我在旁边笑就是了。"

五月十八日是诗织的二十一岁生日。自从小松变了个人以后，诗织再也没有收过他的礼物，但这天小松准备了花束和玫瑰金表面的劳力士，不请自来地直闯诗织家。

诗织无计可施，只好收下花束，但坚持不收手表。据说小松始终穷凶极恶地瞪着诗织。

"重要的是我爸妈。为了我爸妈，我什么都能忍。只要我听他的话，他们应该就不会有事。"诗织像口头禅似的这么说。对旁人来说，实在不懂她怎么能隐忍到这种地步？但个性善良的诗织相信，为了家人的安全，她必须继续与小松交往，她只有这条路可走。她身边的朋友愈是了解小松这个人，就愈是害怕他，完全爱莫能助。

小松逼诗织在住处下跪，在她面前摆了一把刀。

"如果你真的爱我，就割腕给我看。"

小松的要求也愈来愈没有逻辑可言。诗织吓得全身发抖，小松便抓起刀子，抵在自己的掌心上。

"为了你，我敢割自己的手。"

"求求你，不要这样！"

听到诗织的恳求，小松像野兽般吼叫起来。他突然抓狂，接连踹倒家具，把诗织吓得僵在原地，周围混乱得就像暴风雨肆虐过后。

小松也买过电动理发剪回来。

"我现在要进行仪式。我要把你理成光头。"

那天只是吓吓她而已，但诗织说如果剃光头就可以跟小松分手，她求之不得，只要买顶假发就行了。她已经被逼到甚至会这么去想。实际上，在小松的汽车后车厢里真的找到一把理发剪，小松对发现理发剪的人说"我要把那个女的剃成光头"。

"我可能会被他杀死。整天都在讲这种事，真的很对不起大家。"

面对一脸悲伤地重复这些话的诗织，朋友能做的也只有安慰。毕竟再怎么说，小松从来没有直接对诗织施加暴力。这完全是出于避免吃刑事官司的考量。他的恐吓也大半都是抽象的。

"我要把你逼疯,让你遭天谴、下地狱。你觉得人死了以后会怎么样?"

"……你要把我怎么样?"

"方法有的是。"

小松还这么透露过:

"之前跟我同居的女人自杀未遂呢。只是对她略施薄惩,她自个儿就脑袋不正常了。"

"你对她做了什么?"

"不告诉你。"小松说,邪恶地笑。

"让你遭天谴"这句话,小松对诗织说过一百次以上。

"我可能会被他**刺死**。"

"再怎么样也不可能发生这种事吧?"

在诗织和岛田等朋友之间,这样的对话不计其数。岛田这些朋友为了让诗织放心,也只能这样回答。

"我再也不想见到那个人了,我不行了,我再也受不了了。可是万一我爸妈出了什么事,那该怎么办……"

朋友不停劝诗织应该和父母商量,诗织却说她绝对做不到,于是继续忍耐。

可是,诗织终于濒临极限了。

这天是六月十四日。诗织终于下定决心要与小松分手。两人在池袋站内的小咖啡厅面对面而坐,诗织明确地把自己的意思告诉小松。尽管对接下来可能要面对的后果恐惧得颤抖，她终于还是做出了决定。

"我绝对不会放过背叛我的人。我要把全部的事都告诉你爸。"小松真心动怒了。

他说他要找律师，当场打起手机来。讲了一阵子后，他把手机塞给诗织叫她听。那是诗织从没听过的陌生声音，也不知道是不是真的律师。

"你这女人真的太恶劣了。我要上门拜访。"

"无所谓。请你决定日期之后再打给我。"

"我现在就去你家。"

"请改天再来。"

"你这女人真的太恶劣了。我现在就去你家。"

"请等一下，我不是叫你改天再来吗？你真的是律师吗？"

"我不是，不过我现在就去你家。"

男子淡淡说完，挂了电话。

诗织急忙离开咖啡厅赶回家。她犹豫之后，在电车里打电话给母亲，第一次说出与小松之间的纠纷。状况紧急，或许小松和他的朋友会比自己先到家。

诗织急忙回家一看，却没有任何异状。

"'原来是骗我的'——诗织放下心来，打电话给我。我也安慰她说小松只是嘴上说说罢了，再怎么样也不可能做到那种地步，结果……"

电话另一头传来玄关门铃声，紧接着是一群男人粗重的吼声：

"诗织在家吗？让我们进去！"

是黑道般的口气。诗织慌忙挂了电话。

门外站着小松和两名陌生男子。

"你们要做什么？请回去。"母亲出面应对。然而三个男人却径自闯进屋里。

幸好途中父亲回来了。父亲见状抗议："居然闯进只有女人的家里，你们是怎么搞的？太过分了吧？"一名男子自称是小松的上司，"小松诈领了公司五百万日元，逼问之下，他说是你女儿教唆的。我们要告你女儿欺诈。怎么样？是不是该拿出点诚意来？"

父亲当然悍然回绝。

"有话上警察署去说。"

原地兜圈子似的争论了一阵之后，那名自称上司的人撂下话来：

"别以为事情这样就结了。我会寄存证信函去你公司。给我记住！"

然后带着其他两人离开了。这期间，小松几乎不发一语。

其实，这些对话都被录音机录起来了。

"我建议诗织万一发生什么事，一定要录音。所以过去她和小松之间的纠纷或电话，她都录下来了。"

三名男子离开后，诗织把先前发生的种种向家人坦白。由于她一直不愿意被父母知道这件事，这对她来说肯定是莫大的痛苦。但是在家人鼓励下，她决心向警方求助。

第二天，诗织在母亲陪伴下前往警察署。

诗织家所在的辖区属埼玉县警上尾署。真是命运的讽刺，这里就是日后因为诗织命案成立搜查本部的警察署。

诗织连续两天前往警察署。第二天父亲也加入，三个人一起向警方说明。闯进家里的三名男子的对话录音也拿给警方听了。他们认为警方只要听了，就能了解状况。

然而警方的反应十分冷漠。

听到录音带，年轻警察说："这分明是恐吓啊！"然而中年刑警却不当一回事："不行不行，这案子不会成立的。"

而且警方不仅没有伸出援手，甚至还对诗织一家人说出令人难以置信的话。

"收了人家那么多礼物，才说要分手，做男人的怎么会不生气？你自己不是也拿到一堆好处了？这种男女问题，警察是不能插手的。"

跟踪狂的问题，或许警方也难以判断。实际上，警方收到这类咨询求助的数量相当多。如果被害的一方有过错，反过来遭到警方斥责，或许也是活该；但诗织的案例又是如何？

"发现警察只会训人，根本不会帮忙，诗织沮丧极了。她拼命传达对自己有可能遭到杀害的恐惧，警方却只当成一般的情侣吵架。明明诗织都再三倾诉，这样下去她会没命的……"

诗织把好几卷她和小松的对话录音带交给了警方。诗织总是时时刻刻感受到威胁，因此连手提包里都藏着录音机，一有机会就录音。

里面也有两人在小松车里的对话录音。岛田听过这段录音，他说非常可怕。诗织哭着求小松分手，小松大吼大叫，有时甚至大笑，说：

"别傻了，我绝对不会跟你分手的，我要让你遭天谴。"

"我要把你逼到家破人亡，让你们全家下地狱！"

"你爸等着被裁员，你等着去卖身吧！"

然而听到这些录音，上尾署的那名刑警仍说"这跟这次的事无关吧"，不予理会。诗织和父母花了两天，尽一切努力说明状况，结果只得到警方一句，"这很难立案啦"。

警方姑且收下了录音带，但实在无法认为他们会有什么行动。诗织和父母对警方失望透顶，离开了上尾署。

令人目瞪口呆的是，事情都到了这步田地，小松还继续打电话来要求诗织破镜重圆。

"回到我身边吧。"

"没办法的，我都跟我爸说了。"

"好，很好，给我走着瞧！"这是小松最后一次联络。

在接到这通电话的同一时期，诗织把小松送给她的礼物全部用快递送还到小松在池袋的公寓。之后的一个月，表面上风平浪静地过去了。每个人都希望事情就此落幕。但是，接下来轮到诗织的住家附近出现了可怕的东西。

那天是七月十三日。

住家周围被贴上了大量诽谤中伤诗织的传单。就是那张黄色传单。最喜欢姐姐的诗织弟弟不明其意地带着传单回家来。

"看，好厉害，上面有诗织姐姐的照片耶！"

也有左邻右舍看到，送到家里来。附近不管是招牌、电线杆、石墙，贴得到处都是，自家信箱则是被塞满了一整叠近百张传单。

诗织哭了。

那天下着雨。

母亲在住家周围一张张撕下传单，淋成了落汤鸡。同一天早晨，诗织就读的新座的大学附近、车站站内，以及父亲任职的公司附近，一样贴满了传单。

实在不可能是一个人干的。

诗织的名声、身为一个人的尊严，几乎被摧残殆尽。

附近的主妇说，是两个貌似不良混混的年轻男人贴的。

"诗织脸色苍白，跑去报警。第二天警方派人来监视，然后就没了。张贴的传单上的照片，诗织也不知道是什么时候被拍的。"

没有证据证明是小松干的，但是从状况来看，也不可能有其他人会干出这种事。

因为实在太过分了，诗织终于考虑报案提告。她下定决心，再次前往上尾署，然而等待着她的，是即使演变成这种状况却依然冰冷无情的警方态度。

"你最好考虑清楚喔？打官司的话，要在法庭上说出一切喔？不但花时间，也很麻烦喔？"警察这么劝退她。

就在传单事件前后，还发生了诡异的事。

板桥区内发现了奇怪的小卡。小卡上印着诗织的照片，附上"等你来援交"等字样，甚至印上了住家电话号码。因为有人看到小卡打电话来，才让这件事曝光。

网络留言版也被人贴上相同的内容。不只是诗织的个人信息，连她朋友的照片和手机号码也被公开。这完全超出恶作剧的范畴了。

岛田红着眼眶回想当时的状况。

"在被乱贴传单不久前，诗织就说过她可能会被人张贴可怕的传单。后来她甚至说：'小松会雇用外国人来强奸我，把照片贴在我家附近，然后寄录像带来，搞不好我会被切掉小指。'"

但是她的父母不断地鼓励她"绝对不可以屈服""我们一起加油"。

"他们召开家庭会议，全家团结努力对抗小松。她母亲也顾虑到小孩上下学的安全，去车站接他们。"

没有一刻可以安心。晚上诗织洗碗或是做其他事时，一旦弄出一点声响，就会把已经入睡的母亲吓得脸色大变地跳起来。有车子停在家门外，就必须心惊肉跳地从窗帘缝窥看外头。只是电话铃响，恐惧就重回心头。诗织与家人无法安心入睡的日子持续着。那是一段极漫长的日子。连在自家都无法心安，这是多么巨大的痛苦？

就是因为状况如此，他们才会去向警方求救。如果想要警方行动，就只能提出刑事告诉了。岛田说诗织烦恼了很久。"如果这么做，小松会不会做出更恐怖的事来？是不是该打消念头才好？毕竟可能让对方的行动变本加厉。"

诗织会这么害怕也是难怪。但父母都鼓励她，朋友也这么建议。诗织相信，即使是坚持没有证据就无法行动的警方，只要她报案提告，也一定会帮她。我绝对不会屈服。我要努力活下去——诗织这样对朋友说。

"那个时候，诗织的发言变得积极了很多。大学的课业也很认真。因为她已经下定决心，即使会花掉很多时间，也要去警署做笔录。她被警方提出各种追根究底，甚至是令人反感的质问。"

"大学不是在考试吗？怎么不先等考完了再说？"

警察这么说，但诗织不理会，仍旧表达了报案提告的意思，然而警方却净是提出一些无关的问题。即使如此，七月二十九日，警方总算是受理报案了。这时距离诗织第一次上警署，已经过了一个半月。

诗织期待警方展开调查。警方一定会解决这个问题……

然而事情不仅没有解决，反而更加恶化了。

八月二十三日，这次是信件。父亲的公司收到了大量中伤他和诗织的信件。父亲任职的埼玉县分店收到八百封，东京的总公司也收到了四百封。信封是淡蓝色的，盖着涩谷邮局的邮戳。信纸上用打字机打满了密密麻麻的字。

"贵公司的猪野一副忠厚老实的模样,其实是个赌鬼,在外头包养小三……因为他女儿,害我们公司的钱遭人盗领。贵公司这样的大企业居然雇用这种人渣,让人难以理解。日本要完蛋了。"全是这类无凭无据的内容。

"诗织的父亲在公司向来是个搞笑的开心果,完全不古板,所以一看就知道是无稽之谈,因此在分店完全不被当真,但总公司派人来问了。"

次日二十四日,父亲急忙带着信件去警署求助,然而负责的刑警却只是笑着说:"这纸质很不错呢,做得很用心嘛。"

诗织得知父亲被黑函中伤,难过极了。

"我爸好可怜,太可怜了。"她好几次向岛田这样说。

而且问题不只是黑函而已。最重要的刑事告诉,状况也愈来愈不对劲。

九月二十一日左右,一名刑警来到猪野家。还以为他要做什么,居然是来要求撤销报案的。理由不明。刑警说"要告的话,随时都可以再提告",但父亲猪野断然拒绝了。

事后诗织听到这件事,立刻想起小松说过好几次的话。

"我在警界高层跟政界有一堆朋友。我小松大爷没有办不到的事。"

这是小松的口头禅。诗织愕然。她只能认为,好不容易下定决心战斗到底,但唯一指望的警方早已被小松渗透了。原本已逐渐打起精神的她,因为这件事瞬间陷入绝望。

"已经无计可施了。我真的会被杀掉。小松早就打点好了。警方已经不能依靠了。结果他们完全不肯帮我。我已经完了。我一定会就这样被杀死。早知道就不要报案了。现在赶快撤销报案还来得及吗？"

这是那时候诗织对岛田说的话。

十月十六日，命案十天前。各种麻烦毫不留情地持续发生。凌晨两点左右，两辆车子几乎紧贴着围墙停到诗织家门前，其中一辆是本田——都不是小松的车。车子打开车窗，震耳欲聋地播放音乐，并且把油门催得震天价响。诗织家是安静的住宅区。这是甚至把邻居也给扯下水的夸张"暴力"。

虽然立刻就报警了，但警车抵达之前，那两辆车子早就悠哉悠哉地离开了。在家人的努力下，好不容易拍到车子的照片，也记下了车牌号告诉警察，然而警方还是一样，毫无动作。

"那天我在三更半夜接到诗织的电话，可是坦白说，我自己也怕得要命，所以不敢接。结果手机接到了短信。"

岛田出示的手机屏幕上是这样一段文字：

他终于来了。原来还没有结束。又开始了。

次日早上，岛田打电话问怎么回事？诗织把状况告诉他，不停地说"我爸妈太可怜了"。

这句话，是岛田听到的诗织的最后一句话。

十月二十六日，"死劫之日"到来了。诗织出门去大学上课。她骑着自行车前往车站，停在大型购物中心旁边。

十二点五十分。

这天，令她有如惊弓之鸟的日子以死亡的形式告终了，就像她一再反复地向朋友诉说的那样。

我对岛田及阳子的漫长访谈，也突然地结束在十月二十六日这个日子。

鞋底感受着地板传来的某个包厢的八分音符。与其说那是令人不悦的噪音，总觉得更是为了让自己回到现实所必要的节奏。就像从噩梦中醒来的早晨，需要一点时间才能从床上爬起来。整个灼热起来的脑袋和掌心甚至冒出了汗水。

老实说，起初我也怀疑会不会是案件相关人士常见的夸大其词，也有一些疑问。虽然边听边点头，但周刊或报道记者是不会对受访人的话照单全收的，总是会在心中拉起防线。愈是资深老手，应该愈是如此。因为每个人或多或少都曾经被背叛过、吃过苦头。

但诗织这两位朋友的话具有奇妙的说服力，并且从头到尾逻辑一致，更重要的是他们没有理由撒谎。而且岛田珍惜地带着诗织第一次找他倾吐烦恼时，他记下小松名字的记事本。上面补充了后来诗织身边发生的各种事件的信息。访谈期间岛田多次查看的那个记事本，也正确地记下了日期和时间。这是重要的证据。

但是，让我信任他们的不是记事本。不是这种东西。

我之所以觉得他们可以信任，是因为他们身陷**恐惧**。

听着听着，我理解到小松这个人很不寻常。他是个荒唐恐怖的人。任何一个细节，都具有说明这名男子形象的十足真实性。世上确实有些让人无论如何都绝对不想扯上关系的人。那种人会让接触到他的所有人都变得不幸。

访谈结束时，我觉得我真正理解了岛田和阳子究竟在害怕什么。如果我站在相同的立场，一定也会如此恐惧。

"下一个会不会是我？"

他们对诗织与小松之间的一切一清二楚。他们有可能投奔警方，或是把所有的一切向媒体揭露，而跟踪狂有可能只是默默在一旁坐视他们行动吗？小松应该也已经掌握了岛田和阳子的住址。他们会如此害怕、提防，也是理所当然。正因为他们说的是真的，所以他们才不得不感到恐惧。

还有比这更确凿的证据吗？

时间一分一秒静静地过去。我第一次遇到这样的采访。我再次意识到，完全被他们的话吸引的我，需要莫大体力才能全神投入地进行访谈。

这次轮到我说话了吗？得说点什么才行。

我决定把通过采访得知的诗织的最后情况告诉两人。他们有知道的权利。他们把诗织死前的一切都告诉我了。这段漫长历程的结尾，他们并不知道，但我知道。

我斟酌措辞，将我所知道的诗织死前的状况全部告诉他们。

我说到诗织流血蹲下去的时候，不断忍耐的两人，感情终于溃堤了。他们号啕大哭起来。一个体面的青年肩膀剧烈起伏，用西装右臂抹着眼睛，失声痛哭。阳子瞪着长靴的鞋尖，捂着双眼不停地抽噎哭泣。就连身为采访人的藤本，都拿着圆珠笔流下泪来。

　　装潢俗艳的KTV包厢。化成噪音的音乐从周围的包厢传过来。这是个与哭声太不搭调的地点，但是我切实地把他们的声音写进了心中的笔记本，写成了一辈子都无法抹除的纪录。

埼玉县警上尾署

第三章 锁定

我先请岛田和阳子离开店里，因为我认为不要被别人看见我们在一起比较好。我和藤本留在包厢里。两人都默不作声。

我躁动难安，不自觉地东张西望。刚才来到这里的时候，就只是间平凡无奇的KTV包厢，但现在却有什么不同了。

哪里不同？

我们等待了一段时间后，也离开了KTV，逆着来时的路前往车站。经过的应该是一样的拱廊商店街，我内心的异样感却仍旧没有消失。总觉得开始在意起背后来了。没错，就是背后……

坐上自己的车以后，才觉得背后的不适感消失了。但是也只是变得微弱而已，仿佛怎样都无法彻底抹去，若有似无地黏附在皮肤上。那种感觉很奇怪。此后我便一直与这种仿佛遭人监视般的感觉相伴。

还有另一个我必须面对的感觉。

有一股难以排遣的感情堆积在胸口。好沉重。

采访本身再顺利不过，我完全没有理由心情沉重。岛田和阳子告诉我们的内容，让我可以写出一份相当详尽的报道。以目前来说，应该再也没有人比他们更清楚诗织所卷入的麻烦的内情了。有些事实连诗织的父母都不知道，因为他们是朋友，诗织才会向他们吐露。

但这些并未令我感到兴奋。

我觉得在KTV包厢里，除了他们所说的话以外，我似乎还接下了其他的"什么"。

记者的工作是书写，将知道的事实传达给世人。要撰写报道，只需要听受访者"述说"就够了。但是这场岛田和阳子的采访，却有着超乎述说的事物。

我不知道那是什么，不过，他们为什么会那样**拼命**地告诉我？这样的行动甚至有可能招来跟踪狂的报复，应该非常危险，然而他们却仿佛被什么推动似的，采取了行动。

诗织又是如何？连对警方都彻底绝望的她，为什么会向朋友留下"遗言"，试图让别人知道她发生了什么事？据说诗织的房间里甚至留下了类似遗书的便条。做到这种地步，也想要传达的事物——诗织拼命传达给朋友，然后她的朋友又交给了我的——"什么"。

总觉得肩膀一下子沉重起来了。就像在运动会必输无疑的接力赛中接下最后一棒的跑者。然而，我又能做什么？

我也忍不住心想：开什么玩笑，我只是个记者，我可不想扛起莫名其妙的责任。

尽管脑中这么想，一回到编辑部，我便立刻翻阅刚才的采访笔记，影印地图，并搜寻资料库。仔细整理岛田和阳子所说的内容，持续进行精密验证工作的我，已经被那"什么"给驱使了。

从岛田和阳子的话来看，这名叫小松和人的男子应该与命案有某些关联。他们的证词还有许多细节有待查证，不过大致上来看，他们所说的内容方向应该没有错。

小松曾经与诗织交往，反复出现异常言行，挥霍无度；最重要的是他一再宣称"我才不会自己动手。只要有钱，自然有人愿意替我效劳"。

然而小松不可能是刺死诗织的凶手。有目击证词指出，逃离现场的男子特征是身高约170厘米、肥胖、三十多岁；而岛田和阳子形容，小松身高180厘米、偏瘦、二十几岁，显然是不同的两个人。虽然我不知道能不能将从跟踪骚扰到杀人的行为全部外包出去，但这件事具有十足的采访价值。

我在编辑部的办公桌前按压着圆珠笔思考。我从打印机里抽出一张白纸，放到桌上，将与命案有关的人物一一列出来。

- 像征信社一样持续尾随诗织的人
- 和小松一起闯进诗织家恐吓的两名男子
- 张贴传单的两名小混混
- 命案一星期前，在猪野家前把两台车子的音乐开得震天价响的男人
- 三十多岁的凶手

重新写出来一看，我几乎傻了。这数量太不寻常了。不一定都是不同的人，有些角色可能重复，但显然有一整团跟踪狂存在。不可能有数量如此多的跟踪骚扰行为在同一时期各自独立地针对诗织进行。

如果和小松一起闯进诗织家的两名男子不是行刺的凶手，那么光是这样，这群人起码就有四个人。而他们看起来不像不良混混，所以得再加上两人，总共六人……我完全无法想象他们到底总共有多少人。

而且一连串跟踪骚扰行为里，六月以后，完全没人看见小松和人。不管怎么看，表面上他都与这些事情毫无瓜葛。

不管怎么想都令人想不透。有个类似黑暗组织的团体，一接到委托，就会对一名女大学生极尽骚扰之能事，最后取走她的性命——这种事有可能吗？从来没听说有这样的组织。

我也在这个圈子摸爬滚打多年了，自认为看过不少稀奇古怪的人，但从来不曾遇到过这种组织或杀手。而且目标还是个平凡的、随处可见的女孩子，这未免太恐怖了。

我确定目标了。首先要设法联络小松本人。或许他也有他的一套说辞。基本上，采访必须被害人、加害人两边的说辞都予以聆听。

我需要小松的周边信息。

脑中闪现可靠的男人名字，我约了T先生见面。

"你好～～"T先生带着他一贯的口吻现身了。地点是深夜的家庭餐厅。两杯咖啡才刚送上桌,我便迫不及待地把这天从岛田和阳子那里听到的内容转述给T先生。客人很少,音量自然变成了窃窃私语。

我的目的是交换信息。不管再怎么亲近,只取不予有违江湖道义。只要提供有用的信息,就能得到回报,这是记者的行规。这个世界的货币就是"信息"。

我想知道的是侦办现况。只要知道警方的行动,或许也可以掌握到小松的动静。运气好的话,还可以知道跟踪狂团队是哪些人。

我将岛田和阳子告诉我的内容逐一转达给T先生。虽然不知道哪个部分能命中他的信息网,但说得详细点总没错。

真要老实说的话,其实我也有种不想独自扛起岛田和阳子托付给我的那"什么"的心情。我想要伙伴。如果要把谁"拉下水",就只有这位T先生了。

T先生听着小松与诗织之间的关系,脸上开始浮现惊愕的表情。我在听岛田他们描述时,也是这种表情吗?我这么想着,压低音量继续说明。

"这是怎么回事?"

T先生写笔记的手不停在纸面上顿住。看到总是冷静的T先生惊讶的表情,我反而有点放心了。

"很夸张,对吧?可是说真的,小松到底跑到哪里去了……"我向他套话。

T先生不愧是T先生,他老早就看透我想知道什么了。

"搜查本部也盯上小松了。"

不仅如此，而且早已掌握到小松的所在，甚至已经在确认他的行踪了。警方会注意到小松，也是理所当然。毕竟再怎么说，诗织都曾经好几次为了小松的事向上尾署求助，警方会忽略他才说不过去。可是确认行踪……

警方确认嫌犯的行踪，表示照这样下去，警方会以某些嫌疑把小松带去警署做笔录，或是拘捕。简而言之，小松会去到我们记者无法接触的"另一边"——铁牢里面。警方在追查小松，这值得欣喜，但这样一来，我就无法联系上小松了。说来可悲，但是干记者这一行的，就是忍不住会这么想。

"要怎么样才能见到小松……"

T先生贼笑着说：

"大叔啊，在那之前，我还有个重要消息喔。"

又叫我大叔。

"小松才不是什么汽车销售员。"

啊？

"他是色情按摩店的老板，特殊行业的。"

什么跟什么？最近干这行的也能叫作"青年实业家"了吗？

T先生说，小松在池袋经营非法色情行业。从岛田和阳子的描述看，完全搞不懂小松实际上到底是做什么的，但是这下就解开一个谜团了。难怪小松那么年轻，手头却阔绰成那样。这也可以解释为何他经常有些暗示他在地下社会有门路的发言。特殊行业人士里面，确实有许多人与黑道有关。

那么，搜查本部监视的地点，是小松经营的按摩店吗？

"没错，不过希望你不要靠近那里。连我都没去。"

我语塞了。记者俱乐部在这方面都会严格要求。虽然也可以宣称警方是警方，媒体是媒体，径自跑去采访，但是俱乐部成员要是做出这种事，绝对会遭到除名。

我们杂志并未加入俱乐部，而且反正俱乐部从没给过我好处，也不会让我采访，所以不管警方说什么，原本都与我无关；但是我也不想妨碍办案，更不能给T先生添麻烦。我也希望凶手能够早日落网。小松无疑握有命案关键，县警也打算一发现他，立刻将他拘提到案，因此我更不能坏事了。现在只能先按兵不动。

不过既然警方还在监视那家店，就表示虽然在确认他的行踪，但仍未拘捕他。小松还在别的地方。

临别之际，我问T先生：

"关于死者诗织，你打算怎么处理？"

我想问一下如果写成报道，他准备以什么样的角度来写诗织。诗织是被害人，而且不管在哪种意义上都没有过错。但是年轻女性遭到跟踪狂攻击的新闻，可以预见其他媒体一定会写出女方可能也有过失的报道。我是想问他是不是为了保险一点，我们的报道也暗示这种可能性比较好。

"还是不要吧。"

T先生持否定态度。

发现他与我意见相同，我松了一口气。我们彼此叮咛要慎重处理被害人的隐私，当天就这样道别了。

次日我来到池袋。

我无论如何都想见到小松，但不想妨碍警方办案，不能盯着小松开的色情按摩店。

店铺不行的话，住家怎么样？

诗织死前说出了小松的公寓地点。县警和T先生当然也都知道那里。能不能以此为线索，追查出小松的下落？

我一大清早就展开采访。小松的住民登录①似乎频繁迁移，他好像在池袋一带拥有好几户公寓，来来去去。诗织遭到恐吓威胁的公寓，只是他拥有的公寓之一而已。

但是他肯定频繁出入这个住处，而且命案发生前，小松的住民登录地址也在这里。加上这里没有警方监视，可能性或许很低，不过就盯着这里吧！

我和樱井在公寓附近会合。虽然也有点担心只有一名摄影师够吗，但需要的时候，我自己来拍就行了。再怎么说，我以前也是靠摄影糊口的。

抵达现场一看，希望当场破灭了。各个要地早就被媒体占据了。各家媒体都已查出"跟踪狂小松"是谁，行动起来。记者脑子里想的都一样吗？而且公寓里没有人影。

话说回来，这样说虽然有点没口德，但这些媒体的监视手法也太粗糙了。把社旗包起来就自以为能隐身的黑色专车；载着大型车顶架的电视台厢型车。毫无遮掩的车窗，一

---

① 住民登录是日本各市区町村将居民的居住地登记于"住民票"的制度，用以证明居民居住于该地的事实。只要搬迁，就有义务在一定期限内至市役所申请异动。

看就知道车子里面坐了好几个人，甚至还露出摄影机。完全就是外行人。对方可是犯下那么多恶行，却不留半点证据的跟踪狂，如此拙劣的监视，对方怎么可能现身？我忍不住啧了一声。这个样子，就算小松回到这里，从一百米外就会发现有媒体，逃之夭夭了。

摄影周刊的采访，监视是基本。甚至有些摄影师，一年三百六十五天就专门监视。为了不被对象发现，我们会使尽一切手段。这是咱们吃饭的绝活，所以无法详细交代。不过如果对方是跟踪狂，那么我们以某些意义来说，就是职业跟踪狂。如果一对一较劲，我有自信绝不会落败。

但是其他媒体用这种可笑的手法大剌剌监视，我也没辙了。监视一旦曝光，就是全盘败露。在其他媒体撤退之前，监视并非上策。走进死胡同了。

这天以后，我也来过这栋公寓几次，但情况依旧。总之这个地点只能放弃了。

虽然放弃了拍照片，但内容部分还有很多地方需要采访补充。我根据岛田告诉我的内容，逐一求证小松和跟踪狂集团四处留下的各种痕迹。真的存在两人相识的游戏中心吗？真的有假的征求援交小卡吗？能不能找出网络上对诗织的中伤帖文？虽然必要，但这无疑是必须一步步耕耘的工作，而且时间紧迫。

关于小松对诗织说的"青年实业家"的经历，我也依靠小松交给诗织的名片前往采访。真的有这家公司，但小松老早就辞职了。

"他在那里工作,已经是大概五年前的事了。他就类似独立的汽车销售员,可是听说给那家公司惹了麻烦,被炒鱿鱼了。店里的人说,那个时候是小松的哥哥去赔罪的。"知情人士如此透露。

结果采访到这里,已经到了时限,但我有预感,命案的拼图正一块块拼凑起来。预感告诉我,只要再一点、再加上一点什么,就可以追查出真相了。我的干劲丝毫未减。

回到公司办公桌后,我把报道标题写在纸条上,交给总编。

"成为跟踪狂牺牲品的美女大学生的'遗言'"。

以"美女大学生"做标题,真的是周刊的宿命,但是我完全不打算写什么"死者是众所公认的美女"之类的内容。我想要写的是诗织留下的"遗言"。我想要以命案的概要及岛田和阳子所说的内容为中心,在保护他们身份的前提下,详细写出诗织遭到的跟踪骚扰。

还有一点。小松这句话真的很让我反感。

"我才不会自己动手。只要有钱,自然有人愿意替我效劳。"

世上怎么能有如此荒谬的事?这种甚至连自己的手都不愿弄脏的人,可以任他逍遥法外吗?

正义感?

那种东西应该早就不知道被我丢去哪里了,不过这就是那种感情吗?在"三流"周刊记者内心翻腾的不可思议的狂风暴雨。虽然连自己都觉得好笑，但我无论如何都想把据说是小松口头禅的这句话写进去。

活在"我会被杀"的恐惧中，留下遗言死去的被害人。

"我要搞死你！"撂下话后，就此销声匿迹的跟踪狂。

开什么玩笑。

小松肯定跟这起命案有关联。对于要爆出他的事，我丝毫不感到踌躇。我一边写稿，一边诅咒内容太多而篇幅太少。清晨时分总算写完最后一行的时候，我打上副标题"死者托付给好友的凶手姓名"。我想要用这个副标题传达出我的信息："我知道你是谁。你为什么要逃？"

我一直犹豫到最后一刻，毅然决然将小松以姓氏的首字母"K"（Komatsu，即小松）代称。我完成了稿子，却完全没料到这篇报道竟会成为宛如长期连载的耐力赛的第一回合。

截稿第二天，我再次联络岛田和阳子，约他们出来碰面。我想告诉他们写出来的稿子成品是什么模样。有些事情是在后来的采访中才查到的，而且我也还有一些问题想要请教他们。他们接到我的联络，似乎吓了一跳。

"嗯，见面是没关系……"

电话另一头传来岛田困惑的声音。他们似乎以为媒体只要问到想要的内容，就不会再理他们了。直到再次于KTV包厢碰面，我才发现这一点。

聊完之后，阳子对我行礼。

"谢谢你没有丑化诗织……"

大叔觉得好腼腆。

十一月二日。命案之后过了一星期，《FOCUS》陈列在店头。手机接到几家同业媒体对那篇报道的询问。大家都想知道我是从哪里问到跟踪狂的事的。既然报道都出来了，我也没必要隐瞒。我向每个来电的人保证会替他们和岛田及阳子牵线。各家媒体对我有恩，更重要的是，我不希望诗织拼命留下来的这些内容，只出现在一家周刊便无疾而终。不过我也提出条件，说这是要向被害人的朋友采访，请他们报道时要特别留意对诗织的写法。

编辑部那里，也有读者看到报道而来电。有些电话接近单纯的感想，也有一些提供了案件相关信息。这些联络里，有人捎来了与小松开的按摩店有关的消息。是池袋的特殊行业人员。他说就在《FOCUS》出刊的那一天，小松经营的池袋按摩店突然关门了。

在后来的采访中得知，店长注意到警方的动向，对员工和小姐说：

"最近警方可能要发动临检，所以这家店就开到今天。大家带着自己的私人物品回家去吧。外头有警察盯着，所以你们分头一个个离开。"

由于事发突然，小姐都很惊讶，却也只能无奈离开。不过当然没有对按摩店本身的"临检"，警察追的是老板小松。

其实这个时候，搜查员犯了一个过错。他们查到小松经营的一间按摩店，进行监视。这是秘密侦查，警方当然付出了最大的细心，避免被对方发现。然而小松拥有的店不只这一家。

以这家店为中心，小松在那一带居然拥有六家店，而且附近还有无数间用来供顾客使用的房间。一整天里，小松旗下的店长、员工、小姐等等就在搜查员旁边走来走去，警方的动静不可能不曝光。他们自以为躲得远远地监视，然而却就在小松集团的巢穴之中。这个时候，搜查本部就已失去了与小松的联系。警方应该是在跟监嫌犯，却一次都抓不到小松和人。

同时我也失去了采访的线索。店关掉了。公寓那里到现在还是无法监视。小松人在哪里？面对新的一星期开始，我却愈来愈焦急。采访就要陷入瓶颈了。

就在这时，编辑部接到了一通带来新消息的电话。

那名读者自称读了报道，听到他的话，我发现幸运女神真的太眷顾我了。送来令人求之不得的宝贵信息的这位人物不是一般读者，恰恰是小松按摩店的相关人员。

时机太巧妙不过了。我正觉得采访应该只能从这方面进行下去，这位再恰当不过的人选就打电话过来。由于这个人，我的采访有了迅速的进展。

一般人当然不知道跟踪狂就叫作"小松"这个名字，因此即使身边有某些危险人物，也不会知道他与桶川杀人案件有关。但是我在报道中以姓氏首字母"K"来代称跟踪狂，这个决定为我带来了新的消息。

"报道里面说的K，是不是小松和人？我看到内容，立刻就想到了。对，就是池袋按摩店的老板小松。他有好几家店，是个很可怕的家伙。"

即使到了现在，我依然不能揭露这位信息提供人的姓名甚至是性别。因为对方在第一通电话里就明白说："我不能直接见你，也不能说出我的名字。"我当然知道对方的性别，但是关于名字，我实在没把握现在所掌握的是正确的。就像诗织的朋友那样，这个人也认为小松是个危险人物。这里就暂时称这位线人为渡边好了。我极力恳求渡边协助，渡边说："如果是通过电话，我可以协助采访。"此后，渡边和我便频繁地以电话联系。

渡边说，小松从数年前便在池袋经营非法色情按摩店，到现在也还有六七家店。他租了好几户公寓做生意，都是非法的色情按摩店或应召派遣。

每一家店提供的都不是年轻小姐，主要是三十岁左右的女性，以"人妻"为卖点。店名都走"第一夫人""山手[①]贵妇""夫人恋爱俱乐部"这类路线。为了防范临检，店名似乎也频繁更换，只是由于前些日子的风波，现在所有的店都关掉了。

小松是这些店的老板，有时候叫"社长"或"经理"。据说在他上面，还有一个叫"一条"的"幕后黑手"。这个

[①] 山手（山の手）原为基于地形的称呼，属于高台地区，由于居住此地者多半为社会地位较高的上流阶级，故成为高级住宅区的代名词。

人据说是黑道人士，有时候会一袭白色或黑色西装，穿着漆面皮鞋出现在店里。渡边说那人的外表一看就是黑道，但员工也不知道他是哪个帮派的。对于这名男子，小松似乎也得鞠躬哈腰。

我在与渡边的对话中，得知了小松的店名和地点。每一家店都在池袋站东口周边。我认为线索就在这里。这周的采访总算启动了。

冬季，太阳城60大楼的影子长长延伸而出，再过去的那一区，就是色情行业的圣地。

小松等人租下许多林立于那里的公寓房间，经营色情产业。我先把住宅地图贴在一起，把他们经营的店全部做了记号。

说是店铺，公寓房间里也只有柜台而已。交易系统是顾客在那里看照片挑小姐并且付钱，就可以拿到小姐所在的其他公寓的房号。店铺周围有无数这类房间，空房有时也拿来供员工休息——感觉是供潜逃的小松躲藏的绝佳地点。

在周边采访的过程中，我渐渐查到以前诗织听小松说是他家的、没有生活感的住处，也是这类公寓的一户。因为那一户周围也有柜台和许多小姐等待客人的房间。我决定彻底盯住这一区。

同时我也设法联络专门跑特殊行业的记者，或熟悉这个世界的消息灵通人士。因为我猜想他们可能知道小松经营的连锁店或是他可能会去的地方。小松居无定所，用一般方法是不可能找到他的。要找到他，只能逐一调查这类地方。

"你认不认识一个叫小松的？他开奔驰车，长这个样子。"我也问了每一个特殊行业人员和拉客的，但反应意外淡漠。

我听说小松在池袋算是个人物，但看来事情没那么容易。我也购买了大量的特殊行业信息杂志和晚报。这段时间，我的公司办公桌上和车子里总是散乱着这类特殊行业杂志和广告剪贴。看到我明明应该是在采访命案，却净做些莫名其妙事情，编辑部的女同事不晓得内心作何想法。

"欸，我喜欢人妻路线的，有没有那种店可以介绍？"

我在池袋一带和电话里不晓得说了多少次这种话。虽然觉得一个老大不小的大叔这样做实在很丢脸，但现在也只好不择手段了。我也四处调查会出入这类店铺的清洁公司和毛巾公司等从业人员。色情行业都会把用来接客房间的备份钥匙寄交给他们，所以只要调查他们的行动，立刻就可以知道哪栋公寓的几号房是这种用途。

我在一步步采访的过程中，查到小松以前当过员工的店。据说他找了那家店的常客担任金主，自己出来独立开店。

小松辞掉那家店的时候，不仅擅自挖走小姐，还任意拿走店里的备品，引发纠纷。而且东窗事发，遭人上门兴师问罪的时候，他流着泪说要去向黑道告状，这实在让人更好奇他究竟是个什么样的人物了。

我连日前往池袋闹市区，四处打听。

如果说摄影师采访的基本是监视守候，那么记者的基本就是四处走访。走、走、走，不停地走，完全是体力劳动，不需要任何技巧。重要的只有一点，能不能碰到关键的采访对象。

几年前的夏天，我有过这样的经验。

事件发生在某个地方都市。一名男子不仅猥亵女高中生，甚至还把照片公开在网络上，因而遭到逮捕。

在当时，网络犯罪侦办起来困难重重。正因为如此，成功逮到嫌犯的县警得意扬扬地大肆宣扬破案一事。而且这名嫌犯在社会福利相关团体任职，因此引来媒体瞩目。

我和一名新人记者负责采访这起案子。但因为被害人未成年，警方公开的内容只强调"成功破获网络犯罪"这部分，极度缺乏周刊需要的侦办过程及案情概要，甚至连为何能够逮捕、嫌犯有什么特征都不清不楚。截稿日迫在眉睫。我逼不得已，带着新人记者，两人在车站前展开访查。

之所以这么做，是因为据说嫌犯是在车站前搭讪被害女生："我可以为你拍照吗？"既然如此，应该有好几个女生碰过同样的搭讪才对。人会重复相同的行动模式，被搭讪的女生数目应该不少。只要我们也采取一样的行动，或许可以找到曾被嫌犯搭讪的女生。要采访到他的作案手法、印象以及个性，应该只有这个法子了。如果说有什么问题，就是发现那样的女生的概率很小，完全只是"或许有可能找到"而已。

听到我的提议，新人记者 A 君张大了嘴巴问：

"真的要这样做？"

策略非常简单。拦住放学回家的女高中生，出示嫌犯的照片，问："你看过这个人吗？"弄错一步，我们就会被误认为色狼。就算不被误认，肯定也是拿着奇怪的照片逼近的怪叔叔。我可不想被扭送警局，所以指示 A 君务必要确实表明我们是在采访。

那天真的非常热。气温超过三十度，没有风。我们分头前往车站东口和西口，脸上和背部汗如雨下，像廉价录音机似的不停地重复相同的咒文。这不需要任何知性或教养。不，要是有知性或教养，根本做不出这种事情来。一看到水手服就追上去，拦下来攀谈，这应该是主流媒体的精英记者连想都不会想的可笑做法。

不过就算如今回想，这个方法真的只是灵机一动而已。不管问上多少人，都毫无所获。位于县政府所在地的那个车站是个大站，人潮源源不绝。我从来没有想过世界上居然会有这么多的女高中生。女高中生接二连三地冒出来，没完没了。

大概过了三小时的时候，我早就后悔了。或许这真的太鲁莽了。相对于我，新人记者 A 君仍然非常卖力，但听到他朝气十足的声音，我不禁觉得自己在荼毒能干的年轻人，让他在这炎炎日头底下做无用功。

就在我大概被第三百个女孩拒绝的时候，我接到 A 君的电话。

"有个女孩子说她认得照片上的嫌犯。她愿意傍晚的时候见我们。"

真的假的？比起反问的我，真的找到女孩的 A 君似乎更吃惊。我急忙与他会合，然后在约好的地点见到了那名女孩。是个娇小得像个孩子的少女。

"这个人曾向我朋友搭讪。"女高中生说。因此我提出各种问题，结果她似乎从朋友那里听说了极详细的过程，给了我相当笃定的回答。采访非常顺利，谜团逐一解开。虽然谜团解开了，但她所说的内容也出现了一些矛盾。她知道得太多了。

这个疑问不断累积，等到我们相谈甚欢之后，我大胆提出质问：

"你说的'朋友'其实就是你自己吧？"

"啊哈，还是被发现啦？"

个性悠哉的 A 君完全不明白这个告白意义有多重大。

"咦？可是你刚才说是你朋友……"

记者 A 君说，我不让女孩发现地狠狠地踹了他的脚一下，说：

"我从一开始就这么猜了。"

女孩轻吐舌头笑了。万万没想到，这名女孩居然就是那起骚扰案件的受害人本人！

她说她看到报纸，对于这起事件的焦点全放在网络"高科技"侦办上感到疑惑，所以愿意协助我们采访。

接下来，她毫不保留地告诉我们详情，我也因此能够追查到原本难以厘清的事件细节。对于这起事件，包括报纸、杂志在内，恐怕没有任何一家媒体报道得像《FOCUS》这样详细。当然，在撰写报道时，我充分保护了少女的隐私。

但是，在人来人往的大都会大车站里巧遇被害人的概率等同于大海捞针。所谓采访，只不过是不断地重复乍看之下徒劳的这类作业罢了。不，大部分都是以徒劳收场……

岔题一下，在这起事件中，得意扬扬地宣布破案的县警所谓破获网络犯罪的侦办内容，其实粗糙得可笑。是这名少女的朋友告诉她"网络上有你的不雅照"，她告诉老师，老师再告诉警方，警方才得到消息，如此罢了。多么低科技啊！然后县警向少女问出嫌犯住家，扣押电脑，本人也供认不讳，因此警方宣布逮捕破案，只是这样而已。

附带补充，县警完全不了解网络，好像以为只要扣押了嫌犯的电脑，猥亵照就会自动从网络上消失。嫌犯的电脑和网站服务器根本是不同的东西，照片不可能自己消失。嫌犯落网后都过了一星期，被害人的猥亵照依然存在于网络上，且在全世界传播。

确实，歹徒或许落网了，但被害人的补偿救济完全遭到忽略，真的十足警察作风。

持续前往池袋打听的我，在旁人眼中，恐怕完全脱离了命案的主轴。我本身也觉得好像在绕极大的圈子。

这样做，真的能深入了解命案内情吗？事情顺利时就没事，不顺利时，有时甚至会让人质疑起自己的行动，忍不住吐几句苦水，这也是人之常情。在烈日下的站前采访时也是如此。先前的干劲不晓得消失到哪里去了，觉得不管做什么都不顺利。

我要报道的不只有桶川命案。每天都会发生案件，我也必须去采访那些案子。必须填满杂志版面。

尽管这么想，但我把几乎所有的空当都拿去采访色情行业，每天都往池袋跑。

奇妙的是，不管我去哪里、怎么样采访，都不曾碰到县警搜查员。甚至没有人提到"有警察上门"。那些据说多达一百名的刑警到底在哪里？在做什么？

这让我不得不心生疑念，不是我的采访方向大错特错，就是警方正在朝别的方向侦办；但我不可能知道警方的办案方向。我只能用自己的方法，一间间问遍池袋的特殊行业。

不久后，虽然进展极为缓慢，但我渐渐查到一些眉目了。我到处向相关人士分发名片，结果办公桌开始接到可疑的电话："听说你在找小松？"

虽然不知道对方知道什么，但接到这类联络时，我都会尽量去见他们。其中也有一些称为"食客"、为了拿到酬金或吃上一顿饭而信口开河的家伙，但只要把这些当作采访中不可避免的过程，也不会因此感到挫折。有时乍看之下非常可怕的"道上兄弟"，或少了几根手指的人，也会带来一些耐人寻味的信息。采访范围愈来愈大，却依旧找不到小松的藏身之处。

有件事令我耿耿于怀。

岛田曾经提到，九月下旬有一名刑警到诗织家去，要求撤销报案。

这是真的吗？为什么警察拜访被害人家，要说这种话？甚至还说"要告什么时候都还可以提告"。但是告诉一旦撤回，就无法针对同一案件再次提告。如果警察随便乱说，这可是严重的问题。

上尾署只接受记者俱乐部成员的采访，我无法直接采访警察，所以去向T先生打听，发现这时部分媒体也流传着类似的传闻。对于这些记者的询问，上尾署的干部说：

"我们调查过了，我们署里没有这样的刑警。没有纪录也没有报告。警察不可能说这种话。"

某个侦办人员甚至一口咬定："那是冒牌货啦。应该是假冒警察，想要让他们撤销报案吧。"跟踪狂集团都做出那么多夸张的行为了，我觉得会假冒警察也没有什么好奇怪，便接受了这个说法。

《FOCUS》在案发后即将迎接第二次截稿日时，我查到了某个事实。

小松虽然居无定所，但还是办了住民登录。我追查这条线，发现当跟踪骚扰行为愈来愈激烈时，他的住民登录也在池袋一带不断转移，最后停留在板桥区的一户公寓。我对这个地点很感兴趣。

说到板桥区，是印有诗织照片的"假援交小卡"突然到处出现的地点。这会是巧合吗？不过就算是逃亡中的跟踪狂，应该也不会拿毫无关系的人家去做住民登录。

我这么想，所以派了摄影师樱井监视那栋公寓，却不见小松人影。那里只住了一个男人，名叫森川（化名），他对循着相同线索前来采访的其他媒体说：

"小松给我一万日元，叫我让他把住民登录放在这里，我什么都不知道。我也觉得很困扰。"

我觉得很可疑，四处询问特殊行业人士知不知道这个叫森川的人，结果线人渡边给了我答案。自称无关的这个森川，其实与小松大有关系。森川是小松的色情按摩店的员工。

而且森川还拥有一辆大有来头的车。那是本田汽车，也就是刺杀命案十天前的十月十六日，在诗织家前把音响开得震天价响的那辆车。调查之后，发现森川的车牌号码完全符合猪野家向警方报案的逃逸车辆的车牌。

错不了。小松把自己的住民登录放在骚扰诗织的部下住处。这么一来，他说的"我不会自己动手"，岂不是反过来证明了就是他指使的吗？

《FOCUS》的第二次报道，我将标题定为"'地下色情产业、敲诈勒索、假刑警'，女大学生命案的关键人物"，再次详细写出诗织告诉朋友的小松和人的种种行径。报道中填满了他的工作、为人、疑似敲诈勒索的行为等可以了解这个人的种种经历，并提到了"假刑警"的事，以反映这个人甚至如此不择手段。

我没想到这部分往后将把我引向对警方的批判，而且这个时候，我只是单纯被警方诱导。我认为骚扰诗织家的男人与小松之间的关系，才是通往命案真相的重大线索。

副标题我定为"露出马脚的跟踪狂"，向小松喊话："我就快逮到你了。"

小松绝对会读到这篇报道。刊登出如此详尽的报道的媒体，只有《FOCUS》一家。他应该会打个一两通电话，抗议内容与命案无关吧。我怀着期待，送出报道。

这星期的采访给了我重要的灵感。如果跟踪狂成员之一是小松经营的按摩店店员，那么其他人是不是很有可能也跟小松的按摩店有关？

如果是老板的命令，即使是无理的要求，应该也难以拒绝。虽然小松夸口"只要有钱，自然有人愿意替我效劳"，但比起毫无关系的陌生人纯粹为了钱，而冒被警方逮捕的危险犯罪，这样推测更顺理成章。我认为联手骚扰一个女生的这群人，如果是"小松的按摩店员工"，解释起来还蛮合理的。

我想起诗织去小松住院的医院探病时，小松身边的人打招呼的口气就像黑道小弟一样的事。这些人是不是其实也是店里的员工？还有张贴传单的两名地痞混混样的男子……推测只是推测。只要能把小松的按摩店与刺杀命案联结在一起就行了。其中或许有什么线索。

我对包含渡边在内的特殊行业人士提出以下的疑问：

"小松的按摩店集团里有没有这样一个人？身高约一米

七，三十多岁，肥胖，短发。"

反应超乎想象地快。

"那是久保田。他向小松借过钱，欠小松人情。对，他常穿范思哲的西装和蓝色衬衫。他是池袋一家叫'Dream'的店的店长。那个人很危险喔，常跟另一个叫川上的店长混在一起。"

真的很耐人寻味。我心想既然如此，便向其他相关人士提起久保田的名字套口风。

"终于查到久保田头上啦？唔，请绝对不要说是我说的，不然我可能小命不保。其实有传闻说，久保田和川上很可能和那起命案有关。因为十月底的那一天，大概就是命案那一天，傍晚久保田回到店里来，他平常是个话少的人，这天却非常激动，一直招呼大伙去喝一杯，说什么他得来个几杯镇一镇。就是从那时候开始，他突然出手变得非常大方，好像在池袋还是上野的夜总会大肆挥霍。听说还开了香槟王，一个晚上花掉二十万。不过'Dream'最近关掉了，他也不晓得跑去哪里了。"

错不了。这不是中头奖了吗？

如果这个方程式没有错，那么持刀刺死诗织的绝对就是这家伙，所有条件完全吻合。遗憾的是，久保田担任店长的店从十一月二日以后就再也没有营业，久保田和小松一起消失了。虽然更加可疑了，但我也无法确定。就算想要确认久保田是否就是"凶手"，但既无物证，也不知道他的长相，如果无论如何都想确定，就只能直接去问他本人。

不过就算能见到他，难道要质问本人"你跟那起命案有关，对吧"……

开什么玩笑。如果他真的就是"凶手"，搞不好我这条小命也要断送在他手里。实在太危险了。

过去我也曾经接触落网前的杀人犯，但这次的对象是神秘莫测的跟踪狂集团。万一引发奇怪的纠纷，不仅不晓得会遭到什么样的报复，而且我孤立无援。再更进一步就不叫采访，而是"办案"了。我到底能做什么……

我回到家，当天晚上辗转难眠。

久保田现在仍在逃亡。他注意到在池袋周边侦查的警方，把店关掉，不知道躲在什么地方。我都如此彻底采访了，却完全没有碰上半点搜查员留下的痕迹，这一点也令人难以释怀。上尾署到底在做什么？命案都已经过了三星期，却半点动静也没有。

"警方那个样子，应该破不了案吧。"这么说来，岛田在包厢甚至这样说过……

那么，干脆联络我熟识的警视厅刑警吗？

但是命案的搜查本部在埼玉县警上尾署。能解决这起命案的，还是只有上尾署。那么我能够做的，是提供线报给上尾署吗？

实在令人提不起劲，都是那令人气结的"记者俱乐部"作梗。上尾署对俱乐部成员以外的记者态度恶劣至极。我这个"三流"周刊记者的话，他们愿意当一回事吗？

我们周刊没有分社，记者必须跑遍全日本各地的警察署采访。因此我才会知道，根据以往的经验，埼玉县警对杂志采访的应对态度之差，绝对可以名列前三。

附带一提，另外两名是"谢绝生客"的京都府警，以及"去问本部"的北海道警。

北海道幅员非常辽阔。真的无边无际。

我也是社会记者，一有案件发生，任何地方都要赶去。不管是北海道的北方还是东方的尽头，只要叫我去，我就会去。然后总算抵达辖区警署，要求采访，他们却异口同声地说：

"这里不接受杂志采访。请去找道警本部的公关室。"

道警本部位于札幌正中央。不管我去的辖区是有流冰靠岸的鄂霍次克海旁边的小镇，还是后山会有棕熊出没的偏乡驻在所，得到的答案都一样。

即使如此，如果去到本部，采访就可以顺畅进行，那也不是不能忍受。我照着对方说的，搭飞机或坐电车，好不容易抵达道警本部，得到的却绝大多数都是这样的说辞。

"这个案子我们还没有拿到辖区任何资料，所以公关室也没有什么可以提供的。"

又或是："公关资料只有这些。都写在报纸上啦，自己去看吧。"

即使在暴风雪中跋涉上百公里前来，也一样到此结束。虽然起码会给杯茶水，却得不到任何消息。耍人也该有个限度。我喜欢北海道，但讨厌道警。

京都府警不必说也知道，明明办案能力不怎么样，却心高气傲得莫名其妙。他们完全不把杂志当媒体看。而埼玉县警的应对态度，堪与这两处媲美。

就算去了，反正也只会得到那句老话，"我们不接受俱乐部成员以外的采访"。我已经不要求采访了，而是想要提供信息，但是平白把查到的线索拱手送人，也叫人气恼。千辛万苦追查到的信息，如果就这样通过县警告诉记者俱乐部的成员，让我情何以堪？

《FOCUS》刊登报道，警方逮捕凶手——这是最好的结果。我是记者，是为了将事件公之于世而工作。但是到底要依照什么样的步骤来，才能得到这样的圆满结局？或者终究没办法？真叫人迷惘。

干脆直接冲进上尾署说：

"我是一般市民，我知道命案凶手是谁了，我是来告诉你们的！"

这样或许省事多了。这样的话，警方即使满脸狐疑，应该还是会愿意聆听。搞不好还肯让我进连报社记者都无法进入的搜查本部。

不过从警方的作风来看，除非说明至今为止的经过，否则他们不会相信我提供的信息。毕竟警方对弱者总是特别苛刻，遇到直接提供信息的一般市民，肯定会严刑拷问一番。那样一来，我的身份就会曝光。一旦发现我是周刊记者，一定会找碴："喂，居然这样乱搞，你是在妨碍公务！"然后"砰"地重捶桌子，打翻烟灰缸。结果我手上的资料全被问光，用完之后被当成垃圾丢到一边去。毕竟我这人生性胆小，被高头大马的警察包围，可能就会和盘托出。

可是如果不提供信息，不仅采访没进展，感觉命案也破案无期，但是提供了信息，又会走上被用完即弃的末路……

千头万绪在脑中打转。我怎么也睡不着。房间角落的笼子里，"之助"正沙沙地动个不停。它和我一样是夜行性动物。结束采访，深夜回家的时候，会醒着等我的永远只有"之助"。我在它的饲料碗中倒入葵花籽，回到被窝里。

抬头一看，"之助"正急急忙忙地把种子存进颊袋里。我知道你喜欢葵花籽，可是塞那么多，你也吃不完吧……你真的好像某人。

次日早上，我打电话给T先生，告诉他久保田的资料。擅长警察线的他，一定能为我找到某些答案。我相信T先生。不必担心在我的报道完成以前，他会擅自抢先爆出来。万一演变成那样，我也只好跟他同归于尽了。

久保田这个人的事，通过有些复杂的途径传给了搜查本部。据说这个信息让搜查本部大为振奋。通过比对前科及案底，久保田的身份很快就揭晓了。久保田祥史，三十四岁，以前是"跨区域黑道团体"的一员。

不愧是警方，这种事查起来非常快。

搜查员带着久保田的照片火速去向命案当天桶川站前的目击者确认。

"大叔，说中了，说中了啊！"

T先生以兴奋的声音告诉我结果。据说有好几名目击者记得久保田的长相。我也兴奋极了。如果T先生就在面前，搞不好我会用脸去磨蹭他的脸颊。

下手行凶的果然是久保田，而久保田的上司就是小松和人。

命案完全连成一线了。

池袋

第四章 侦办

"这里是新潮104,一名男子走出来了。"

"(沙沙……)新潮119,了解!可以拍了。"

摩托罗拉对讲机传来摄影师樱井的声音。

看来樱井成功地把男子摄入镜头了。

开始监视后已经过了一星期。这里是埼玉县川口市内的某栋公寓旁边。我们把厢型车停在可以看见那栋公寓某户的位置。我们目前的工作,就是从早晨到深夜紧盯着那一户的铁门。我在公寓门口附近监视人员进出,用对讲机转达樱井。樱井接到通知,便在厢型车里按下快门,是这样的程序。新潮104是我的无线电台呼号,119是樱井。电波法有规定,而且难保不会有旁人听到,所以我们彼此都一定用呼号通讯。

"这里是新潮104,房间电灯熄了。今天到此结束。"

"(沙沙……)这里是新潮119,了解。收工了。"

只差一点。只差一点目标就要现身了——我们紧抓住一线希望,把一切赌在不知何时才会结束的这场监视。

这是小松在池袋的按摩店突然关掉三天后的事。我接到一名特殊行业人士捎来的消息：

"小松的店在西川口营业。"

我失去了一切追踪小松和久保田下落的线索，但还是不肯放弃，持续天天跑池袋，结果那个人似乎看不下去了，对我说：

"清水先生，你也太投入啦。跟你说，小松把池袋的店全部关掉了，不过其实他在西川口还有一家店。他可能以为那里不会曝光，现在好像还在继续营业，你去那里查查看吧。"

如果是事实，那就是重要线索了，因为小松和久保田有可能到那家店去。我已经完全成了特殊行业的识途老马，要找出那种店是轻而易举。我花掉假期查到的那家店，同样是非法营业，连以"人妻"为卖点这点都一样，甚至还在一些晚报上刊登广告。我立刻前往现场，发现就和池袋的店一样，是只租借公寓一户、连招牌都没有的"人妻路线应召站"。错不了。

线报是正确的。我在意的是埼玉县警是否掌握到这家店，县警却没有要行动的迹象。难道这里不怎么重要吗……

尽管担心，但小松的店确实就在这里。面对这个事实，在摄影周刊打滚多年的记者，只会有一个结论，只能监视看看了。

就算这么说，也不是糊里糊涂地盯着就行了。毕竟对方可是跟踪狂集团，难度很高。万一曝光，有可能自身难保。

半吊子的采访小组应付不了，必须出动精锐。若说敌人是跟踪狂，咱们摄影周刊从某种意义来说，就是职业跟踪狂。专业人士组起队来，不可能输给业余跟踪狂。我拜托山本总编，借来樱井和支持的摄影师南慎二，并准备了一台厢型车，由司机松原一豪驾驶。

不过这是有条件的。

总编说："我可以给你摄影师，不过你要去跑别的采访。要是拍到照片，或是凶手落网，那另当别论。"

我无法反驳。这时距离案发已经过了三个星期，案情完全停滞了。从电视和报纸来看，警方是完全沉默。这类案件的报道确实需要时机，像是案发、凶手落网、起诉、开庭、判决宣布等等，但现阶段什么都没有。晚报和周刊虽然还是有报道，但路线与我们完全不同。编辑部能够派去采访案件的记者也不多。虽然得到了监视的人手，但我自己则与邻桌的记者小久保大树一起去采访千叶县成田市发生的新兴宗教"Life Space"的木乃伊案件[①]。

不过还是成功得到队友了。每一个都是身经百战的好手。老手樱井就不必再说明了，关西人摄影师南毅力十足，一点长期战不会让他有半点怨言。摄影师分成短期决战型和长期持久战型，这次的监视是长期的，有了摄影师南的支持，如虎添翼。松原是在咱们业界小有名气的司机。说是司

---

① 一九九九年十一月十一日，发生在千叶县成田市的命案。被害人家属相信自我启发团体"Life Space"的教主能够治病的宣传，将高龄的被害人送去教主长期下榻的饭店接受治疗，结果被害人死亡，教主隐瞒此事，直至四个月以后才东窗事发，这时死者遗体已经化成了木乃伊。

机，也不是普通司机。人称"大叔"的松原，光是干司机这一行，就已经有超过二十年的资历，是个超级资深老手。他开车的技术当然是没的说，更重要的是，他非常擅长"监视"与"追踪"，也就是在挑选停车地点、目视确认目标"离开"，以及接下来的"追踪"等方面手段高明。因为他而成功的采访不计其数，由于他而吃瘪的名人也多不胜数。在现场，一般记者根本是望尘莫及。

不过，我事前这样交代队友——

小松或久保田现身时，千万只拍照就好，绝对不要追人。

不能被他们察觉我们在行动，是这场监视的首要条件。因为再怎么说，西川口的这家店，恐怕连县警的搜查员都不知道。要是监视曝光，让好不容易找到的小松和久保田逃亡，那么案子要破就难如登天了。而且万一跟踪狂集团逃过警方的追缉，难保他们接下来不会对我们下手。他们背后有什么势力在撑腰，仍然是个谜。虽然没必要无谓恐惧，但从岛田他们说的话来看，这伙人实在不可能是什么好对付的货色。

我准备一发现他们，就通报县警。这个地点警车可以在十分钟内从浦和的县警本部赶到。过去县警对我的采访要求完全是应而不理，叫人气恼，但这也是没办法的事。要是能够朝逮捕凶手迈进一步，我也算是得偿所愿了。

其余就是人员配置。为摄影预先调查环境叫场勘。有没有切实做好场勘，成果会天差地别。不会被对方发现，又能确实拍到照片的地点——以此为条件反复研究，最后"松原大叔"的厢型车停在距离"人妻应召站"所在的公寓一百米以上的地点。在那里的话，对方完全看不到车子。"松原号"的外观完全就是一辆普通的厢型车，车窗贴着黑膜，内侧更以窗帘遮蔽。不仅无法轻易看到车内，后车座还拆掉，改造得可以放置大型三脚架，经得起长时间的远距离摄影，完全就是跟监专车。这样的话，几乎不会有曝光的危险。

使用的镜头是 1200mm 的超望远镜头，镜头本身的长度将近一米，性能极佳，如果设置在棒球场的计分板底下，甚至可以看见捕手打信号的手势。底片使用的则是即使光线昏暗也能够拍摄的超高感度底片 ASA3200。

准备万全了。查到公寓的第二天，我在"松原号"里进行最后确认。透过观景窗看到的公寓铁门，在超望远镜头里占满了整个画面。

随时放马过来吧！跟踪狂对决跟踪狂，已经做好耐力赛心理准备的这场监视开始了。

监视小组日复一日盯着铁门。我还必须去采访"Life Space"案件，所以无法每天都来现场。樱井、南、松原三个人从早到晚监视进出应召站的人，向我报告。他们一整天关在厢型车里，三餐都吃便利店的便当解决，拍摄进出公寓的每一个人。店员、顾客、小姐……

这类摄影非常困难。因为看过小松照片，所以认得他，但久保田我们只知道他的身体特征。不仅必须拍摄就算经过眼前也不知道是谁的对象，而且也不知道组成跟踪狂集团的成员有几个人、是怎样的人。是男是女？是年轻人还是老人？没有任何材料可供判断。

必须一股脑儿地把进出那户公寓的每一个人全部拍下来，但这又是个棘手差事。经过公寓开放式走廊的人，不晓得是要进入哪一户。理所当然，一直要到他们开门的那一瞬间，才能知道他们的目的地。至于为何这很棘手，因为每个人开门的时候都是如此，从盯着的摄影镜头看出去，人已经是背影了。当他们要走进目标房间时，就已经太迟了。

因此就只能瞄准人离开房间的时候。按快门的机会只有开门的那一刹那……紧盯着观景窗，为了按下快门的那一刹那，在逆光的早晨、睡魔来袭的午后、冻寒的深夜保持紧张，是多么辛苦的一件事，这恐怕只有摄影师才能体会。他们连日不断监视，视网膜几乎都快烙上那道门的形状了。

而我一逮到机会就溜出编辑部。我任由原本应该一同负责采访"Life Space"案件的记者小久保一个人惨叫，跑去参加监视小组。好像可以听见他在叫骂："清水死到哪里去了！"听起来或许像是辩解，但我会在深夜回到编辑部，陪着他整理资料等等直到早上，不过这仍无疑是任意行动。

已经十一月了。监视持续到深夜，气温愈来愈低，十分难受。虽然对负责现场的摄影师感到抱歉，但我无论如何都想要把这份工作做到底。是什么让我如此坚持，我自己也说不上来，不过我怀着祈祷般的心情，继续盯着门口。

监视开始几天后，我们渐渐了解进出房间的是些什么样的人，看出店铺的模式了。有一名男子出入得特别频繁。

我们认为这名男子就是店长。

店里的营收是现金，这些钱当然应该交到老板小松手里。如果小松到公寓来收钱，事情就简单了，我们只要从松原的厢型车拍照就行了。如果小松不来，就只能反过来追查那些钱的去向。管理营收的是店长，而这些营收最后应该会送到小松那里。那么只要跟着店长，应该就可以找到小松。

小松和久保田迟迟不露面，令我们焦急难耐。

营收虽然也有可能汇进银行，但就算去考虑那些可能性也没用。只能先忽略不利的要素，相信并且去做。开始跟监几天后，小组的工作又多了一项——追踪打烊后的店长。

包括我在内的采访小组，准备了三辆车子用来跟踪。每个人都分配了对讲机。监视、追踪是当下决胜负，打手机就太慢了。

追踪的时候，多辆车子要如何安排至关重要。目标从店里走出来，或是有车子来迎接，或是过马路到对侧拦出租车等等，必须模拟目标所有的行动，以不着痕迹的方式安排追踪车辆。

不过我们观察店长的行动后，发现了一件麻烦事，他的代步工具是摩托车。摩托车是极难追踪的交通工具，不仅会突然转弯，还可以穿过车阵，也能轻易回转。汽车跟在摩托车后头回转，任谁看来都极不自然。这让我们头大极了。

即使如此，还是只能硬着头皮上了。毕竟不知道店长何时会与小松进行金钱收受。每次店长离开店里，监视中的我们便一阵人仰马翻。

"这里是新潮104！目标往右边去了，大叔，我没办法，你去吧！"

"（沙！）这里是新潮119！不行，目标进入巷子了，105，从你那边的路过去！"

然而店长出门，却只是去采购店里使用的消耗品之类罢了。他当然不知道自己被媒体追踪。我想在他读到这本书之前，应该都毫无所觉。某家媒体不停对着无线电怒吼，追踪着店长的每个行动，他却毫不知情，几乎每晚都在下班后绕去小酒家坐坐，消除一天的疲劳。好几次我们在小酒家前用罐装咖啡暖着手，等待着喝上好几个小时的店长离开，心里嘀咕："我到底是造了什么孽，才会跑来搞这些……"目标在喝酒，不知道什么时候才会结束，只能耐心等待店门打开。

车上的钟转到两三点的时候，小酌之后的店长才坐上前来接他的车子回家去。接下来他可能会去见小松。不死心的我们继续尾随，但深夜的跟踪更加困难。小巷里如果有好几辆车子跟在后头，显然就太诡异了。

磨耗神经的日子持续着。

开始监视过了一星期的时候，我决定对拍下来的照片进行"面确"。面确也就是把照片拿给别人看，问出身份。

当然，我每天结束工作后，也都会把照片全部看过。但我就算看，也完全不晓得上头拍到的是些什么人。樱井和南这两位摄影师的本事没话说，每张照片都鲜明地捕捉到了人物的特征。进出应召站疑似店员的几名男子、接送店长的司机、不知道是客人还是从业人员的人……不过就算把照片瞪出洞来，我也不可能看出这些人是什么身份，必须借助别人的力量。

不过有个问题。

到底要请谁来进行面确才好？

总不能跑进应召站，拿着照片问："这个人是谁？"在小松的地盘附近进行面确太危险了。但话又说回来，如果不是在他的地盘附近，就无法进行面确。因为只有熟悉小松和久保田的人才有办法辨识。

真叫人没辙。

我想到唯一有希望的人选就是渡边，也就是打电话到编辑部的那位本名不详的"渡边"。不过这个人也有这个人的问题，渡边提出的条件是绝对不碰面。我怀着一抹期待打电话给对方，但条件还是一样。

我完全了解对方的理由。如果案子破了姑且不论，但是现阶段与媒体接触，很有可能惹祸上身。就像岛田和阳子的例子一样，与杀人跟踪集团为敌，风险太高了。

不过，到底要怎样请对方确认照片才好？住址会被查出身份，所以邮寄、快递之类的方法当然不行。传真或电子邮件渡边也说不行。如果可以用手机传图档过去就好了，但当时还没有这样的技术。我绞尽脑汁。应该有什么方法，即使不见面，也能请他看到照片。

虽然很像间谍小说，不过只有这一个方法了。我把照片拿到渡边指示的地点，放在那里就行了。我放下照片后火速离开，接下来就等渡边回收照片，再用电话进行确认。

我立刻拜托公司的暗房人员，把超过十张的照片，每张底片各冲洗出两张。我把暗房老手冲洗得漂漂亮亮的照片在自己的桌上摊开来，用油性笔给相同的照片标上相同的号码。人物 A 是 1 号、人物 B 是 2 号……像这样逐一编号，再依号码次序分别装入两个文件袋。这样一来，就有两组完全一样的照片了。只要渡边和我各持一份，就可以通过电话以"1 号是谁"的方式进行面确。

渡边也可以接受这个方法。我请渡边面确结束后，烧掉照片。虽然这也很像间谍小说，但这是为了渡边自身的安全考虑。我们约在池袋西口公园碰头后，我怀着祈祷的心情封起了文件袋。这里头真的有我要找的那个人吗……

星期二晚上。休假又泡汤了。我带着装照片的文件袋，站在渡边指定的池袋西口公园附近。我早已对休假泡汤不以为意，或许甚至没有意识到那天休假。

抵达公园后不到五分钟，我就接到渡边的电话。渡边是在哪里看着我吗？我东张西望。是在大楼上面吗？还是车子里面？简直就像绑票案的交付赎金现场。

"清水先生，可以请你举手吗？"

我依照指示举起右手。如果对方其实是假冒协助者的双重间谍，是跟踪狂集团派来的杀手，那么我的小命就到今天为止了。坦白说，我不可能丝毫没有不安。

"好的，我看到了。我可以从这里看到你。请你往前走一百米。"对方果然看得到我。总之没有子弹飞过来。

我维持手机接通，往前走去。

"这边就行了吗？"

"那里有个红色的自动贩卖机，对吧？后面有一丛灌木。"

"有的有的。"

"请把照片放在灌木丛和自动贩卖机中间。"自动贩卖机后方与灌木丛几乎贴在一起，形同没有隙缝。原来如此，这里的话，没有人会探头查看。我把文件袋贴在自动贩卖机背面插进去。

"我放进去了。"

"那么，请搭上停在前面的黄色出租车。随便你要跳表前下车还是坐去哪里都行，请立刻离开原地。"

太精彩了。

我也不是不想看看渡边到底是个怎样的人，但遇上这样的安排，只能甘拜下风。虽然也没必要勉强去看人家的长相，但我搭上出租车时，内心却有着一股奇妙的挫败感。或许总有一天能够见面吧，我干脆死了心。虽然没有目的地，但指示出租车往池袋东口开去，过了十分钟后，再叫司机折回我丢下车子的西口。为了慎重起见，我也回到留下照片的地点，但文件袋早已不见踪影。

我焦急万分地等电话。照片应该顺利交到渡边手上了。

谁都好，里面有没有认识的人？快点联络啊……明明都入秋了，我的掌心却紧张到渗出汗水的时候，从恐怖的手机变成希望的手机响了起来。

"……我是渡边。"

"怎么样？"我已经习惯失望了，但声音还是忍不住抱有期待。

"嗯，这里面没有我认识的人呢。"渡边直截了当地说。

"这样啊……"尽管我这么应声，但叫人不失望才难。这一星期的辛苦全部化成了泡影。小松和久保田到底消失到哪里去了……

案发后过了一个月。市街即将从晚秋步入冬季。报上以"桶川女大学生命案经过一个月""毫无重大线索"等标题小篇幅刊登在一隅。

另一方面，晚报和周刊再次出现耸动的标题。就我读到的来看，那些报道全是与命案毫无关联、大书特书被害人隐私的内容。案件查不到加害人，报道的中心经常就会偏向被害人。

"曾经堕入酒家的女大学生"。

"迷恋名牌"。

像这类显然偏离诗织本人形象的报道也很多。虽然只有短短两星期，不过诗织确实曾在提供酒类的店家工作过。她有普拉达和古驰等名牌用品也是事实，但这些事实却被过度放大报道，令人咬牙切齿。诗织是在朋友拜托下才去打工的，想辞也辞不掉，所以工作了一阵子。那地方却被写得好像什么色情场所，甚至有媒体说她就是在那里和小松认识的。服装也是，听到警方在记者会上描述的诗织服装时，我确实也觉得以学生来说，似乎有些招摇。但是不管在池袋还是其他地方，冷静地看看四周围，大街小巷全是类似打扮的女生，根本稀松平常。更何况穿什么衣服，能构成一个人被杀的理由吗？

这些仿佛在说"被害人自己也有责任"的报道，令我气愤极了。

看到这类报道推出，山本总编似乎也不禁开始关注起其他媒体的动向了。只有自己的杂志整天在报道跟踪狂，几乎没有提及被害人的特征，报道方向截然不同，他会感到纳闷也是当然的。

某天。

"洁弟啊。"总编以没有人能够模仿的独特口吻叫了我。我觉得一个年过四十的大叔，哪里还能叫什么"洁弟"，不过不知为何，总编就是爱这么叫我。

我在总编办公桌旁边的椅子坐下，总编翻开某本周刊杂志说：

"为什么咱们不写这样的报道？其他周刊不是都走这种路线吗？"

我拼命解释：

"这起命案往后很可能会有惊人的发展。重点是往后的发展。被害人以前在哪里打工，跟命案一点关系都没有。"

如果说被害人的特征是引发命案的原因，我毫无疑问绝对会写出来。身为案件报道者，这是当然的。包括如何认识在内，当事人之间的互动、引发事件的加害人及被害人的特征等等，我认为明确报道出这些，是报道者的责任。因为这可能有助于避免往后继续发生类似的悲剧，而且如果案件报道有它存在的价值，应该就在于此。

但是这起命案不同。在街角偶然认识小松的诗织，直到最后都遭到小松欺骗，连他真正的工作和住址都不知道，就这样被杀了。认识小松以前她在哪里打工、她本身的特征，与案件一点关系都没有。关于诗织，有些事情我虽然知道，却没有写出来。这些细节的分量或许足够我写出一两篇报道，但赌上我的志气，我就是不想写和命案无关的被害人样貌。跟踪狂集团才是这起命案的焦点——我向总编如此说明。

如果是一般的周刊杂志编辑部，即使我在这时候被撤换负责的案件，也是没办法的事。

但山本总编这个人有些奇特。他把我从摄影师提拔为记者，并将不少大案子交给我。结果他不仅把我冗长的解释听到最后，还让我继续采访此案。

"交给你了，好好干啊。"

我听着背后传来的总编的激励，回到自己的办公桌，看着手边归档的其他杂志的版面想，只要打个工，就算酒家女，身上穿戴着名牌，就叫作爱慕虚荣？你们可以随便乱写，也只有现在了。我会好好地十倍——不，百倍奉还给你们……

海口是夸了，但状况糟糕到极点。我必须去采访一般社会案件，而在空当之间进行的监视追踪也徒劳无功。完全没看到警方有任何动作，他们真的在办案吗？要再去西川口监视一次吗？还是……连让人犹豫的选项都没有。再怎么说，剩下的线索就只有那里了。只能脚踏实地地继续监视西川口吗？……

这个时候的我就像着了魔似的，完全沉迷于"桶川"一案。看在别人眼中，一定都觉得我失常了吧。我会在欢送会或迎新会中途冲出去，即使在与人对话的中途，只要接到重要电话，就会直接跑掉。编辑部的人会讶异我到底在搞什么鬼，也是很自然的，事实上也有人一脸怀疑地问过我。

但是我无从回答。为何要如此执着于这起案子固然难以解释，如果问我："桶川案怎么样？"由于我已经过度深入细节，要从头说明也已经成了不可能的任务。如果真的要说，两三个小时都不够。我只能这样回答：

"哎呀，困难重重。"

我山穷水尽了。如此投入，循着细微的线索走到了这一步，采访却陷入胶着了。

但是就在被总编叫去的隔天，我又受到了幸运女神的眷顾。池袋的特殊行业人士提供了新消息。

"以前在小松的店工作的人，好像要开新店了。还在筹备阶段，不过他们正在把以前雇用的小姐找回去，所以应该差不多要开店了。"

真正是热腾腾的新消息。

"地点在哪里？"

"池袋东口。跟之前小松开店的地方同一栋大楼。"

"店叫什么名字？"

"不知道。现在只有门牌号码而已。"

好，好，太好了。我绝对是吉星高照。每次遇到瓶颈，助力总是会从天而降。池袋的话，那里对我来说已经形同自家后院。虽然好像学不到教训，但我这回一定要监视那里。

我更进一步详细询问对方，发现令人惊讶的事实。他说新的店在池袋的公寓三楼，已经有不少人进出，而川上也在其中。川上就是据说应该是实行犯的久保田最要好的朋友。他很有可能也参与了命案。

"川上去了那里？"

"昨天我看到他跟那家店的新店长一起坐在车上，一定还会去吧。"

这是个重大无比的消息。只要盯着川上，久保田或许也会现身。我匆匆道谢，冲去进行场勘。

我一下子就找到了公寓。我若无其事地走到三楼，用眼角余光扫视房间号码，寻找目标住户。紧张感节节高升。久保田或川上不知道何时会出现在这栋公寓的开放式走廊上。虽然对方不认得我，但绝对不能被他们看出任何端倪。

找到房间了。我瞥了一眼，确定房号，没有停步，直接经过门前。没有任何声音动静，但感觉那道门随时都会在背后打开。我将全副神经集中在背后，快步离去。直到走出公寓大门，才卸下了紧张。

就看到的来评估，那一户非常难以监视。我在附近晃了几圈，找不到可以盯着那一户房门的地点。虽然幸好是开放式走廊，但和西川口那里不同，这里被大楼包夹，没办法把"松原号"安排在远处，从地面直接盯着三楼的门。

那么，要盯住整栋公寓的玄关吗？

我不认得那伙人的长相，所以即使有人走出来，也不晓得是谁。这栋大楼有上百户，而且没什么住家，进驻的几乎都是店家或事务所，一整天进出的人数应该相当可观。

若要盯住公寓玄关，是有可以停放车子的位置，但这里是跟踪狂团队的巢穴，如果草率地进行长期监视，显然会重蹈那些县警搜查员的覆辙——恐怕我们还没有拍到目标，就会先反过来被他们发现。对方分不出刑警和记者，就算能分出来，结果也是一样。

彻底绝望。

有些建筑物，即使是摄影周刊也无从拍摄，但是不能就此退让。我无论如何都想拍到。一个就好，只要有可以拍摄的地点，或许就可以拍到我们一直在追踪的男人。

我不知道警方到底在追查哪一条线，不过从先前西川口的事也可以看出，县警显然没有查到这里。不仅如此，我甚至开始萌生疑心，警方真的在好好办案吗？西川口也好，池袋也好，我前往的地点，是不是根本就没有警察？只要采访案子，就一定会遇到警方办案的痕迹，这回却完全没有。这样下去，命案真的能破吗？

我仰望池袋狭窄的天空呻吟。

清水，你要怎么办？

我的外套内袋总是放着采访笔记。长达一个月与我形影不离的这个记事本早已又脏又破了。里面贴着采访用的小松照片，最后一页则是诗织的照片。

每当这起命案的采访遇到瓶颈，我总是会翻开这个记事本。里头字迹杂乱，难以辨读，但记录了非常多人的感情。

"如果我被人杀了，就是小松杀的。"留下这句话死去的诗织、流着泪告诉我这件事的岛田和阳子、甘冒危险协助我的特殊行业人士，以及现在被我牵着鼻子走的摄影师。

如果在这时候放弃，一切将就此落幕，辛苦化成泡影。费了那么大的劲找到的这个地方，是或许可以逮到实行犯久保田等人最大的机会。不能就此放弃，现在不正是奋力一搏的关键时刻吗？

我将记事本收入内袋，往前走去。

"在这个案子中，你无往不利。"我这样告诉自己。至今为止，有许多人对我提供协助，顺利得近乎不可思议。我想要再赌一把。我按压了两次手中的圆珠笔，心情稍微平静了一些。

我再次仔细思考，难道没有别的方法了吗？这样一看，能够直接看到该户门口的，就只有附近的高楼。从上俯瞰是有办法，但是看得到的地点还是有限，而且没有任何可以自由进出的场所。如果硬是闯入，会变成非法入侵。

但是没有其他方法了。只能到处拜托大楼管理员，在避免非法入侵的情况下确保监视地点。

想是这么想，可是可能性实在不大。在这类情况中，鲜少有人会愿意出借场所给摄影周刊，而且我们甚至无法说明为什么要借。因为万一我们的行动泄漏给对方，目标有可能会逃亡。因此必须在完全不透露理由的情况下，请对方提供场所。

我豁出去地想，要是碰钉子，再想其他方法就是了。

我很清楚万一这次失败，就不会再有**其他**方法了。不过面对这种状况，我只知道一种突破方法，挣扎到底。虽然是很原始的方法，不过我手中只有这项武器。我前往周边每一栋大楼，向管理员低头恳求。我递出名片，报上身份，到处拜托："我们因为某些理由，想要从贵大楼拍照。可能需要一段时间，可以让我们放置摄影器材吗？"

理所当然，每个人都一脸狐疑地拒绝我。我渺小的希望接连破灭了。剩下的大楼数目，就是我和这起命案的生命数值。

就在天色即将暗下来的时候，发生了一件不可思议的事。某栋大楼的屋主认真聆听了我的话。他微微歪头，手扶下巴，边听边点头，没有拒绝无法说明详细理由、只是不停鞠躬恳求的我。

但是当他突然开口时，我还是忍不住防备地想，反正又要被拒绝了。对方认真听我说完，最后却说"还是有点不方便"，是常有的事。我的脑袋全速运转，思考下一波说服的说辞。

然而下一瞬间，我怀疑自己听错了。

"好啊。虽然不晓得你要拍什么，不过看你这么拼命，就借给你吧。"那位屋主说着，露出微笑。

我干这一行很久了，却几乎没有碰到过这种情形。千钧一发，还有希望。我放下心来，同时也感觉自己奇妙的运势仍在持续。

次日开始，我便把摄影师樱井派驻在那里。器材一样是1200mm镜头，位置从按摩店绝对看不见，不必担心会被对方发现，是再完美不过的监视地点。

话虽如此，要一天二十四小时盯着观景窗实在太令人不胜负荷，因此我们决定也设置数码摄影机。可以通过荧幕监看录到的现场影像。如果在荧幕上看到人员进出，便可以遥控主照相机。只要在影片画面标注时间，还可以确实记录一整天的动静。

我们决定每天早上十点设定好全部的设备。然后带进三明治和咖啡，再次展开持久战。

我真的让樱井吃了很多苦。

"这次也拜托你了。"确定借到地点后，我当天立刻打电话给樱井。我跟樱井认识很久了。和小一岁的他共事，想来也已经过了快十五个年头。我颇惊讶我们两个居然都能够在这个领域做上这么久。这么说来，我和他第一次认识，也是在寒冷的季节……

一九八六年二月，我接到某个经济案件的采访。当时还是摄影师的我的工作是从清晨就在案件当事人家门前监视。天色已经完全暗下来的时候，接棒人员总算来到疲惫不堪的我的身边。厢型车的车门被人打开，我心想总算可以解脱，松了一口气时，看到一名陌生的年轻男子。这个腋下抱着安全帽、好像是骑摩托车来到现场的男子，开朗地自我介绍："我叫樱井！"这就是我们第一次见面。

我们在监视现场彼此自我介绍过，但第二天我没有再回到现场。因为伊豆热川的饭店发生了大火灾。我丢下现场，投奔死者二十四名、到处都是焦尸的地狱战场。简而言之，我把后续丢给樱井就跑掉了，一直到后来，我们之间都是这样的模式。我在热川四处奔走时，樱井默默地接续原本应该是我做的脚踏实地的监视工作。

樱井不是那种主动出击、冲锋陷阵的类型，不过他非常细腻，托付给他的工作总是能确实达成。我和他搭档，配合得天衣无缝。

这个摄影地点，是许多幸运累积起来，好不容易才得到的。我想切实逮到目标。这个重责大任，只有稳健的樱井能够扛起来。

最重要的是，我对樱井一直有种老是害他吃苦的亏欠感。这份差事如果成功，绝对会是个大独家，我无论如何都希望由他来按下快门。

每天早上一醒来，我就为了当天的天气忽忧忽喜。毕竟超望远镜头的拍摄距离非常远，在天气的影响下，有时原本拍得到的画面也会变得拍不到。如果下雨，大炮镜头就成了团草包；气温上升，则会因为热气而拍起来模糊不清。万一目标在这种时候出现，真会令人欲哭无泪。

但是只要条件良好，目标状况可以说是了如指掌。店长开锁、小姐来上班的样子，也是一目了然。立刻就有疑似客人的男人进进出出了。

我四处询问特殊行业人士，总算问到了那家店的新店名和电话。我立刻打电话过去，不出所料，又是"挑照片的人妻路线应召站"。已经不需要怀疑了。

迟迟没有疑似久保田或川上的男人现身，但我的期待日益高涨。我早有心理准备这会是一场长期战役，现在只能坚持到底。

进入十二月，发生了一起命案。嫌犯是从前的知名童星"带子狼的大五郎"[1]。新潟县上越市有一名金融业者遭人杀害，应该是最后一个见到死者的这名前童星却没有到案说明，就此消失。对周刊来说，这是不容错过的事件。

第三天中午过后，身在池袋现场的我们从电视新闻得知了这起案件。因为实在无法置之不理，我立刻打电话搜集信息，既然案子都发生了，我万不得已，只得转战新潟。只能

---

[1] 指西川和孝，因饰演电影《带子狼》的主角之子大五郎而一跃成名。后来退出演艺圈，当过市议员。一九九九年，由于金钱纠纷而谋杀朋友，逃亡海外，遭到遣返及逮捕。二〇〇〇年，被判处无期徒刑。

暂时丢下现场了。

采访长达三天两夜。我对池袋牵肠挂肚,但也无能为力。好不容易总算结束工作,我和樱井在雨雪交加的新潟,坐在居酒屋以当地料理佐酒。我在这时聊起的话题,还是桶川命案。

绝对拍得到。久保田绝对会来。只要拍到,怎么样都绝对是大独家,对吧……我们不停聊着桶川命案,直到深夜。两人的疲劳都已经到达极限,却又气势如虹,准备一回到东京,便立刻继续展开监视。明天是一周开始的星期一。人会行动,多半是在周初或周末。监视是绝对不能错过星期一的。

天亮了。这是截稿日的早晨。十二月五日星期日,在上越市的旅馆唤醒睡梦中的我的,一样又是手机铃声。不过难得的是,电话另一头传来的是女儿的哭泣声。"之助"好像快死掉了,女儿啜泣着。

我知道"之助"从几天前模样就不太对劲,也带它去动物医院就诊过,不过听医生的话,似乎是寿命差不多了。为了这只一千两百日元买来的仓鼠,我已经花了好几万日元的医药费。虽然生命不是可以用金钱挽回的,但我还是想要尽人事。

它是两年前孩子的生日那天来到我家的。一开始我把它命名为"哈姆之助",可是叫起来好像太长了,不知不觉间大家都简称它"之助"了。它已经快三岁了,以仓鼠来说,应该算是平均寿命。

然而就算是寿终正寝,被留下来的人也不可能冷静接受。我的工作就是为了有人死去、有人下落不明而跑遍全日本。从事这种工作,居然是这种态度,或许会受人耻笑,但遇到"家人"的不幸,还是令我难以接受。就算笑我仓鼠算什么"家人"也无所谓。毕竟它对我和家人来说,是无可取代的存在。

一眼就好,我想见见还活着的"之助"。这天我非写出稿子不可,但回公司以前,还有时间回家一趟。我迅速计算时间,火速赶回家。

然而等待着我的,却是早已变得冰冷的"之助"。即使是这样一只小动物,变成冰冷的尸体依然令人难过。孩子说,个性认真的"之助"就算眼睛看不见、不良于行了,直到最后都还是坚持爬到它的沙盆如厕。

真是个傻瓜,何必那样努力?你不必那么努力,我只希望你再活久一点。我好想摸摸温暖的"之助"的身体。我和孩子在自家公寓的草地挖了一个洞,把"之助"的遗体和它最喜欢的葵花籽埋在一起。

"谢谢你,之助。"我和孩子一起对着那小小的墓合掌膜拜后,站了起来。今天得交稿。切换心情,投入工作吧。我回到房间,匆匆整理好东西,把意识专注在接下来要写的稿子上。

"我要到深夜或早上才会回来喔。"对妻子这么说完,离开家门的瞬间,我发现自己的心情完全没有切换。没错，我回家的那个时刻，会醒着等我回家的"家人"已经不在了。

十二月六日星期一。

这天下午，樱井的佳能 EOS-1 的快门响起。这台每秒可以连拍五张的相机，里面安装的三卷三十六张底片确实捕捉到了目标人物。此外，在附近待机的大桥也在接到樱井的无线电联络后，拍下了清晰的画面……

这天是《FOCUS》完稿日。我必须处理好"大五郎杀人案"报道的清样。送交印刷前，以印出来的蓝纸进行最后确认后，我们该周的工作才总算结束。完稿日在傍晚前都要忙着这些作业。

我请樱井前往池袋再次展开监视。摄影师不会参与完稿。他们会工作到截稿日前一刻，但该周的工作截稿后就结束了。长达好几个星期的工作另当别论，但事实上完稿日当天他们无事可做。由于人员有些余裕，因此我请摄影师大桥和松原大叔也过去支援。事后想想，这一步也做对了。不管怎么说，这天都是人们开始活动的周一。

我是在四点多的时候接到电话的。我结束完稿作业，正在整理资料。

"清水兄，我是樱井。"距离收工时间还早。樱井的声音难得有些激动。

我有了预感。

"刚才来了一个男人。我们拍到他进出的场面了。肥胖、短发，西装底下穿蓝衬衫，这个人……"

后半我听不见了。

"等一下！"我的大叫响遍了整个编辑部。

就是他，是久保田，终于现身了！我已经把久保田的特征再三告诉过樱井，他听到耳朵都快长茧了。虽然我不认为樱井会搞错，但为了百分之百确定那个人就是久保田，我飞快提出问题，真的是个胖子？头发很短吗？穿什么衣服？樱井也以兴奋的口吻一一回答。确实是个胖子，短发。他跟一个男的一起来，在那一户进出了几次，往街上离开了。他穿着蓝色衬衫。

错不了。樱井也认为就是久保田没错。

樱井和大桥都拍了相当多照片。我请他们火速带着底片回公司来。

原则上完稿日当天暗房不开，但我们恳求摄影部，请他们特别为我们立即冲洗。印样马上就出来了。樱井和大桥站在我旁边。我压抑着急躁的心，把放大镜放在冲洗出来的印样上。怦！心脏猛烈一跳，放大镜里的男人完全符合特征。

公寓的开放式走廊上站着两名男子。他们正在谈话，正在抽烟，正在外头走动。我用红色蜡笔一一圈起来。摄影部快马加鞭地帮忙冲印。逐一冲洗出来的照片上，鲜明地捕捉到男子的身影。

"拍到了吗？清水兄？"

"拍到了吗？欸，拍到了吗？"一直好奇我在做什么的其他同事以期待的声音问我。

"不，还不确定。得进行面确才行。"

虽然一团忙乱，但身体如行云流水般顺畅地行动。大量累积的疲劳完全没影响我。

我联络渡边，又是"交付赎金"作业的步骤。

我决定这次将许多张人物照交给渡边，请对方从里面挑选出久保田，因为比起只给一张照片，逼问"是不是这个人"，让对方在没有提示的状况下，从大量照片里面挑选出来，更不受成见左右，可以保证正确性。我真的很想直接亮出照片问："就是这个人，对吧？"不过还是对抗着这样的冲动，刻意在文件袋里装入许多不同人物的照片。我在认为是久保田的男子照片上，用马克笔写上了"7"，幸运数字七。

渡边说要到晚上才能碰头，我焦急难耐地等待入夜。这次约在池袋东口，方法和上次一样。渡边这次指定的地点，是大型相机店附近的香烟自动贩卖机底下。

这次绝对就是！我怀着这番心思，把文件袋插进自动贩卖机底下。上次是祈祷般的心情，隐约期待着里面或许会有渡边认识的人，但这次不同。我最后瞄了文件袋一眼，匆忙拦下出租车，离开现场。

三小时过去了。

没有联络。

渡边不晓得是不是故意吊我胃口，迟迟没有联络。我不晓得满怀期待接听了多少通电话。

"喂，我是清水！"

"啊，你好，好久不见，我是〇〇新闻的××。"

进入深夜了。我接起不晓得第几通的电话。

"喂，我是清水！"我几乎是自暴自弃地大喊。

"哎呀，拍得棒极了！七号照片就是久保田，跟他在一起的就是川上。拍得真好。"我还没问，渡边就滔滔不绝地说了起来，"拍得真的很好，很棒。"渡边再三地说。我忘不了这时候的兴奋。

我听着渡边的话，手机用力按在耳朵上，按到耳朵几乎发痛。脑袋一片空白，空白的脑袋里，"拍到了"这三个字就像彩纸般漫天飞舞。拍到了拍到了拍到了拍到了拍到了拍到了拍到了拍到了！

挂掉渡边的电话后，我立刻打给樱井。管他是不是已经睡了。

"喂，我们终于比警方更快逮到凶手了！"

或许这下子就可以破案了。小说或电视剧姑且不论，现实中我从来没听说过这样的事。不折不扣，独家大头条！

次日我打电话给 T 先生。

"我们终于拍到久保田了，还有川上。"

我听出 T 先生在电话另一头倒抽了一口气。我请他详细记下公寓住址等资料。只要告诉 T 先生，这些信息应该就会立刻传达给可信赖的县警人士。这意味着久保田的信息也将传到县警搜查本部，接下来就只等警方发动逮捕了。

当然我也联络了总编。过去我只能含糊说明，但这次我详细报告，总编虽然有些愣住，但似乎也为我开心。

第二天我接到通知，说搜查本部准备申请久保田的逮捕状，派出大量搜查员开始连日监视池袋。

同一天，县警通过T先生转告，希望我不要在池袋走动。久保田很可能持有凶器。那里是池袋的繁华区，如果发生什么事，刀子不用说，万一他拿枪扫射就严重了。而且有大量搜查员在跟踪狂的巢穴徘徊监视，如果再加上媒体来掺一脚，实在太危险了。我很清楚警方这样的考量。

但是，虽说是上天眷顾，这条消息还是我追查出来的。县警提出的所谓要求，真的叫人心里很不是滋味。坦白说，我本来想要拍下身穿防弹背心的搜查员逮捕久保田的瞬间。只要从拍到久保田和川上的地点，一样悄悄偷拍就行了，我压根儿就不打算妨碍警方。我完全不会添任何麻烦，所以觉得警方真的够自私，但是一掌握到任何事实，就提供给县警，也是我自己确立的既定方针。我和T先生讨论后，决定从池袋撤退。实际上，照片和采访都已经非常充足了。

比起这些，问题是除非警方逮捕久保田，否则报道无法刊出。当然，即使警方还没有逮人，我照样可以登出照片。这肯定仍会是打趴其他媒体的彗星级独家新闻，可是这么做，毫无疑问绝对会让久保田远走高飞。最重要的是，最关键的小松一定会彻底销声匿迹。万一演变成这样，最后留下的就只有"纵放凶手逃亡的记者"与"让命案变成悬案的搜查本部"。

既然事情发展至此，只能请县警好好努力了。只因为拍到了照片，我陷入必须寄望警方的状况。

解除池袋的监视后,我们开始在搜查本部所在的上尾署旁边待机。因为久保田一落网,就会被带到搜查本部来。我们要拍摄那一幕。

然后 T 先生和我说好,只要搜查员在池袋拘捕久保田,一定会联络我。这是我从池袋撤退的唯一条件。

独家照片：落网前的实行犯

第五章　逮捕

"我是在桶川遇害的猪野诗织的父亲……"

手机总是带来惊奇。这天晚上，我在御茶水的一家小餐厅和别人见面。那是个重要的对象，但一听到这句话，我瞬间便忘了眼前的人，抓着电话冲出店外。

事情要回溯到这天白天。

我第一次拜访上尾市内的猪野家。先前诗织的家人完全拒绝媒体采访。因为媒体对葬礼等等的采访及报道方式深深伤害了他们。我从别人口中听到这件事，认为不要打扰比较好，一直没有去采访，但是现在案情已经有所突破了。

为了撰写报道，我无论如何都想听听猪野家的说法，最重要的是，我想告诉他们，已经锁定凶手了。如果可以，我还想要在诗织的灵前上炷香，这也算是某种缘分。别人或许会觉得意外，但我还满看重这些事情。

登门一看，果然还是没办法采访，但我隔着门，与诗织的母亲交谈了两三句话。临去之际，我在自己的名片写下手机号码，投入信箱。因为我希望他们能一时心血来潮联络我。不过除非有重大的理由，家属是不可能主动联络记者的。我认定不会接到电话。然而我猜错了，我接到了开头提到的那通电话。

餐厅所在的那一区手机信号不佳，不停地响起警告信号微弱的"哔哔"声。

千万不可以现在没信号啊！

我不知道猪野家的电话号码。万一电话中断，就再也联络不上了。我怀着祈祷的心情在外头走来走去，同时简单地把截至目前的经过告诉对方。比如我在采访的过程中追查到了应是实行犯的男子，也相当详尽地采访了命案的经过，我将这些真心诚意地传达给对方后，拼命恳求如果可以，能够跟我谈一谈吗？可以接受采访吗？

我的话似乎令猪野先生很惊讶，他甚至不解为何我要如此认真地投入采访。不过聊了一会儿后，轮到我吃惊了。猪野先生居然答应见我。

我回到连外套都没穿就冲出来的餐厅时，迎接我的是已经凉掉的意大利面。但我心满意足。我向干等的对象赔不是，再次抓起叉子。

搜查本部连日派出搜查员去池袋。虽然我已经解除监视，但还是放心不下，每天都跑去现场查看好几次。现场搜查员不认得我。

同样是监视，我们和警方的监视手法完全不同。我不是要否定警方的做法，但是看到他们的行动，还是不禁有些担心起来。联络 T 先生时，我忍不住提醒：

"那个地点是我好不容易才查到的。只要隐秘监视，久保田应该会现身，但是万一被对方发现，就没有下次了。"

我认为搜查员也完全了解这一点。他们没有重蹈覆辙，像上次那样使用车子。他们似乎以公寓附近的公园为中心，采用徒步、站岗等手法监视。

这样很好。好归好，但是在我看来，他们距离公寓太远了，看起来完全只是在闲晃。待在这么远的地方，真的有办法看到久保田吗？搜查员应该也只看过脸部照片而已。

而且他们的打扮也令我担心。刑警这种人，有些人一眼就可以认出来。一般人或许不会发现便衣刑警，但久保田是遭到追捕的身份，曾经察觉警察就在同一个区域而逃之夭夭。

刑警散发出一种自己绝对不会发现的刑警味。那种气味，犯罪者或我们这种人一下就可以闻得出来。事实上，就连不认得县警搜查员的我也能轻易看出哪些人就是刑警。我只能祈祷警方不会曝光。

如果监视触礁，虽然力量微薄，我也打算提供协助。像是也可以在先前的大楼监视，一旦再次发现目标，就立刻联络T先生。

我已经把久保田和川上的照片交给T先生了，搜查本部也已经看过照片。只要看到照片，应该就可以知道我们的监视地点多么管用，我却完全没有接到这方面的询问。

我知道照片的效果出乎意料地大。搜查本部会连日派遣大量搜查员到池袋的公寓周围，也是因为有那些照片。对于原本半信半疑的现场搜查员来说，"杀人犯就在那里"的照片，一定成了让他们奋起的材料。

我已经告诉搜查本部的相关人士《FOCUS》的截稿日是星期日。这意味着到了下星期三，刊登久保田等人报道的杂志就会陈列在店头，而久保田一伙看到《FOCUS》，就会知道警方的追缉已经兵临城下。万一演变成这样，那可就要赔了夫人又折兵了。

樱井连日在上尾署附近的公园待机。如果待在东京，久保田被带去时就来不及拍照了，因此请他待在上尾市。基本上只是等待联络，因此无事可做。不管他要在车子里睡觉还是去打小钢珠，都悉听尊便，不必再像先前那样辛苦监视了。

至于我，也一样在等T先生的联络。我必须让手机保持随时可以通话的状态，电量维持充足。不搭地下铁、不去信号不好的地方。洗澡的时候放在浴室门口，睡觉的时候放在枕畔。这也是相当令人疲惫的一件事。凶手落网或警方搜索住家，案情有了重大突破时，叫作"案件炸开"。而现在就是"桶川案"不知何时会炸开的状况。我把装有单反相机的相机包也放在自己的四轮驱动车里。如此一来，随时随地都可以立即应对，但也因此连酒都不能喝了。

几天后，我再次来到诗织过世的现场。命案很快就要过去满两个月了，但无论什么时候来，都有人献花。我甚至觉得花和信件的数量比以前更多了。

我从杀人现场循着那天诗织骑自行车前往车站的路线反方向走去。

猪野家距离桶川站约一公里远，位于颇幽静的住宅区。那是一栋白色水泥砂浆墙边种了许多美丽花朵的独栋住宅，是非常普通的住家，难以相信它会成为跟踪狂的目标。

诗织的父母热情地迎接我。也许是想要保留诗织生前的原状，玄关依然摆着她的鞋子。祭坛上放着她露出灿烂笑容的照片，装饰着许多花朵，还有照片和大头贴。可以看出她有许多朋友。

上香之后，我和诗织的父母谈话。我尽可能照顺序慢慢说明，把至今为止的采访过程，以及通过采访得知的事实告诉两位。诗织的父母对小松一伙人的身份无知得令人惊讶。仔细想想，连诗织本人都不知道，这也是当然的，但是警察也完全没有把侦办状况告诉他们吧。这个时候我才了解到，这起案件的侦办是在诗织与她的家人完全被蒙在鼓里的情况下进行的。

在谈话的过程中，我也确认了以前诗织所受到的一连串跟踪骚扰行为，亦即传单和中伤黑函是真有其事。岛田和阳子所说的都是事实，而且相当正确。我再次询问诗织的父母当时的状况，每件事都完全符合。岛田出类拔萃的记忆力和条理性，令我忍不住惊奇不已；但同时我也了解到诗织和家人最后的日子远比想象中的更为痛苦难过，感到心痛如绞。

"出事那时候，我人在公司。我接到内子的电话，说诗织被人拿刀刺死了，那完全不是震惊可以形容的。那个时候我立刻就想到绝对是那家伙干的，不可能有别人了。诗织和小松对抗了八个月，我们和他对抗了超过五个月。每一天都在和小松对抗。他阴魂不散地纠缠着我们一家，让我们没有一时半刻可以忘记。"

"小松的名字从一开始就很清楚了，所以我们恨他是当然的。我真的很想对他说，你有什么理由夺走一个人活下去的自由？杀死我女儿的家伙固然无法原谅，但一切的元凶是小松。始作俑者是小松。这个案子就是小松教唆的，不管怎么样，我都希望小松能快点被绳之以法。"

"我只见过小松一次而已。他长得很帅，沉默寡言，但我也觉得是在故作成熟……眼神不善，给人一种偏执的危险感觉，只是我没想到他居然会做到这种地步……诗织完全活在恐惧当中。每当有陌生的车子停在家门前，我们就会从窗帘缝偷看外面，每天都过着这样的生活。也经常就接到无声电话，一接起来就立刻挂断。由于每天都是这样，我们才会去向警方求救，警察却说这案子不会成立，让诗织非常失望。不过她还是努力留下种种线索。为了不给我们添麻烦，她告诉可以信赖的朋友，也留了字条给我们。我认为这就是诗织了不起的地方。如果这是诗织的遗志在冥冥之中推动，我们也得努力才行……"

在我身后，腊肠狗发出轻叫声。父亲说：

"诗织过世以后，内子很寂寞，所以我们养了一只和糖果不一样的小狗，希望多少可以让她排遣一下悲伤。"父亲垂下头去。我想起被我当成自己的孩子看待的"之助"。为什么这样平凡的人，会被卷入惨案当中？

不过更令我惊讶的是接下来。大概聊了一个小时之久，我觉得差不多该告辞的时候，在闲聊中随口提到的内容，竟让我挖掘出意想不到的事实。

"这么说来，听说还来了个假警察，要你们撤销报案……"我不经意地提起。诗织的父母回答说：

"不，跟我们这样说的是真的刑警，是我们报案的时候做笔录的人。"

一瞬间，我不明白这话的意思。什么意思？那么是正牌刑警跑来叫他们把已经受理的报案撤销吗？什么跟什么？真的有这种事吗？

"他还说，就算撤销报案，还是可以再提告。"

这怎么可能？《刑事诉讼法》里白纸黑字写着，告诉一旦撤销，就不能为同一个案件再次提告。那么，这表示刑警甚至不惜撒谎，也要他们撤销报案吗？

我已经把"假刑警"的事写成报道了。就我所知，没有任何一家媒体提到这件事。除非接触到诗织的父母或是岛田及阳子这种正确了解内情的人，否则不可能知道这件事。

前面已经提过，不过我在把假刑警的事写成报道的时候，也曾经向T先生确认过。而他向侦办人员采访时得到的回复是这样的：

"我们调查过了，我们署里没有这样的刑警，没有纪录也没有报告。警察不可能说这种话。"

那名相关人士更进一步说：

"那是冒牌货啦。应该是假冒警察，想要让他们撤销报案吧。"

《FOCUS》的报道出刊后，也有报社记者去向警方求证，对于那名记者，上尾署的干部也同样否认。

那是警方，而且是干部的发言。记者相信这番说辞，而我也信了。

况且从我们的常识来看，实在难以想象会有刑警直接跑到被害人家里，要求对自己经手的案子"撤销报案"。因此听到警方说"应该是跟踪狂干的吧"，我们才轻易地相信了。

警方撒了谎。

我想要更进一步追问，但诗织的父母却不愿多谈。这时命案仍在侦办中，诗织的父母应该也有许多事情无法明白告诉我。而且他们应该也想避免被解读为对警方不满，对办案造成影响。后来，虽然是一点一滴的，但我开始逐一查证先前因为专注于追查跟踪狂，而没有太认真当一回事的警察相关的部分。不过对于那个时候的我来说，猪野先生这句话就足够了。

诗织为什么会对警方感到绝望？岛田为什么会说"诗织是被小松跟警方杀死的"？

束手无策，恐惧万分，只好忍辱去向警方求助，然而被追根究底地问出各种隐私后，得到的只有一句"案子不会成立"。但诗织还是决心报案提告，与跟踪狂的骚扰对抗到底。她一定很害怕报复，也明白过程会很难熬。面对刁难"告人很花时间，也很麻烦喔"的刑警，以为好不容易报案总算被受理了，警方却连查都没查，竟然还跑来要求撤告。

"我不行了，我会被杀。"诗织是怀着什么样的心情，在最后对岛田留下这句话？维系生命的最后一条救命绳被切断，我无法想象诗织的绝望有多么深刻。一个花样年华的女孩过着如此惊恐的生活，遇害了，而警方想要隐瞒这个事实。

我自己呢？

警方绝对不愿意被外界发现他们要求被害人撤回名誉毁损刑事告诉的事实。对警方来说，每天跑来上尾署来说什么"我会被杀"的女大学生，只是随便敷衍打发就行的对象，如果可以，最好能让她撤回刑事告诉。虽然实际上没能成功让她撤告，但也没必要认真查案。事实上，诗织也向朋友抱怨"警察根本没有在办案"，刑事告诉虽然被受理了，但警方没有任何行动，搁置不理。而在这样的状况下，向警方求助的女大学生真的遇害了，负责的刑警应该也慌了。万一这件事曝光会怎么样？不必想也知道。

就在这时，好死不死有个记者探听到"警察要求撤销报案"这件事，跑来询问。那名刑警一定心想："事情麻烦了。"也许是认为媒体哄一哄就过去了，他决定撒谎。他全盘否认要求撤销报案的事实。每个人都信了。世人只会想："原来跟踪狂居然如此不择手段。"看到我写的"假刑警"的报道，最开心的应该就是那名刑警。这下就成功粉饰过去了，上尾署没有任何过错。

而我完全着了警方的道。我毁掉了诗织拼命留下的事实之一。写下这种报道的我，形同宣传自己是个大傻蛋。

太屈辱了。

我看出这起命案的构图了。为什么刺杀命案发生都过了快两个月，警方还是无法掌握小松的所在？为什么原本应该是警方最引以为傲的命案侦办，却处处让我这个傻瓜周刊记者的采访抢先？为什么我在每一个采访地点，根本都看不到搜查员的影子？

这样下去，案子是不会破的。

如果以小松为首的跟踪狂集团落网，警方会招来什么样的批判，可以说是一清二楚。

"结果凶手就是跟踪狂一伙嘛。那为什么被害人来求助、报案的时候，警方不好好调查呢？警察到底在搞什么？如果警方好好尽到责任，猪野诗织就根本不会死了。"

县警是不是就是料到会有这样的下场，所以根本不打算认真处理这起命案？不如说是警方绝对不愿意依照诗织留下来的"遗言"去解决命案，不是吗？

这起命案到底是怎么回事？到底要我做什么？我到底要一个人独自冲刺到何时？忽然回神，回头一看，甚至没看见半家媒体的影子。别说独家头条了，我不是身陷枪林弹雨的最前线了吗？任何一家都好，我甚至希望有其他媒体来帮我掩护射击。

然而我也清楚现实上这是办不到的事。掌握到久保田的消息的人，就只有我和T先生。如果和其他媒体联手，独家就飞了。而且如果刊出批判警方的报道，搞不好连逮捕久保田这件事都会岌岌可危……时机还不成熟。而且就算我们小周刊写下批判警方的报道，其他大媒体愿意跟进吗？

"周刊写的报道，夸大其词啦。""就算是真的，要是找警方的碴，吃亏的会是我们。咱们还要靠警方吃饭，没法写完就溜啊。""搞不好还会被俱乐部除名呢。"充其量也只会引来这样的风凉话。

即使直接写成报道，俱乐部成员里会严肃看待的，恐怕也只有了解内情的人而已……

我疲倦万分地准备离开猪野家时，猪野先生再次让我吃了一惊。

"我会想要见清水先生，并不是因为你是抓到凶手的记者。"

咦？他说什么？

一直到这时，我都是这么以为的，所以诗织的父母才会只请我一个人进门，愿意听我说话。在我来访之前，猪野家完全拒绝媒体采访，也不开门。除了这个理由以外，还有什么原因会使猪野先生愿意让我进门打扰？

那么，为什么我会在这里？

看到我愣住的样子，猪野先生说：

"因为我从以前就知道你的名字，是阳子告诉我的。她说有个感觉可以信任的记者，问我要不要见个面？如果不是阳子提过，我绝对不会打电话给你。"

我涌出一股奇妙的安心感。原来是阳子替我美言……

当然，我并没有拜托阳子替我做任何事。这是我完全意想不到的发展。在KTV包厢采访后，我和阳子也一直保持联络，所以她知道我持续在池袋和西川口追踪小松，也读了这两期的《FOCUS》报道。

"是阳子说你可以信任的。"

这让我想到一件事。完成第一次的报道时，我去见了岛田和阳子。那个时候阳子对我说：

"谢谢你没有丑化诗织……"

听到这样的话，我真是满腔腼腆和不知所措，原来是那篇报道博得了她的信任……

记者总是疑神疑鬼。或许就是因为如此，遇到像阳子这样对自己寄予信赖的人，比什么都让人高兴。

我再次体认到采访工作的可怕。不管是好事还是坏事，都在自己不知情的地方酝酿发展。如果没有阳子的安排，我应该无法和诗织的父母见面谈话；而如果没有直接见到他们两位，我也不会成为发现警方对案子的处理和掩盖丑闻的唯一记者。

又是那股神秘的力量在推动我。这起命案的采访愈是前进，这样的感觉就愈强烈，否则我应该老早就已经受挫放弃了。我并不是多有毅力的记者，反倒是愚笨到了极点……

我辞别猪野家后，再次回到桶川站前的现场。

"凶手一定会重回现场。"

这是胡说八道。没有人会没事甘冒如此大的风险。如果凶手真的会重回现场，破案还不容易吗？根本不用成立什么搜查本部，在现场盖间派出所就得了。

久保田在池袋遥逍过日子，小松依旧下落不明。会来到现场的，就只有被害人的朋友、没用的刑警，与不知该去哪里采访的记者。

许多的花束、朋友写的卡片、诗织喜欢的零食和娃娃……

我茫然地看着这些，思绪翻涌。

为什么我会深深地栽进这起命案里？是从什么时候开始变成这样的？

想都不必想，就是在KTV包厢采访的那个夜晚。那一天，我确实被托付了"什么"。从那天开始，两个月过去，我几乎是不眠不休地在追踪这起命案。持续驱动着我的是什么？诗织唯一的救命绳被切断、陷入绝望，却仍拼命留下来的事物。岛田和阳子在或许会遭到报复的恐惧中，仍要传递给我的事物。

岛田见到我，说的第一句话是什么？

"诗织是被小松跟警方杀死的。"

我怎么没注意到这件事？

直到今天，我一直以为诗织和岛田、阳子托付给我的棒子，就只有一根而已。我以为只是有个凶残的跟踪狂存在于社会上，但不是这样的。棒子有两根。

诗织留给岛田和阳子的，是"遗言"，而岛田和阳子将一切都托付给我了。托付给我这个"三流"周刊记者……

我想起岛田在KTV包厢红着眼眶说的话：

"靠警方没办法破案吗？"

现在的话，我可以明确回答。

没办法。

这是我的结论。

长年以来，我采访过无数社会案件、事故、灾害等所谓的警察现场。每个星期都跑遍日本各地，复杂的案子也不晓得看过多少了。我曾经与凶嫌争论，也曾经证明案件被告是遭到冤枉，其实是无辜的。警方侦办与记者采访做的事虽然不同，但我自认为比一般辖区刑警经历过更多的案子与地狱。

所以我明白，上尾署绝对不行。上尾署无可救药。如果没有人想办法，他们打算就这样躲到最后。要求被害人撤销报案的刑警？才没有那种警察呢。《FOCUS》自己不是也报了吗？那是假警察啦……

开什么玩笑，我绝不能放任这种事。

我应该做的是做好心理准备。我决定一旦凶嫌落网，就非写出这个事实不可。全部报道出来吧。或许只会是石投大海，或是让自己丢人现眼，但是遭到设计，替他们宣传谎言，身为记者，这实在是令人忍无可忍。

现在只能等待了。因为能够逮捕命案凶手的，还是只有搜查本部。

不过他们可别以为案子这样就结束了。因为我还有一件非做不可的事。

我摩拳擦掌地等待，然而最重要的"逮捕"却丝毫没有进展。据说搜查员开始监视池袋以后，久保田就再也没有出现在公寓了。为什么？他们应该完全放心了才对。为什么不现身……

然而我的线人却告诉我完全不同的消息。池袋的那栋公寓一楼是拉面店，据说同一天傍晚，久保田和川上悠哉地在那家店前面站着聊天。

县警真的有逮捕凶嫌的打算吗？难不成派出搜查员，只是对我们做做样子？我对警方的不信任与日俱增。

十二月十二日了。

感觉时间过得飞快。《FOCUS》的截稿日迫在眉睫。报道嫌犯落网的稿子早已完成，照片也都准备好了。只要把存有稿子的软盘送到印刷厂，一切便结束了。

然而池袋却半点动静也没有。不管我前往现场多少次，都是一样，只看到搜查员到处闲晃而已。搜查本部究竟做何打算？到底在想什么？我完全不懂。被我们拍到以后，川上也多次进出公寓，但搜查员那种监视手法，根本不可能发现他。

截稿日到了，我被迫做出严酷的选择。我必须在"破案"与"独家"当中选择一个。我和总编讨论了许多次，最后决定——

这一周的《FOCUS》不刊登桶川的报道。

观望一周。我放弃送出稿子。各位能够想象对记者来说，这是多么难受、荒谬的事吗？无法登上版面的采访，完全就是徒劳。

距离下次截稿还有六天。如果刚截稿久保田一伙人就被逮捕，那就万事皆休了。

只要六天，很可能所有的案情细节都被彻底公开，能报道的都被报道光了，世人的关心也将淡去。到了那时，再来说我们事前拍到多劲爆的照片，也只是马后炮而已。

输了就是输了。

只会得到一句"谁叫你这样滥好人"，这样的危险性非常大。

但我们还是决定再等一周看看，这是个赌注。

山本总编说，不论事情如何发展，都不可能再拖到更晚。这一点我也完全明白。因为接下来的一期，是年内最后一次发刊的合并号。发售日是十二月二十一日，接下来一直要到一月六日才会再有下一期。不管怎么样，都不可能直到那时候警方还没逮到人，而其他媒体也完全没有发现。

换句话说，如果下一次的截稿日无法把稿子交出去，那么对《FOCUS》来说，这起命案不管是照片还是报道，都得全数扫进年底大扫除的垃圾桶里了。

这无论如何都做不到。

虽然我是个我行我素、不听指挥的不良记者，但仍是为了让报道登上杂志而进行采访。我是记者，不是搜查员，而且那张照片也不是只属于我一个人的……

我决定再次去通知上尾署。我打算好好说个清楚。我可不想在报道刊出后，被警方说"当时搜查本部根本不知道《FOCUS》要刊出报道。久保田是警方凭一己之力追查出来的，是《FOCUS》不晓得从哪里探听到消息，任意刊出报道，才导致凶嫌溜走了"。唯有这事，即使有记者俱乐部的高墙阻挡，我也必须事先通知警方才行。

事实上我会拜访猪野家，说明采访经过，也是为了保险起见，免得到时候被警方装傻。除非事先告诉警方以外的中立第三者，否则不晓得届时会被如何推诿塞责。

星期一一到，我先跑去埼玉县警本部的公关课。是为了直接找公关课员，叫他联络上尾署，"《FOCUS》现在要过去采访了"。任何组织都是如此，总部说什么，分部很难拒绝。我觉得这总比我直接闯进上尾署要来得管用，然而上尾署的态度一如既往。

这已经是我第三次在上尾署的柜台递出名片了。这要是一般辖区警署，就会说声"请进"，起码把人领到副署长旁边的会客区沙发，端杯茶来。虽然说着"除了公开声明以外的内容，我们不能透露"，但还是会跟你聊上几句。

但是上尾署不一样，上尾署超乎寻常。

一样的副署长，一样的态度，隔着柜台赏你一句他最擅长的老话：

"啊，没有参加记者俱乐部的记者去找本部。而且今天署长不在，年底很忙啦。不行啦，不接受采访。"

简直就像高性能录音机，令人佩服。好，我知道了。虽然不清楚副署长是只对我这种态度，还是对所有非俱乐部成员都是如此，但根本没办法谈。我已经懒了。我也不是人品多好的人，既然如此，那我只好变身高性能扩音器了。我站在柜台外，单方面开始怒骂。对方有没有听进去，不关我的事。

"我不是来采访的，我是来通知的！下星期发售的《FOCUS》会刊登桶川站前命案嫌犯的重要报道，搜查本部应该非常清楚内容了。截稿日是这个星期四。这件事**务必**要通知署长。我说完了！"

虽然意犹未尽，但我生性软弱，只敢在心里接着补上几句：

"谁要采访你这种人？搞不好我比你更清楚这个案子！"

副署长看了我的名片，厌烦地点了点头。也许他只当成来了个神经病。这样也无所谓。我自认为已经付出最大的诚意。真希望刑警多少露出一点慌乱的样子。

不管我怎么努力都拒人千里之外的副署长，以及无视于怒骂的我、埋首行政工作的刑警和职员。这里到底是什么鬼地方？

我完全可以理解那天诗织和父母来这里求助之后，如何陷入了绝望。这里病入膏肓。这里没有半个"人"。诗织遭遇了两个不幸。一个是认识了小松，另一个就是住在上尾署的辖区里。

池袋的街道响起圣诞歌，百货公司前立起了圣诞树。许多年纪打扮和诗织差不多的女孩沉迷在购物里。我分开这些人潮经过三越百货前，绕进小巷。"现场"就在前方。

每天都处在焦虑中。

我真心祈祷时钟停下来。

精神状态恶劣至极。为什么没办法逮捕那伙人？煮熟的鸭子都替你摆在眼前了！我连日——而且是一天好几次和T先生交换信息。这些信息应该也都传给搜查本部了才对。

"是不是我们去大楼上面监看比较好？"我也如此提议，但搜查本部根本当成耳边风。意思好像是"我们自有我们的做法"。

混账东西，就是你们的做法，害得诗织被杀，小松逃走，连久保田都抓不到！我一整天怒火中烧。截稿时刻一分一秒逼近。这次真的是九局下半，没得延长了。

我知道得太多了。诗织的父母、岛田和阳子对凶手能被绳之以法的愿望。

还有诗织的憾恨。

如果不知道这些，我该做的事情很简单，直接刊出让其他媒体吓破胆的大独家就是了。我反倒会掐指算日子，期待截稿日快来，并祈祷在那之前都不会有任何媒体发现。

但是，我就是因为承接了他们的希望，才能走到这一步的，不是吗……

次日我在编辑部翻看报纸，发现了一则令我脑血管爆裂的报道。是某家晚报的一则小报道。其中一段文字声称有侦办人员表示,"跟踪狂K经营的按摩店里有一名可疑男子"。

我惊讶得腿都软了。万一久保田读到这则报道会怎么样?就算别人看不出来,他本人也一清二楚。消息来源是"侦办人员",代表是从搜查本部泄漏出去的。

我提供消息,费了好大的劲才把报道压下来,搜查员却把这则消息泄漏出去了吗……

这是比《FOCUS》截稿日严重太多的问题。就算继续压着久保田的报道也没有意义了。而且县警本部派出许多搜查一课的刑警到搜查本部去,这些人一连数天大量进出池袋,就算其他报社记者察觉有异,也是很正常的事。但即便是这样,这到底是怎么搞的?

我立刻联络T先生。这是在搞什么鬼!明明错不在他,我却连珠炮似的逼问起来。T先生告诉我每到傍晚,上尾署前就会停下好几辆东京车牌的租车。也就是搜查本部准备用来运送凶嫌的车子每天都会从池袋回到上尾署来。我觉得自己是个傻记者,但搜查本部的愚蠢也不遑多让。搜查员居然特地使用东京的租车,他们的行动怎么可能永远瞒过天天跑警署的报社记者?万一被记者尾随还是守在现场,后果不堪设想。

我摔下话筒似的挂断与T先生的电话,接着恶狠狠地踹了办公桌一脚。上尾署在搞什么?他们到底想做什么?他们要毁了这个案子吗!

烂透了。这个案子,我不是受到幸运之神眷顾吗?这个时候的我甚至拿T先生出气。明明他身为记者与好友,一直对我真心诚意。自我厌恶又让烦躁变本加厉了。

十二月十八日。

截稿日终于到来了。我再次拜访猪野家。我想要好好地向他们报告不得不在凶嫌落网前刊登出报道的经过。

我上了香,再次望向诗织的遗照。"美女大学生"这样的标题一点都不夸张。我注视这张照片也已经好一段时日了。

我不知道诗织的父母是怀着什么心情聆听我的话的。虽然我认为刊出报道是情非得已,但我说明状况,自己也难受到不行。

结果我逃之夭夭一般辞别了猪野家。

时钟的指针毫不留情地推进。还是一样,没有凶嫌落网的消息。樱井在上尾已经毫无成果地守候了两个星期。一切都已经濒临极限了。编辑部为这份报道提供了四页的篇幅,预备好稿子。

标题是"桶川跟踪狂命案——本刊独家掌握实行犯"。但是这次的情况是,由于凶嫌尚未落网,不可能刊登出真名。基于同样的理由,照片也不能使用。樱井拍到的独家照片,久保田的脸被打上了大大的灰色马赛克。内容也不得不修改得更委婉。整篇报道完全软掉了。报道内容不仅对一般读者来说莫名其妙,而且当杂志出现在店头的十二月二十一日,嫌犯一伙应该就会匆促逃离,再也不会现身在池袋了。

从这个意义来看，报道内容之详尽，是激怒我的那份晚报望尘莫及的。我们尽可能挑选了看不出是从哪个位置拍摄的照片，但那伙人一看就知道了吧。我不由得深深叹了一口气。

进入深夜了。我和T先生来到池袋的现场。搜查员还是一样晃来晃去。我发现随着《FOCUS》的截稿时间逼近，搜查员的行动也开始有了变化。包围网愈来愈小，起初监视一到傍晚就收工，现在持续到夜晚。就连我也从他们的身影感受到严肃的气氛。现场刑警必须在寒冬中连续站岗两星期，我觉得他们很辛苦。我也是身在第一线的记者，他们的辛劳，我感同身受。

但是同一个人一大早就在同一个地点来回十几趟，而且耳朵戴着灰色的耳机，甚至有刑警直接进入咖啡厅休息。真希望他们可以不这么明目张胆。会不会久保田他们早就察觉了异状，所以才不现身……

仰望过无数次的池袋狭窄的天空，也许是因为天寒，这天晚上的星星美丽地闪烁着。

我和T先生席地而坐。也许搜查员发现我们了，可是我已经不在乎了。

寒气从冰冷到家的柏油路面渗透上来。

我们无力地交谈着：

"怎么会变成这样？明明直到不久前，一切都还那么顺利……"

"为什么就是抓不到人？搜查本部在做什么……"

"只要警方逮人，不管是侦办还是报道都可以顺利进行了……"

我们一起回顾过去的两个月。

仔细想想，社会记者T先生就像是配合这起案件似的调到这里来，时间点再巧妙不过。因为有他，我才能确认小松和人与久保田的身份，也才能追踪报道到如此深入的地步。其他报社记者完全不知道这起命案的侦办已经发展到了这个阶段。只要久保田落网，T先生发布的速报应该可以远远抢先警方声明，成为独家新闻。

认识岛田和阳子、渡边的来电、许多人告诉我的消息线索——这一切的力量，不都是为了将不可原谅的罪犯绳之以法吗？我在今天以前的好运，全都只是碰巧而已吗？不管再怎么痛苦呻吟也无可奈何。搜查本部就是坚称"久保田没有出现"。

太难以承受了。

"走了。"我扬起一手与T先生道别后，来到俯瞰现场的高处，是附近的立体停车场二楼。我把车子停在这里。

俯视的街景闪烁着圣诞节灯饰。我想起一手拿着便条，在那里不停地走来走去的自己。樱井努力持续监视的大楼。明明只是不久前的事，却总觉得像是遥远的过去了。

一直到稍早前，运气不是都还向着我吗？怎么会沦落到这种地步？我自认为向来再小心谨慎不过，难道我在哪里犯了错吗？是在哪个点犯错的？到底是哪里做错了？……

内袋里有随身携带的那个记事本。我再次打开诗织的照片，忍不住在心中呢喃：

对不起，结果我无能为力。

以结果来说，我只是蹚了这起案件的浑水而已。回顾这两个月的自己，我窝囊得都快掉下泪来了。我不是为了让状况变成这样、不是为了刊出这种半吊子的报道，才把双脚走得都快断了，坚持不懈地追踪采访的。

不管再怎么懊恨，时间还是继续前进，然后，指针终于超过了截稿时间。

十二月十九日。

今天是完稿日。一想到再过几个小时，让凶嫌一伙远走高飞的报道就要送上印刷机，我一早就脑袋沉重不已。我顶着加上疲劳、比平常更沉重两倍的脑袋，开车前往公司。开下首都高速公路东池袋出口，右转就是公司，左转就是"现场"。还不到中午。距离清样出来还有一点时间。虽然觉得很傻，但我还是把方向盘往左打去。岂止是不死心，我根本放不下。

来到现场一看，状况和平常有些不同，成了熟面孔的搜查员聚集在那栋公寓附近。

怎么了？出了什么事吗？

他们的目光显然对着公寓。难道是久保田现身了？就快动手逮捕了吗？

多么一厢情愿的妄想啊。我清楚那是不可能的事。要是那样，也未免太美了。我的人生说到底就是平凡两个字，不可能出现那种戏剧性的发展。而且今天是星期日，久保田怎么可能在这种假日特地跑来？

回到车里，我姑且打了通电话给 T 先生。至少把这状况告诉他吧。我就这样离开了现场。

虽然并不明显，但完稿日的编辑部散发着紧张感。每个人都安静地读着自己负责的蓝纸，一个字一个字细心检查稿子。内容有没有错误？有没有错字、漏字？日期和年龄正确吗？……时间静静流逝，三点过后，记者的完稿作业便会结束，修改完成的最终稿会送到大日本印刷厂，接下来就无从更动了。

我削好两支铅笔，坐在自己的办公桌前。时间刚好是一点。我把尖锐的笔尖抵在第一行，视线朝那里望去。

就在这一瞬间。

我讨厌的手机响了。屏幕显示是 T 先生。干吗在这么忙的时候打来？是来向消沉到谷底的我致哀吗？

但是他劈头就说：

"哎呀，大叔，你的第六感太准了，了不起！"

"咦？什么？什么意思？"

"就在刚才，久保田被拘提了。"

时间停止了。

难以置信。

我对着电话吼了起来。一次又一次，不停吼叫。我站起来挥手怒吼,好让远方的总编也能听到。

"县警抓住久保田了?逮捕了吗?还在拘提阶段是吧?今天一定就会逮捕吧?如果你是开玩笑的,我会生气喔……"

我一个人打乱了编辑部安静的氛围。那个时候的我到底是什么表情?我说的内容让别人根本听不出我在跟谁说话。总编瞥了不停对着电话大吼的我一眼,立刻走到编辑部最里面,向协调人员做出指示:

"要抽换报道,请尽量延后送出稿子的时间。"

我把T先生告诉我的内容直接写在蓝纸上。变成垃圾的蓝纸已经不重要了。T先生最后挂断电话前说:

"那,咱们在现场碰头吧。我可是遵守约定喽,**大叔**。"

唯独今天,就算他叫我大叔,我也不想反驳了。再说,现在时间紧迫。真正的截稿日就像石器时代一样老早就过去了,但现在却必须从头弄出一份报道来。

稿子交由资深记者重新写过。抽换整整四页的稿子,已经不是摄影师出身的我应付得来的。整个编辑部就像捅了马蜂窝一样乱成一团。

我打电话给已经解除待机的樱井,请他立刻赶到上尾。樱井也很惊讶。

接着我打给诗织的父亲,请他发表评论。这天休假的父亲才刚从女儿的命案现场回来。

"在这种地方被人拿刀子刺进身体,她一定很痛,一定很不甘心。我心里这么想着,才刚回到家里,就接到清水先生的电话。是心有灵犀吗……"

逮捕前的采访经过以及侦办信息也写成电子稿，写好的部分立刻传给资深记者。资深记者以令人赞叹的速度敲打着文字处理机的键盘。照片也换掉了。是久保田的照片。久保田旁边的川上必须打上马赛克处理，但樱井与大桥这两名摄影师的力作总算没有被埋没，能够呈现给大众了。

我要交出让各家媒体吓破胆的报道。就像我发誓的那样——百倍奉还。

二〇〇〇年度第一本发售的《FOCUS》第一期，封面头条是《桶川"美女大学生命案"，本刊独家掌握"实行犯"落网前全纪录——走投无路的跟踪狂》，过去累积的一切资讯全都塞进里面了。这篇报道刊出的话，显而易见，小松绝对会逃亡。但是不管这份报道有没有刊出，一旦知道久保田落网，小松的选项就只剩下自首或逃亡了。横竖警方一定也会像这次一样，拖拖拉拉。既然采访揭露了小松与命案关系密切，与其让他逃亡，倒不如公开他的姓名，以征求更多的信息。《FOCUS》决定登出小松的姓名与照片。

不过还是有个问题。

虽然久保田被警方带走了，但还没有正式遭到逮捕。根据T先生的采访，警方预定要在久保田自愿同行后，立刻申请逮捕状，以杀人罪嫌将他逮捕。不过这完全是预定。虽然不可能有差错，但是绝对不能有任何闪失。

我请总编让我去现场。这种时候，我实在无法静观其变。我绝对不想坐在办公桌前等待结果，我非得亲眼见证久保田被带走才甘心。这是我的工作。

我将老装备背包搭上肩膀,跑向公司的车库。跳进车子,冲上刚才在绝望深渊中开下来的东池袋出口,油门全开,一路从高速公路驶向上尾。这几小时的运气之强,令我难以置信。又有某种力量在起作用了,所以才能发生这样的奇迹⋯⋯

被带往上尾署的久保田祥史

第六章　成果

这是个寂静的夜晚。

编辑部直到刚才的喧嚣就像一场梦。我们在上尾署附近的公园待机。我和樱井、松原大叔待在熄火的"松原号"里，静静等待不知何时会被送来的久保田。"松原号"旁边是T先生的车。我想起从昨晚就没有进食，但没有食欲。车子里的绿色电子钟显示已经七点了。

T先生的采访说，被拘提的久保田还在朝霞署自愿接受讯问。都已经这么晚了，却还没有送到上尾署来。

坦白说，我不安得不得了。

稿子已经在大日本印刷厂印刷了。现在制版照相机应该正在制作正片。很快的，两台胶印印刷机就会开始轰隆隆高速运转起来。"久保田落网"的字样逐一印上巨大的卷筒纸，已经无从喊停了。万一——万一久保田没有被逮捕，只是自愿接受侦讯后就被放回，会怎么样？真的拿得到逮捕状吗？一担心起来就没完没了。万一真的发生这种事，我就得递出辞呈了。不，不是递出辞呈就可以没事的。我恐怕再也没办法继续待在这一行了，会一夕爆红——

"在桶川命案中爆出大乌龙报道的记者"。

就跟自己破坏珊瑚，再拍下宣称"人类破坏大自然"的照片刊登在报纸上的摄影师①一样，遗臭万年。

我每隔三十分钟就打开车窗，找邻车的 T 先生说话。而且每次问的问题都一样：

"久保田真的会被逮捕吧？"

"不会今天只是问话，明天又叫他来（自愿同行）吧？"

因为我一问再问，而且反复问一样的问题，T 先生也露出受不了的表情来：

"不管是大乌龙还是大独家，大叔都毫无疑问会一夕爆红啦。"他看起来完全没把我的忧心放在心上。

但是我会送出那份稿子，是因为我有自信久保田就是实行犯，这不是搜查本部提供的消息，而是我自己通过采访查到的事实。

实行犯就是久保田。

除了他以外没有别人。

搜查本部也是，从一开始就是以逮捕为前提，强硬要求久保田自愿同行。事到如今不可能再纵虎归山。

昨天这个时刻，我和 T 先生还坐在池袋的马路上。后来也没经过多久，状况却截然不同了。别说赶截稿了，是完稿前一秒的大逆转。俗气一点形容，就像在九局下半二出局满垒落后三分的比赛里，在两好三坏的满球数中击出球去，球

---

① 指一九八九年的"《朝日新闻》珊瑚报道捏造事件"。朝日新闻社的摄影师本田嘉郎自己在珊瑚上涂鸦破坏，附上捏造的报道，刊登在连载专题报道上的假新闻事件。

摇摇晃晃地飞向左界外线，就这样"锵"的一声击中界线标杆。就是这样的心情。除了有幸运女神跟着我之外，没有别的解释了。

今天已经没问题了。OK了。我这样告诉自己。

就在刚过八点不久的时候。

打电话联络某处的T先生来到我旁边。

"'久保田'要来了。逮捕状执行了。"

说完后，T先生贼笑了一下，补充说：

"太好了，你的项上人头保住了……"

我觉得肩头的重担一下子全卸下来了。直到迎接这一瞬间以前，真是好漫长的两星期——不，是两个月。实在令人难以相信只有短短两个月。这段时间，我不晓得打从心底后悔过多少次，我再也不要尝到这种苦了，开什么玩笑。

但是相较之下，现在的充实感是多么难以言喻！这是多美好的感受啊！原来我就是为了这一刻，不断赌上人生吗……

我和樱井移动到上尾署前。

好久没有拿起相机了。摄影是我的上一份工作。在佳能EOS-RT装上24~85mm的变焦镜头及小型闪光灯，并且接上积层电池，好缩短闪光灯的充电时间。这是我在采访案子时的基本配备。我对器材没有太大的讲究，只要轻巧不故障就够了。在采访案件时，沉重的相机机身或大光圈大镜头反而绊手绊脚。我设定成镜头光圈f8，距离一米。

凶嫌移送地检处的场面，我拍摄过不计其数，但是像这次逮捕时的移送场面却很罕见。尤其是周刊杂志的摄影师，很难见证这种场面。

我把相机藏进大衣底下，以免在拍摄前惹来多余的麻烦。搜查本部所在的上尾署有许多在夜里进行非正式采访的报社记者，我不想被他们发现。

再说，要是那个副署长发现我，又要念出他最擅长的台词了吧。在这种情况下只是徒增麻烦。我决定直到前一刻都远离警察署的地盘，在附近的十字路口等待。

载着久保田的护送车会从东京的方向过来。那么应该会从这个十字路口进入上尾署。我在大衣里面打开闪光灯，以这样的状态，引颈长盼那辆车子出现。

就在快九点的时候，一辆银色的轿车切过国道十七号线似的，从警察署的反方向开来。前座坐了两个人，后车座坐了三个人。这年头轿车里会塞进五个大男人，也只有护送嫌犯的时候了。

我们注视后车座正中央的男子。是认得的脸孔。

十字路口的信号是绿灯，同时我们内心的信号也变成了绿灯。我和樱井冲过马路。冲啊，樱井，扑上去！就算身份曝光也无所谓了，大拍特拍。我从大衣底下抓出相机，扑向滑进警察署内的车子，对准后车座的车窗，不看观景窗，直接把镜头对上去。时机绝妙。

一、二、三！

我和樱井按下快门。

漆黑的停车场中连续亮起闪光。久保田就在那明灭的光中。距离就如同我计算的，刚好一米。就在那里，我的一米前方，是那名短发肥胖的杀人凶手。久保田也不遮掩黑色高领毛衣上方的脸，满不在乎地面朝前方，承受闪光灯的照射。前臂盖着深蓝色的衣物，遮住手铐。

车子缓慢地开进警察署后方的停车场。久保田下车后走上阶梯的身影，在黑暗中也看得一清二楚。

一瞬间的战场结束后，上尾署的夜晚再次恢复了寂静。

一名报社记者注意到我们的闪光灯，跑了过来。好像还有记者留在署内。他一脸讶异，不知道出了什么事，但如果扯上关系，又有许多麻烦事了。我们决定立刻离开。

《FOCUS》已经开始印刷了。虽然拍到了照片，但不可能赶得上。结果这时拍的照片，后来也配合不上刊登的时机，就这样被束之高阁了。但是既然难得拍到，我把它在本书公开。本章篇章页的照片，就是逮捕后移送警署时决定性的一刻。

意外的是，搜查本部迟迟没有公布逮捕凶嫌的消息。因此杀人犯落网的新闻，成了T先生的通讯社独家。各家媒体一定都很惊讶。事前毫无前兆，由于其他媒体的大独家，案件突然炸开了。而且新闻见报后，警方依然没有发表声明。各家媒体拼命调查，也无法得到印证。

"久保田是谁？不是小松和人吗？"其他记者就像无头苍蝇似的。

我忍不住笑了。就算隶属记者俱乐部又如何，只要警方不发表信息，你们就只能那样手足无措吗？

这天晚上对各媒体的浦和分局而言，应该是个叫人难堪的夜晚。只有 T 先生的通讯社不断发布后续报道，其他媒体只能在一旁干瞪眼。

搜查本部在逮捕共犯之前，都没有发布任何消息。记者就算成天守在警署里，仍旧是一头雾水。警方可以发动司法权，申请逮捕状，逮捕拘留一个人，但完全不做任何说明。这让人认识到警方可以如此轻易藏起一个人，同时也让人深刻感受到除非警方愿意公布任何消息，否则俱乐部制度半点用处都没有。结果直到次日二十日晚上，警方才宣布逮捕凶嫌。

这天晚上，当各家媒体四处确认久保田落网的消息时，我们则在痛快畅饮。樱井、松原大叔，还有只监视了一天就拍到久保田的幸运家伙摄影师大桥，一伙人开起了庆祝会。

有太多事情可以聊了。现在的话，可以畅所欲言。先前真是一段难熬的日子，但我真心认为，如果没有承受住艰辛进行监视的摄影师，这场采访实在不可能得到如此辉煌的战果。这不是一个人办得到的。能够和他们一起庆祝，比什么都更令我开心。

随着夜色渐深，手机接二连三响了起来。各家媒体的采访动起来了。是报社、电视台、体育报等媒体知道我负责桶川命案的记者打来的，可以感受到他们拼命搜集信息的样子。

"只有通讯社报道警方逮捕了一个叫久保田的男子,可是我们无法确认。清水先生,你知不知道什么?"

就算对方这么问,如果要全部说出来,那可得花上一整天的时间。再说,咱们家的杂志上市之前,我什么都不能透露。

"实行犯的确被逮捕了。详细情形,请期待我们的杂志内容吧。"我仅仅这么回答。总之,今天我想纵情喝酒,然后好好睡一大觉……我整个人从里到外累坏了,但却是这两个月之间从未感受过的舒适疲劳。

次日的上尾署挤满了转播车和摄影师的脚架,一片闹哄哄。昨晚的寂静就像一场幻梦。上尾署自成立以来,应该从来没有这么热闹过,不过里头没有半个《FOCUS》的工作人员。我们已经完全没必要去那里了。

这天早上,由T先生的通讯社提供新闻的地方报、体育报、电视台、广播节目,都引用内容,盛大报道杀人犯落网一事,然而称为全国性报纸的大报社全都一筹莫展。非俱乐部成员的体育报整版刊登着久保田被带到警署的照片,俱乐部成员的报社版面却只是小小刊登了半吊子的"跟风"报道。相反的情形是家常便饭,然而**逆转**得如此极端的现象却极为罕见。

事后我听说,这天守在警察署里,引颈等待记者会召开的俱乐部记者还没等到记者会,就先看到了《FOCUS》

的报道，引发了一场骚动。在东京拿到刚印好的热腾腾的《FOCUS》的公司，通过分局传真内容过来。某个记者看到久保田的照片，逼问警方干部说：

"这是骗人的？骗人的吧？一定是别人吧？喂，搞错人了，对吧？"

那名记者如此嚷嚷，但杂志应该一五一十详细写下了各家媒体都想知道的逮捕经过。真是太没礼貌了。

命案发生以来，第一次好好地睡上一觉的我，傍晚的时候去了公司。当然，命案并非就此结束，不过既然已经抓到久保田，我认为破案也有了方向。警方不得不赌上名声，厘清案情轮廓。接下来就看警方如何出招了。

这天本来休假，但我有件事无论如何都想处理。进入编辑部一看，果然也来了公司的山本总编坐在办公桌前。明明休假，这个编辑部怎么会有人？

我若无其事地向总编攀谈：

"现在已经变成了一场笑谈，不过如果昨晚久保田没有被逮捕，我准备递出辞呈呢。"

听到这话，总编轻描淡写地说：

"不只是你，我也要丢饭碗了。"

咦！瞬间我一阵语塞，不知道该怎么回答才好。总编真的放手让我这种不听话的记者尽情自由发挥了。我很感谢他。

回到办公桌后，我打了一通电话。

我来到公司，是为了处理樱井在监视池袋时录下的影片。那是辛苦拍到的影像，我希望能有效利用。我想到的是能不能在《FOCUS》发售日的早上，让哪一家电视台播出这段影片。总编也同意了。影片很棒，每个电视台应该都会想要。

我打给朝日电视台"超级早晨"节目的高村智庸记者。我在和歌山毒咖喱事件中认识了负责社会案件的高村，当时我们几乎每星期都在现场共事，我在各方面都很信任他。他是那种会自主采访的电视记者。我信任这种人。如果条件是晨间节目，那么我会毫不犹豫地选择他。就这样，原本应该会被束之高阁的影片，也得以公之于世了。

那天晚上，我和某位报社记者碰面。他是负责警视厅的社会记者。我们在播放着爵士乐的小酒吧喝酒，由我说明事件始末。

"太厉害了。只要能做出一次这样的报道，就可以心甘情愿地退休了。"他说。但我想说的其实不是这些。我想要他的协助。比起我来，他更能发挥悬殊的力量。

就是警方的问题。

我已经来到必须与上尾署——不，是与埼玉县警兵戎相见的阶段了。爆料的时机已经成熟，但是只凭一份杂志，实在不可能点起燎原之火。我需要同伴。负责埼玉县警的记者或许无法写出批判县警的报道，但他是负责警视厅的记者，应该会有法子吧？

然而话题却往奇怪的方向发展。他的一段话解开了我一直以来感到不解的事。

"我们不是社会记者,而是守在警察单位的警察记者。"

言简意赅。跑警察线的记者,并不等于社会记者。这样啊,他们完全只是负责跑警察线的记者,所以把警方发表的声明照本宣科地写成报道,也没有什么好奇怪的……

我在采访中追求的,与警察线记者或报社追求的事物貌同实异。我采访社会案件,所以是社会记者。他们采访警察,所以是警察记者。

我欣赏这名报社记者。他在采访的过程中,总是在迷惘与烦恼中挣扎。其实他很喜欢采访社会案件,但绝对不会轻易放在嘴上,是个很棒的人。

手机又响了。我走到店门口附近,按下通话键。

电话是来通知搜查本部总算公布逮捕久保田的消息。共犯有三名,川上聪(31岁)、小松武史(33岁)、伊藤嘉孝(32岁)。四人的逮捕嫌疑都是杀人,而非教唆或帮助。

川上会被逮捕,如同预测。他跟久保田走得那么近,肯定脱不了干系。细问之下,据说命案当天,也是他负责开车逃离现场。伊藤是小松的按摩店干部,是早已写在采访笔记中的名字。这个人负责监视诗织家,确定她出门后向其他人通风报信。这两个人的照片,樱井都在那栋池袋的公寓拍到了。川上的照片已经登在《FOCUS》第一期,但因为当时他尚未被逮捕,因此不得已打了马赛克。难得拍到了照片,年后发售的第二期就把马赛克掉吧。

问题是小松武史。坦白说我很惊讶。怎么会跳过和人,突然就逮捕了武史？有些不了解内情的电视台，一听到"小松"就急忙打出"跟踪狂小松落网"的跑马灯。不过不是那个小松，小松武史是小松和人的哥哥。据说久保田在侦讯中供称"小松武史说有个坏女人，委托我杀了她"。还说武史给了三个人共一千八百万日元的"杀人报酬"。

这是真的吗？

说起来，最重要的和人怎么了？他消失到哪里去了？没有拘捕他，表示警方也追丢了他的下落吗？既然如此，为什么搜查本部甚至不发出通缉……

我回到播放爵士乐的店内，总觉得内心冷了下来。

十二月二十一日，《FOCUS》新年第一期陈列在店头。总算走到这一步了。这一期出刊后，直到第二年都没有截稿，也没有发刊。

但命案持续进展，不能停止采访。

令人不解的还是小松兄弟的关系。事实上我从相当久以前，就对小松武史很感兴趣。

这里必须回溯到相当久以前，六月十四日有三名男子闯入猪野家那时候。诗织遇害以后，T先生在很早的阶段就查出了这三名人物的身份，我也掌握了信息。其中一人当然是小松和人，另一个则是他的同伙Y，然后是自称和人的上司、逼猪野先生"拿出诚意来"的魁梧男子，其实就是小松武史。

根据十一月上旬T先生所查到的资料，武史是东京消防厅的职员，而且在板桥消防署上班。那个时候我很执着于板桥这个地点，因为假援交小卡片散播的地点就是板桥区内。跟踪狂集团的活动范围中，只有那里孤立远离。而且诗织命案的第二天，武史突然打电话向上司请辞。较自然的推断是武史与命案有某些关系。

我根据这些事实，拜托樱井和松原大叔守在武史家前，神不知鬼不觉地拍到了他的照片。这个时期，武史几乎每天都叫外送，过得很低调，以消化带薪假的形式，等待十一月底的离职。据说他拿到了一笔不小的离职金，但应该是公务员而且是消防队员的他，居然能在埼玉县郊外兴建一栋豪华的独栋住宅，还坐拥好几辆奔驰车，实在令人纳闷。不过，当时我对此毫无头绪。

然后直到这一天，特殊行业人士打来的电话才揭开了谜底。线人说他看到电视新闻所以打给我，并说出令人意外的事实。

线人说，他在新闻看到小松武史，发现那张脸长得跟"一条大哥"一模一样。

什么？我忍不住反问。

第三章提到小松和人的背后有疑似黑道的男子撑腰。总是一袭白色或黑色西装、一看就像道上兄弟的男子，才是按摩店幕后真正的老板。小松总是喊他"一条大哥"，敬他三分。有其他店员目击到，在店里总是"一条大哥""小松老弟"地互称的两人，在四下无人的时候，却是平起平坐的口气。虽然不清楚两人究竟是什么关系，但唯一可以推测出来的是，他们恐怕相当亲近。

然而现在这名特殊行业人士却说小松武史一定就是"一条"。确实，如果"一条"就是小松武史，那么小松武史异常富有，而且四下无人时与小松状似亲密，都可以解释得通了。也可以看出这对兄弟是刻意创造出"一条"这个虚构的存在，为武史镀金，兄弟俩联手经营特殊行业。后来通过其他采访，也查出了武史尽管身为现职消防员，却同时经营特殊行业。

现在知道小松武史是"一条"，是特殊行业老板了。这是很有可能的事。

可是，为什么……

挂断电话后，我抱住了头。怎么会是武史因为杀人嫌疑遭到逮捕？为什么和人的哥哥有必要买凶杀害诗织？更合理的推测，应该是员工久保田、川上和伊藤等人受到和人委托杀人。而且哥哥武史原本应该要制止弟弟失控才对吧？他可是消防厅职员，到底有什么必要杀害弟弟的前女友？从对诗织亲友的采访中，可以确定武史与诗织只在六月的那一天见过一次面而已，难以想象武史与她会有什么私人恩怨。

我感到原本以为逐渐拨云见日的这起命案，又笼罩起迷雾来了。看来案子不会轻易落幕。

据说小松武史落网后，对律师说了大意如下的内容：

"名誉毁损的部分，我承认其中一部分，但我跟杀人无关。七月十日左右，和人拿了两千万日元过来，叫我用这笔钱治一下那个女的。他叫我撒传单、强奸她拍影片,所以伊藤用那笔钱的一部分印了传单。

"那件事(命案)发生那天,我一直在小钢珠店待到下午两点。我正准备回去,伊藤打电话来,说事情麻烦了,久保田居然刺了人家两刀。我整个人慌了,跑去赤羽跟久保田碰面,吼他'你在搞些什么!'久保田说'我觉得只刺一刀,经理(小松和人)不会满意'。所以我给了久保田一千万当他的律师费,第二天在西川口见了伊藤,给了他八百万,当作他跟川上的份。这件事,或许是因为我弟个性病态的关系。他以前也跟两个女人发生过纠纷。女人跟他分手,他就要人家死,很不正常。"

小松和人也向诗织稍微提过,说在认识她以前,也曾经和女人发生过纠纷。一个是他在冲绳认识的女人,另一个一样是埼玉的女大学生,都和诗织那时候一样,女方提出分手,他就做出跟踪骚扰行为。听说冲绳那一次,纷纷扰扰之后,女方甚至割腕闹自杀。

我通过某位新闻从业者,听到了这些跟踪骚扰的被害人保存的电话答录机录音带,里面有小松和人的声音。

(内容依录音带录音顺序)

九日十五时四十七分

啊,我是小松,嗯,不管你爸怎么威胁我,我都不会退让。不管你们怎么出招,还是使出暴力手段,我都绝对不会退让。一百八十万,我借你的一百八十万,也不是借，是你骗走的钱，不管怎么样，我都要从你那里讨回来。欸，知道了吗？欸，我通知过喽，敬请期待啦。

八日二十三时五十三分
喂喂？打电话给我。

九日〇时十四分
喂喂，你又不接电话了，不要这样，咱们好好谈一谈吧。记得打我手机啊。

九日十时二十七分
啊，喂喂，我是小松，那个，我接到自称你爸的人打的恐吓电话。所以我会采取必要措施，特此通告啦。

九日十五时二十二分
（持续两秒无声，咔嚓一声挂断）

九日十一时五十六分
啊，我小松啦，你从我这里偷了劳力士表，对吧？手表的损害赔偿跟窃盗，我会一起告上法院。不想的话就快点还给我。麻烦啦。

日期时间不明

（不耐烦的声音）你是死去哪里了？快点打给我！

日期时间不明

警告你，少耍我。今天就给我打电话来，他妈的！

日期时间不明

（嘶吼、嚷嚷）喂！为什么连一次都不打……（挂断）

日期时间不明

你给我快点回家，总之○○○（听不清楚）。而且居然在外面有男人，让我戴绿帽，这个臭婊子！敢让我难看！啊，你要怎么负起责任？总之，反正咱们得先好好谈一谈（以上声音虽然凶狠，但很冷静），你马上给我打电话过来，操你妈的！（尖叫）懂了吗！（声音恢复原状）

日期时间不明

我现在在开派对，超热闹的，你快点过来，你几点可以过来？连通电话都没给我，你是怎么了？欸，我很担心你耶。你在听吗？如果我不担心你，就不会整天追着你了，快点联络我喔。

日期时间不明

你为什么不接电话！

从字面上很难看出来，但感情起伏剧烈，一下发出宠溺般的声音，一下怒吼，一下尖叫，惊心动魄。即使听在无关的第三者耳里，也不禁要毛骨悚然。这名被害者也曾为了小松和人的事向警方求助。"还钱来""让我戴绿帽"等诬陷，就和诗织那时候一样。

小松武史涉入命案的程度，让我不能采访了。他已经被关进拘留所了。虽然也可以说这下案子总算变成了普通的采访，但还是一样令人心急。

是不是该去采访小松武史或他们兄弟的老家了？我和这起命案的关系过于深入了。先前由于我认为如果采访小松的亲友，警方的侦办内容或我们的动静有可能会传入小松兄弟或久保田等人耳中，所以一直裹足不前。但是好像也有一些不清楚内情的记者直接跑去小松家，无知有时候真的让人无所畏惧，结果他们问到的内容，可以当成逮捕前的家属说法用在报道上。这让我有点后悔，早知道我也去采访了。

实行犯供称，小松和人在七月五日左右逃到冲绳去了，那是张贴传单事件之前。命案当天他好像也在冲绳。从这个意义来说，小松和人的不在场证明十分明确。感觉好像可以听见小松和人在高声大笑："我才不会自己动手。只要有钱，自然有人愿意替我效劳。"

这绝对是天理难容的。不直接找到他本人采访，还是无法进入命案深层。

但是小松和人依旧下落不明。

不管是侦办还是采访，都再次触礁了。

编辑部提前进入春节休假。周刊杂志编辑部由于发售日的关系，总是提前休假，一过完年便立刻展开采访。二〇〇〇年的第一个工作日是一月二日，我应该可以暂时过上一段清闲的日子，但那个时候我的处境开始出现了变化。

各家媒体开始来采访我了。为了采访询问同行很常见，但这次他们想要采访的是我本人。与其说是因为我是报出桶川命案大独家的记者，不如说因为我先于警方查出凶嫌这一点令他们感兴趣。

《FOCUS》编辑部本来是不接受这类采访的。因为《FOCUS》认为采访记者就该隐身幕后。基于相同的理由，我拒绝了这些采访，但是遇到认识的人拜托，实在很难说不。

第一个拒绝不了的是广播的现场节目，我请总编替我上场。节目预先准备了几个问题。

内容是"还会有后续报道吗？"我拜托总编回答"还会有第二波、第三波报道"。这是为批判警方的报道做铺垫。

后来以电视为中心，我接受了几家电视台的采访。虽然觉得情势发展很奇妙，但正好让媒体关注这起命案。为了寻找小松和人，并且在开春第一期上刊登批判警方的报道，必须让话题持续发酵。先前我一直想要同伴，竟在不知不觉间逐步实现了。

某天，一名女子打电话到编辑部来，指名要找桶川命案的负责人。她说她是小松和人的朋友，想知道下落不明的他的去向。从口气听来，她对小松的行踪似乎也握有某些线索。

第一期的独家报道后，有时编辑部会接到类似的电话，但值得信赖的信息不多。这名女子让我感兴趣的地方在于，她不是"想要告诉"，而是"想要知道"小松在哪里，以及她说"小松从五月就开始追求我"。我不喜欢电话采访，便请她和我碰面，得到的是在这起案子中已经很熟悉的反应，条件是不能说名字，也不能告知联络方式。

又来了。这起案件的登场人物几乎个个如此，每个人都害怕小松和人的报复。我已经习惯了，只要对方愿意碰面，这些都无所谓。

我们约在池袋碰面，而且是人潮汹涌的三越百货前，对面也有派出所。

我就老实招了吧。

其实我很害怕。

在推出新春第一期后，《FOCUS》完全鹤立鸡群。《FOCUS》是唯一一本刊出小松和人的真实姓名与照片的媒体。我们查出实行犯，拍到他们的照片，甚至把他们逼到落网。小松和人对《FOCUS》抱持什么样的看法？他可是个死咬不放的跟踪狂，而且应该有着花不完的钱；最重要的是，连警方都还没有掌握他的行踪，即使他就走在大街上也不奇怪。这不是说笑，他有可能派出刺客来干掉我。我上过电视，长相已经曝光，只要他想做掉我，绝对不是什么难事。

"我绝对不会放过瞧不起我的人，就算倾家荡产，我也要彻底把你搞垮。"他是会这样激动发飙的个性。

　　他拥有一群敢在光天化日之下持刀刺人，笑着离开，满不在乎地继续过日子的手下，完全就不正常。而且跟踪狂集团只有四个人落网，这种状况要叫人不害怕才难，然后就在这时，有一名女子指名要找"桶川命案的负责记者"。我在完全不知道她是什么人、有什么目的的情况下，答应和她碰面了。来见我的，真的会是女人吗……

　　我一个人搭上出租车。

　　傍晚的池袋街道呈现出十二月底的热闹。车窗外是过着幸福而普通生活的人们。尽管不景气，但接下来就是圣诞节和新年，人们忙着采买购物。到处都是大批走动的购物人潮。好可怕。我害怕人潮。人多成这样，即使有人意图攻击我，也完全看不出来。但是如果约在人烟稀少的地方，会怎么样？前来赴约的更可能不是女人，而是陌生的壮汉。

　　我已经精神失常了吗？我怎么会做这种事？

　　"恐惧"会重回脑中。

　　我曾经在空中摄影时因为直升机故障而迫降，也曾在上野车站内对着黑帮干部打闪光灯拍照，遭到约两百名黑道包围恐吓。阪神大地震的余震时，我差点因为采访中的人家房屋崩塌被活活压死。每一次都给我留下深刻的印象。

　　伊豆大岛的三原山爆发时，所有的岛民都避难撤离的深夜，我们却租了渔船反过来登上大岛。我在海啸余波中摇晃的漆黑船舱里，抱着膝盖诅咒自己的人生，心想只要能平安生还，要我诵经还是唱赞美歌都行。波涛起伏剧烈，我跳下靠岸的岸墙却失败，差点被夹死在渔船和混凝土护岸中间。如果那时候和我一道去的前辈没有拉我一把，真不晓得会有什么下场。挂在脖子上的坚固的尼康F2相机代替我被噼里啪啦压成了碎片。当时救了我的前辈现在已经不在人世了。无法保护自己的人最好别干这一行，没有人会来帮你。唯有自己的直觉、经验以及判断，才是通往安全的指针，不过今天真的不太妙。

还是怎样？不入虎穴焉得虎子吗？

就算得到虎子，总有一天它也会长成大老虎，我才不想要那种东西。早知道就去借摄影部的防弹背心来穿了。我有预感会发生什么事。我觉得记者这一行真的不是能用金钱来衡量的煎熬工作。

"如果我现在死掉，一定就是小松杀的。"

这段时间每次我去喝酒，都一定会对樱井或T先生这么说。虽然语带玩笑，但我是说认真的。心里头总是有一股怎么样都抹不去的不安威胁着我。

"这不是开玩笑的，拜托好好记住我这话，千万别忘了啊！"

我认为现在的我，比世上任何一个人都更接近诗织当时的心情。起码我自己这么认为。我想要大喊如果谁有意见，那就现在立刻跟我交换立场，否则就闭嘴！这种心情除非成了当事人，否则是不可能懂的。绝对不可能懂。

我孤立无援……

诗织就是怀着这样的心情去向警方求助。然后不断倾诉她对死亡的恐惧，在得不到任何人帮助的情况下，就此丧命……

傍晚的池袋三越百货前。宽阔的人行道上人潮汹涌得可怕，不断有人冒出来又消失。

诗织正要锁上自行车时，突然被人从背后捅了一刀。我自然而然地紧靠在三越正门口前的狮子像上，看着掌心，目前生命线还没有断。

来的会是谁？

为了什么目的？

下一瞬间，我的眼睛在杂沓人群中发现了一个人影。我在人潮中，比来人更早一步发现了应该未曾谋面的对方。

我的眼睛盯在那个人身上，惊讶得腿都快软了。

来人不是小松和人，也不是持刀的肥胖男子。

而是猪野诗织。

札幌市　薄野

第七章　摩擦

看到伫立在杂沓中的女子，我陷入茫然。

那怎么看都是诗织。

这起命案到底是怎么一回事？我都快笑出来了。每当我的采访走进死胡同，就会不停出现新人物，让我连喘息的时间都没有。这要是电视剧，一定会因为时机实在太巧了，招来方便主义的批评。

女子在电话中说小松和人追求她，所以或许可以预期出现的会是类似的女孩；但对方不只是像而已，简直就是翻版。年龄也和诗织一样，二十一岁，甚至连名字都只差了一个字。当然，我不曾见过生前的诗织，我知道的只有照片中的她。即使如此，我还是萌生出眼前来人就是高中生诗织的这种荒唐幻想，与这个幻想拉扯。即使和烙印在我脑中的诗织照片相比对，也甚至可以说她和高中时候的诗织是同一个人。

女子自称佳织（化名）。

光是看到佳织的外貌，我就几乎要相信她了，但还是不能放松戒心。我自己也不知道会遭遇到什么样的危险。我留意有无跟踪，先邀她到附近的咖啡厅去。如果疑心不够重，就没办法当什么记者了。与其相信直觉，更应该先求证，因此我佯装无事，向她提出一些问题。

她对于没有任何媒体揭露的各种信息，比方说和人开的车种、池袋公寓的地点、生日、习惯和嗜好等等，都不假思索地回答。态度也没有可疑之处。暂时似乎是没有危险。然后，佳织与和人关系密切这一点，也毋庸置疑了。

佳织在都内一家俱乐部上班。她读了这阵子唯一报出小松和人真名的杂志《FOCUS》，得知原来跟踪狂"K"就是小松和人。她说在这之前，她对刺杀命案本身并不清楚。

其实她读了报道后，第一个联络的是搜查本部。她向警方说她愿意协助办案，但从她的转述来看，警方的应对粗糙到了极点。

搜查员对住在都内的她说：

"那我们想问你一些问题，你可以到上尾署来吗？很远？那上尾站前面的派出所也可以。"

真的很警察作风。就算采访和办案是两回事，从我们记者的角度来看，警方的回应也令人难以置信。连对好意提供线索的民众，警方都是这种高高在上的态度。即使如此民众还是愿意协助的话，警方又会如何应对呢？他们会用疑神疑鬼的态度，追根究底地问出协助者的姓名住址，包括男女交往在内的各种隐私。佳织就是因此被惹恼，才打到编辑部来的。

"警方无法信任。"听到佳织这么说，我兀自觉得果然如此，啊，这里又有一个。在这起案件里，提供给我信息的每一个人不都是如此吗？感觉以跟踪狂集团为中心，分成了警察阵营与诗织阵营了。

佳织说她想要见小松，想要找到他，劝他自首。这就是她联络警方和我的目的。

她与小松和人的关系是这样的。

"我们是今年五月左右认识的。小松是我们店里的客人。一开始我们完全没有交谈。他几乎滴酒不沾，光喝水，所以我觉得他这人好奇怪。好像也没什么朋友。可是不知为何，他渐渐开始向我倾吐烦恼……小松好像在为跟诗织的问题烦恼。他说如果他和诗织之间的问题解决了，想要跟我交往，不过我觉得他这人有点危险，所以推托说当朋友比较好。坦白说，他不是那种对象。我对他也没有好感。"

但是大姐头个性的佳织认为如果撒手不管，和人似乎会做出什么傻事，因此没有明确拒绝交往，一边和他往来，一边巧妙闪躲。他们维持这样的关系两个月左右，一起去兜风或是吃饭。

"他开的是奔驰敞篷车，打开置物盒一看，里面放着厚厚的一叠钞票，吓死我了。他说后车厢里更多。他把他的本名告诉我了。工作也是，说因为很赚钱，他做的是特殊行业。"

佳织说，小松说他其实想要开夜总会。

"小松认为诗织有别的男人，自己遭到了背叛，非常恨她。他边哭边跟我说，他要把诗织搞到没办法过正常生活，要逼她下海卖身，要叫部下轮奸她，搞烂她的身体，把她逼疯。我说，你会哭，是因为你觉得那样做是不对的吧？结果他说，他只要喜欢上一个人，眼里就会只剩下那个人，连工作都没办法做，什么事都顾不了，连饭都吃不下了。事实上，他真的在我面前把吃下去的东西吐出来过。我也看得出来，他无法原谅诗织的心情愈来愈严重。我觉得他是一个很容易受伤、很纤细的人。

"他说诗织背叛了我，我无论如何饶不了她，绝对要报复她。就像个玩具被抢走的小孩子。他还说，不管怎么教训，诗织就是不知悔改，虽然她一副悔改的样子，不过都是装出来的，我塞钱给她的朋友，都问得一清二楚了，她的事我了如指掌。"

岛田和阳子提到过有这样的朋友。和人拿钱给诗织的女性朋友，要她当间谍。那名女性朋友把诗织的事泄露给和人，似乎也没想到竟会引发如此严重的后果。据说她很快就发现小松这个人十分危险，反过来躲避小松，然而当时诗织已经被逼到走投无路了。

佳织说的内容，与诗织一直以来遭受的跟踪骚扰完全符合。我从岛田和阳子以及诗织的父母那里听说了诗织的状况，但小松的状况，这是第一次听到。彼此之间没有矛盾。那些跟踪骚扰的行为果然是和人在背后操纵的。难怪他会四处躲藏。

"我希望小松能自首，所以如果你知道小松在哪里，请带我一起去。我希望在你采访他之前，先跟他谈一谈。"

佳织拼命地说，下一瞬间做出了惊人的举动。

"你知道多少？"她话声刚落，冷不防便从桌子另一头一把抢过我手上的采访记事本，翻了起来。我拿着记事本的手维持原状僵在半空中，只能呆呆看着她的行动。人不可貌相，这名女子似乎性情相当强悍。不过遗憾的是，别人是看不懂我的采访笔记的。

我第一次遇到这样的采访对象。如今回想，佳织也是拼了命。隐藏在那份拼命背后的是什么？不成熟的我看不出来。一直要到很后来，我才知道其中的理由。当时我只感觉到，佳织与和人的关系应该超出她所告诉我的，但是我没有能力打听出来。

佳织不知道和人在哪里，不过知道他有可能去哪里。因为和人跟她提过一些事。

"大概七月的时候，他突然说要去冲绳。他说他在那霸机场附近看得到海的地方租了房子，还说附带车库的房子不好找。小松说要把他最近刚买的奔驰厢型车带去，不过我不知道是不是真的带去了……他叫我去玩一趟，我也把住址抄下来了，但心想打个电话就好了，不晓得把抄地址的纸条塞到哪里去了。因为我完全没想到居然会发生这种事……从那个时候开始，他就再也没有打给我了。"

光凭这些信息，实在不可能找得到人。我去过冲绳几十次，那是个远远超乎想象的辽阔岛屿。即使限定于机场附近的沿海，区域也相当广大。

这个时候，搜查员和媒体之间确实流传着和人"逃到冲绳"的传闻。因为就和佳织一样，有和人的朋友接到他的电话说"我现在在冲绳"。

小松武史落网后,也说他去冲绳找过和人。因此"和人潜伏在冲绳"的说法顿时受到各方瞩目。八卦节目的记者急忙飞往冲绳,在那霸周边或是以大海为背景站着播报新闻。而晚报等媒体甚至说和人早就从冲绳飞去台湾,或是在黑帮牵线下,逃亡到中国大陆了。

不过我对这条消息没有太大兴趣。只说是冲绳,实在是太过模糊,不可能轻易找到。再说媒体吵成这样,和人很有可能早就离开那里了。我想见的是小松和人本人,而不是冲绳的街道或大海。

我答应佳织,如果查到和人的所在,会请她一起去,然后道别。因为我认为如果能够见到和人,由佳织出面,总比我们劝他自首要来得有希望。

我先把小松奔驰的特征及车牌号告诉了为了其他工作去到冲绳的《FOCUS》同事,以及去冲绳采访时总是关照我的当地朋友。那是关东车牌的高级车。如果要找到人,也只有靠车子了。我拜托他们如果在哪里看到这辆车,务必通知我。

说到冲绳,其他就是案发前的一九九九年三月,诗织跟和人一起去的冲绳旅行。我联络当时一起去的诗织的朋友,请她尽可能回想起当时的事。和人说了些什么、去了哪里、知道哪些地方等等。只要有一点线索,就打电话过去,旁敲侧击地刺探,但没有成果。以前和人住在冲绳时打工的店家也已经关掉了。状况还是一样山穷水尽。

虽然实行犯落网了,但我对和人的下落及警方依然抱持着疑心，就这样过了年关。

据说和人曾经这么恐吓诗织：

"我要对你下最后的天谴，你没办法迎接二〇〇〇年。"

事实真的如同和人所预言的，但如果他以为事情已经落幕，那就想得太容易了。

一月六日。《FOCUS》新年第二期发售了。标题是"'美女大学生命案'行凶四人帮——跟踪狂的哥哥也遭到逮捕"。

我们将落网的四名实行犯的照片一口气全放上版面，也写下了第一期无法报道的三名嫌犯背景。川上的马赛克可以拿掉了，摄影师樱井和大桥拍的照片再次大为活跃。校完稿后，我立刻和总编讨论下星期的内容。上尾署问题重重，这件事我已经大致告诉总编了。问题是要写到什么程度？毕竟对方可不是闲杂人等。只要总编说"不"，就只能就此打住。

但山本总编在这方面是积极进攻型的。

"这应该报道出来。"

真的是很单纯的结论，总编反而比我更积极地推动报道。

没有任何障碍了。而且总编还派给了我一个强大的帮手——在采访"Life Space"一案时，被我害得惨叫连连的记者小久保大树。这太令人感激了。

我和小久保过去也搭档采访过无数次，他是我最为信任的记者，而且和不良摄影师出身的我不同，他写起稿子是一流的。这次的采访中，一直以来我都是一个人气喘吁吁地苦干，但现在即将攀登险峻的上坡前，我得到了一个可靠的援军。

报道的重点有两项。

一是刺杀命案前，诗织为了跟踪骚扰的问题向上尾署求助及报案，但县警的应对极不适切。

另一个则是关于命案的侦办，特别是为何警方侦办的范围一直没有扩大到小松和人？

我再次找来岛田及阳子，针对警方的应对进行采访。就像前面已经提到的，诗织把当时与警方的对话非常详细地告诉过岛田和阳子。我重新访问两人，岛田超群的记忆力及一板一眼的态度，再次令我赞叹。甚至连说过的话，重要的内容他全都记录下来了。刑警的应对等相关事实，我已经大致向诗织的父母求证过了。

这里整理一下。

首先，六月初诗织和父母去向警方求助时，县警的态度很差。

六月十四日，包括小松和人在内的三名男子闯进猪野家，大嚷："我们要告你诈欺！拿出诚意来！我们要向你爸的公司索赔！"第二天诗织和母亲带着这时候的录音，第一次前往上尾署。

听到录音带，年轻警察说"这分明是恐吓啊！"但上了年纪的刑警却说"不行不行，这案子不会成立的"，不当一回事。

到了第二天，无法接受警方态度的父亲也一同前往上尾

署,但警方只是不断重复,"这很难立案啦"。诗织倾诉"我会被杀",刑警却嗤之以鼻,"太夸张了",甚至还冷血地说:

"收了人家那么多礼物,才说要分手,做男人的怎么会不生气?你自己不是也拿到一堆好处了?这种男女问题,警察是不能插手的。"

警方姑且收下了录音带,但之后便没有任何消息了。

接下来是七月,提出名誉毁损的刑事告诉时与刑警的对话。

当时诗织遇到了中伤传单、假援交小卡片、网络留言等状况。让她前往警察署的直接原因是中伤传单。这次还有物证,完全符合名誉毁损要件的证据,然而这时候负责应对的刑事二课长K,态度敷衍到令人难以置信的地步。他对拼命倾诉的诗织说:

"大学不是在考试吗?怎么不等考完了再说?"

还说:

"你最好考虑清楚喔?打官司的话,要在法庭上说出一切喔?不但花时间,也很麻烦喔?"

对诗织而言,她有可能因为提告,遭到更可怕的跟踪骚扰,但她烦恼犹豫之后,还是下定决心报案,却遭到警方这样的对待。

这名二课长也负责受理刑事告诉后接着发生的诗织父亲的中伤黑函事件。当时他是这么说的:

"这纸质很不错呢,做得很用心嘛。"

然后到了九月二十一日左右,刑警到诗织家来,要求撤销报案。找上门来的巡查长 H 当时明确地使用了"撤销报案"等字眼。

我首先决定把这些内容都刊登在《FOCUS》上。

接下来的问题是，为什么小松和人没有被逮捕，也没有被通缉？以下是我当时的猜测：

查出实行犯久保田的过程就像前面提到的。我认为如果跟踪狂集团是小松和人经营的色情按摩店的店员，那么下手的凶嫌应该也在其中，循此进行采访，结果找到了久保田。逮捕久保田的搜查本部也在第二天的记者会上说明了所谓的"逮捕过程"，将主词从"记者清水洁"替换成"埼玉县警"，发表了相同的内容。警方应该拉不下脸承认"由于媒体提供线报，我们才能查到凶手"，但这无所谓。新闻稿中说"警方查到与被害人分手而发生纠纷的 A（27 岁），此人任职于都内东池袋的特殊行业……（中略）……警方得到数名东池袋特殊营业相关人士的照片，请十几名目击者进行指认，有数名目击者指出嫌犯久保田祥史"，以小松和人为起点查出特殊营业的店铺，再找到久保田的顺序是一样的。

问题是接下来。搜查本部自己说是从和人开始查起，才能逮捕到久保田，然后久保田供称"是武史委托我的"，所以把哥哥也给逮捕了。

但和人呢？简直就像变魔术一样凭空消失了。如果和人与命案完全无关，警方又怎么能从他查到久保田和武史身上？从某个原因开始调查，查出结果后，却又回过头来说那原因毫无关系。这到底是什么道理，真希望警方给个可以接受的解释。

县警总不会真的相信"只见过诗织一面的武史不知为何对诗织心存杀意,不惜花大把银子买凶杀人。从未见过诗织的久保田与两名同伙,则是纯粹为了金钱而下手杀害诗织"。

然后,"基于以上的理由,和人与命案无关。他与诗织无冤无仇,所以不必找他来讯问,更不必通缉。当然他与一连串的跟踪骚扰行为也无关"——难道警方是这么想的吗?

实在太不自然了。在我看来,侦办过程根本刻意绕过了小松和人。是搜查本部不想逮捕小松和人吗……

我忘不了拜访猪野家时对警方萌生的疑心。

那个时候我怀疑警方是为了隐瞒"要求被害人撤回刑事告诉"这件事,所以不肯全力逮捕凶嫌。尽管诗织怀着莫大的决心才提出刑事告诉,上尾署却甚至不惜撒谎,也要她撤销报案。而且还对后来探听到这件事的记者再次撒谎"没有警方要求被害人撤销报案的事实"。这桩"丑闻"绝不能被揭发,然而这又是成立了搜查本部的重大刑案,非逮捕"凶嫌"不可,而他们认为只要等到风头过去,再逮捕破案就行了。那段时间,不晓得有多少媒体用了"恐成为悬案""侦办毫无进展"等字眼。

不过这起命案受到莫大关注,而且居然有不晓得打哪来的周刊记者跑来说要提供线索。事情的发展,逼得警方无论如何都非得逮捕"凶嫌"不可了,但是逮捕"凶嫌"之后呢?如果逮捕之后,"一切就像被害人留下的遗言所说的",那岂不等于是警方证明了自己的无能?如果追查小松和人,就印证了诗织的"遗言"。因为小松和人就是命案前诗织不断倾诉的逼迫她的跟踪狂。

警方是否为了消弭这个矛盾而想出了"武史主犯"的说法？不管动机，只逮捕下手的凶嫌，并当作与和人无关。动机的问题太好解决了，只要宣称是哥哥替弟弟出气，所以下令杀人就行了。只要和人与命案无关，上尾署就不会被究责。总之"凶手"抓到了，这不就够了吗？

在我眼中，县警正拼命写着这样的剧本。我想对上尾署提出质疑。同时，对诗织和她父母的拼命求助草率敷衍的二课长K，以及要求撤销报案的巡查长H，如果他们有什么说法，我也想听听看。

我清楚上尾署绝对不会答应采访。就连对一般的案件采访，他们都是那种态度了，遇到对自己不利的事，更不可能回应。但是也不能单方面地一口咬定。如果他们想替自己辩护，我也得给他们一个机会。如果不愿意，那也是他们的选择。

一月七日，我请小久保前往上尾署。做法就和平常一样。首先去县警本部公关课申请采访，然后再前往上尾署。各辖区的公关事务是由副署长负责，也就是我已经交手过许多次的那位。

副署长看到名片，在柜台里烦躁地走来走去说：

"就算你们来，我们也无话可说。真的气死人！"

"什么事气死人？"

"到底是从哪里弄来这些消息的？"

"这些消息"似乎是指《FOCUS》第一、二期的久保田等人的照片和逮捕的详情报道，或这次针对要求撤回刑事告诉的采访。副署长显然气炸了。他似乎认定有人把侦办内情泄漏给了《FOCUS》，但上头什么都没有告诉他吧。搜查本部才没有泄漏，你们的情报就是我提供的，好吗？

"总之对于桶川命案，我们无可奉告。"

记者小久保提出刑事二课长的名字，副署长说：

"不能让你们见搜查员。"

再问为什么不通缉小松和人，副署长说：

"没那个必要。"

然后就躲到柜台里面去了，依然故我。再继续跟他耗下去，也只是浪费时间。

我们决定毫不留情、直截了当地全写出来。编辑部给了四页的篇幅。我把过去的采访中累积的警察相关稿件全部交给小久保，完成了一份从头到尾极严厉的批判警方的报道。我不知道会受到多少人的瞩目，但没有任何一家媒体报出警方曾经要求撤回刑事告诉的事，这肯定是独家。

虽然觉得与报道的调性有些不合，但我和总编商量后，在报道末尾要求读者提供信息，也登出了热线电话号码。我无论如何都想要最大的焦点——小松和人的消息。

因为我经常不在公司，所以拜托整个编辑部，如果有人提供消息，就转到我的手机。这是《FOCUS》的第一次尝试，接下来不管是县警还是线报提供，都只能等待反应了。

和人在冲绳的传闻根深柢固。和人也有可能亲自打电话来。如果他主张自己和命案完全无关，就更有可能了。《FOCUS》几乎每星期都在报道他的事，他会不会起码打一通抗议电话过来？

在种种臆测之中，一月十二日，《FOCUS》发售了。

报道标题是"不愿逮捕桶川女大学生命案'主犯' 埼玉县警的'消极办案'——案发前的处理就问题重重"。

对于不知内情，或是无法联系到诗织父母的其他媒体来说，这些内容或许难以置信。

我好像可以听见警察或记者大喊"这根本胡说八道"的声音。从久保田落网时的报道也可以知道，主流媒体基本上完全不相信周刊。他们不是社会记者，而是警察记者，所以这或许是当然的，但是只根据警方发布的消息写成报道，岂不是完全照着县警所写的"武史主犯理论"的剧本走了吗？

很多人说桶川命案很复杂，我认为这个时期的主流媒体要负最大的责任。每个八卦节目和周刊都在追踪小松和人，主流媒体却只报道小松武史。他们的理由是武史已经落网，所以报出他的名字也没关系，但是和人没有任何嫌疑，所以连他的名字都不能提。这样的说法，形同协助县警达到隐瞒丑闻的企图。民众会感到混乱也是理所当然。

就连我们第三期对警方批判的报道，除了上尾署的部分刑警和T先生以外，恐怕没有人认真在读。

实际上，县警对这篇报道没有提出任何抗议，似乎打算就这样搁置不理。我们认为这形同警方承认报道内容属实，但其他媒体也一样沉默着。我自认为列出了许多问题点，却有如石沉大海。连最大的爆点，警方要求受害人撤回刑事告诉这件事，也毫无反应，理由之一是无法向猪野先生采访求证吧。但是我认为根本之处，是媒体不想跟警方作对。没有组织能够制裁警方。我希望这种时候警察记者俱乐部更要发挥"监视"的功能，事与愿违。

我原本打算推出后续报道，针对上尾署发动追踪报道，不过刑警佯装不知情，上司也包庇下属，最了解事实的诗织又过世了，现状没有任何新的事实或证据。

剩下的证人就只有诗织的父母了，但命案后的报道深深伤害了家属的心，让他们不愿多谈。这样一来，除了像岛田及阳子这种极亲密的朋友之外，就没有人知道真相了。反正只有一家周刊在那里吵闹，上尾署只要装傻到底就行了。

桶川命案停摆了。能做的事逐渐见底了。无奈之下，隔周我改为采访"连续炸弹男"。一名男子意图爆破埼玉县浦和站的投币式置物柜、新干线垃圾袋，甚至是东海村的核能燃料工厂，遭到警方逮捕。

男子在池袋的大型DIY卖场购入制作炸弹的材料，以市面出售的材料制作出填满了炸药的精巧凶器。DIY卖场绝对没有责任，但其实一九九九年九月发生在池袋的那起随机砍人案件，凶器也是在这家店买的。想要什么，都应有尽有——这起事件彻底揭露出大都会危险的一面。

采访很顺利，但我完全不满足。桶川命案让我牵挂不已。

一月十六日,《FOCUS》的截稿日到了。我回到公司,准备撰写"炸弹男"的稿子。

《FOCUS》的封面向来只刊登三个标题。其他杂志的封面都挤满了各种大小标题,琳琅满目,但《FOCUS》只有三个,因此显得空荡荡的。但是反过来说,这也意味着封面上的三篇报道是我们当周的自信之作,身为记者,如果自己的报道列入这三篇,真的很令人振奋。这星期封面的三篇报道已经决定了。不是我的采访。我面对笔记本电脑,摊开资料和数据,抱头苦思。

总是在这种节骨眼,我会接到T先生的电话。他是我的守护神,有时也像是地狱使者。手机屏幕显示T先生的电话号码。我摸不准这回会是地狱还是天堂,不过以时机来说,这时间段非常不巧。

"县警好像正准备召开记者会。好像是以对猪野诗织名誉毁损的罪嫌,逮捕了大量同伙。也许小松和人也在其中喔,嘻嘻嘻。"

T先生吓完我之后就挂了电话。

是这星期的"县警的消极办案"报道起了作用吗?自从去年七月诗织提出告诉以来,对于名誉毁损一事,县警几乎毫无作为,然而杂志发售四天后,便一举逮捕大量嫌犯,这实在难说是巧合。或许警方的自尊心也受到了相当大的打击。

总之必须把这次的大量逮捕写成报道。但是关于这起案子，为什么警方老是挑在截稿或完稿的时候行动？要说时机巧妙是巧妙，只是这岂不是害得我必须手忙脚乱地准备采访吗？

我想要记者会的照片，但不巧樱井去采访别的案子了。我临时请其他摄影师赶到上尾署。我也想去，但必须在几小时内搜集到桶川报道的材料。

"炸弹男"的稿子请资深记者接手，我火速决定桶川报道的标题。总编说要把封面的三篇报道之一抽换为桶川。时间紧迫。这时摄影师回报说，果然进不去记者会。他说自己一报上媒体名称，警方就连回三句"不行"。看来那里不管谁去都一样。

只能以T先生的通讯社发布的新闻作为底稿了。搜查本部逮捕了包括四名实行犯在内的十二名嫌犯，嫌疑是散播毁谤中伤诗织的传单，毁损她的名誉。只为了恐吓一名女大学生，居然动员十二个大男人。做出这种事的小松集团很异常，但纵放这种犯罪行为的警方，也只能说是毫无遏止犯罪的能力。

其中也有六月和小松兄弟一起闯进猪野家的Y（29岁）。此人不仅闯进猪野家，还参与了传单事件。

然后到了这时，小松和人总算被通缉了。前几天副署长还亲自跟我说"没那个必要"，言犹在耳，马上就发布通缉令，警方的脸皮到底有多厚？

而且罪嫌是名誉毁损。我从来没听过有人因为这种轻罪被通缉的。要是能采取这种破天荒的做法，诗织向警方求助时，为什么不做？我对警方的不满没有极限。这次的标题就走这个路线吧——"现在才被'通缉'的桶川跟踪狂，嫌疑竟是'名誉毁损'——结果'主犯'下落不明"。

这等于是连续两星期对上尾署提出了严厉的批判。虽然不期然地成了连续报道，但是通缉的影响力相当大。严格来说，这是未公开嫌犯姓名等资料的通缉，但是在各家媒体的判断下，小松和人的名字广为公开了。似乎是看到上尾署不干不脆的态度，各媒体也决定立场了。

从这天的晚间新闻开始，各电视台播出了小松和人的姓名和照片。次日的早报也刊出了小松和人的照片。这样一来，或许可以揪出他的下落了。我的期待高涨。

这星期截稿后，我读起寄给报道负责人的读者来信。在《FOCUS》编辑部，桶川命案的报道也开始得到回响了。信件和电话愈来愈多，而且多是激励的内容。案发当初，也断断续续有读者看到报道写明信片来，不过在登出久保田照片的第一期以后，信件和电话才真正暴增。

"我看到一连串报道，实在无法原谅跟踪狂一伙人和警察。请努力继续揭发真相！"

"我自己也有女儿，实在不敢想象万一她有了相同的遭遇会怎么样。请贵杂志彻底追查真相。"信件和电话很多都是这样的内容。

这里举出一例：

敬启者

　　我是贵杂志创刊以来的忠实读者。贵杂志总是以照片清楚明了地报道时事……（中略）……不论是内容或是态度，都令人钦佩。特别是这次的"桶川跟踪狂案件"报道。

　　身为有女儿的母亲，这件事令我感同身受，心痛不已。歹徒的残忍，天理难容。警方坐视旁观的处理态度，也令人愤怒极了。

　　因此看到贵杂志以坚定的态度追踪歹徒，我不知道得到了多大的勇气。报纸几乎都没有报道，如果没有贵杂志的报道，我完全不知道原来这是这样一起案子。社会上有一种"邪恶"，是包括小女在内，在普通家庭成长的孩子无法识破的。我真是难以想象被害人诗织生前活在什么样的恐惧当中。除了祈祷诗织在天之灵能够安息，也请贵杂志往后为了正义继续努力！

这是住在都内的某位主妇的来信。总是乖僻多疑的"三流"周刊记者听到"请为了正义努力"这样的鼓励，实在忍不住要脸红，但是接到这样的回响，还是令人开心。

其中有一封信引起我的注意。我一拆封就看到两张小松和人的照片，上面说"提供给您作为采访资料"，但信件的文章更令我印象深刻。

"看到《FOCUS》的报道，上尾署终于清醒了吗？他们总算发布通缉了呢。"以这段文字开始的长信，提到了对截至目前的报道和案子的感想，但是后半这么写道：

> ……不过仔细想想，连我自己都不清楚为何我要做到这种地步。唯一确定的是，我绝对无法原谅完全不玷污自己的手，支付大笔酬劳买凶杀人的小松兄弟。就算说他们是人渣也绝不为过。（中略）编辑部的各位，请绝对不能让这起命案风化。做了坏事，就要接受制裁。

我自己也不明白为什么我会为了这起命案的采访做到这种地步。不过发现其他人也有相同的想法，我感到新奇，而且备受鼓舞。

"我才不会自己动手。只要有钱，自然有人愿意替我效劳。"如此宣称的男子，绝对不会自己下手，不断折磨诗织，然后就像他说的，诗织被杀死了。如果这样的犯罪能够堂而皇之地被放过，这个国家就完蛋了。

过去协助我采访的那些人，都是怀着什么样的心思？里面也有人有着和我一样的感受吗？

当时我听到一件事。诗织的父母质问搜查本部的刑警："为什么会是周刊记者先查到凶手？警方真的好好办案了吗？"

警方是这样回答的：

"那些狗仔的手段很下流。钱啦，他们到处大撒钞票，才能得到消息。我们公务员没办法做到那样啊。"

我和T先生聊到这件事，哈哈大笑。我可不是小松，不认为钱能解决一切。实际上我也没钱，然而警方却指控穷哈哈的我们，说我们到处撒钱，真是让人笑破肚皮，却又觉得警察实在窝囊透顶。我好像明白了为什么警方的侦办会如此糟糕。如果认为撒钱就能够如何，那不就跟小松同一个水平了吗？

我们只是亲自四处走访、调查，尊重每一个提供消息的人而已。就跟过往的警察手法一模一样。反过来说，这不正代表现在的刑警已经完全变了个样吗？

我们是如何查到实行犯的，前面已经交代过了。这段时间，没有特别的开销。没错，我们会请消息提供者喝杯茶或咖啡、出KTV包厢钱，也曾经给上门兜售线索的人两万日元的交通费，但总额加起来能有多少？没有警徽的我们，顶多只能在这样的限制里办事。而且实际行动的，只有我和樱井以及T先生而已。相较之下，搜查本部可是有多达上百名的人手。

搜查本部一旦成立，就会有特别预算和加班费，和我们这种连加班费都没有的记者可是天差地别。人事费和侦办费用，应该也比我们多了一两位数。

我还听到些有意思的事。到上尾署接受问话的诗织的朋友，离开的时候拿到了一些现金，是协助办案的酬金。酬金本身是法律规定的，没有问题，问题是给钱的方式。领钱需要签名，但是上尾署拿给他们签收的领据，每一张的金额栏都是空白的。虽然不知道事后警察在空栏里填上了多少金额，不过应该有一堆花费不晓得消失到哪里去了。

论钱的话，警方的资金比我们雄厚太多了。而且这些钱是人民的税金，是我们付出去的血汗钱。两个月之间，警方毫无作为地挥霍这些钱，还反过来指控周刊有钱，太令人瞠目结舌了。

逮捕久保田的时候也是，遇到关键场面，警方就会把警察以外所有的人全部赶走。即使是提供线报，只要说出地点以后你就没用了，警方会说媒体滚开，侦查优先，就算你们不说，我们也早就查到这里了。警方也不告诉家属侦办进度，对于愿意协助办案的人，则把他们叫来警署，当成嫌犯一样对待。

结果警方什么都不明白。

其实我原本并不想如此烦琐地写下久保田落网的经过。我们记者和警方都是成熟的大人了，不用啰嗦什么，案子破了就好了，不戳破才叫上道，不是吗？但是就像前面描述的那样，面对搜查员过度自私的种种对待，我开始觉得给警方面子，就是作践自己。

警方这些人，是不是完全不懂得人心？每一个难得自愿协助办案的人，都遭到了比周刊记者更多疑的警察盘问，从不在场证明到各种隐私、家庭成员，连祖宗十八代都得一一交代，最后失去了协助的意愿。

向我提供信息的人，每一个都异口同声地说：

"我一开始是联络警方，可是我受够了。他们只会问东问西，却什么都不肯告诉我。他们只有在需要的时候才会把人叫去,态度又傲慢得莫名其妙,搞什么嘛……就算我们因为协助警方,被小松发现,遭到他报复,警察也不会帮忙,对吧?诗织那时候不也是这样吗?所以我才不想透露名字。而且警察到底要让小松和人逍遥法外到什么时候?我们也很害怕好吗……"虽然状况各有不同,重点却都一样。每个人都是出于各自的理由,希望命案能够侦破,才会提供线索的。

我自认为相当严肃地聆听了这些人的话。我想我和警方的不同,就只有这一点而已。即使如此,警方仍要推说是金钱的力量的话,就应该减少废物搜查员,删减人事费用,增加提供线索的奖金才对。

好了,我可能也是因为没钱,才会完全搜集不到小松和人下落的线索。为了讨吉利,我终于把手机铃声换成了冲绳民谣。各种手段都使尽了,接下来只能求神拜佛了。在依靠读者提供线索的状态下,我一个人的力量可想而知。我已经进入悟道的境界,心想世事就是如此。

就在《FOCUS》第四期的发售日,我殷殷期盼的铃声响了。

然而唱起冲绳民谣的手机另一头传来的声音,指示的却是截然相反的另一个方向。

屈斜路湖畔

第八章 终 点

"小松和人在北海道。"

以冲绳的旋律呼唤我的电话另一头这么说。

由于方位实在相差了十万八千里，我不禁有些傻住，但这段民谣旋律，毫无疑问是宣告第三回合开始的铃声。这天是一月十九日，在纸面上呼吁读者提供线索的《FOCUS》陈列在店头的日子。

次日，我搭乘全日空六五班次前往千岁机场。与我同行的当然是摄影师樱井。我一直以为总有一天，我们会一同搭上前往冲绳的班机，没想到竟然是往北。

我在过去的采访中认识的小松和人，是个喜欢冲绳这种温暖地区的人。冬季的北海道令人意外，不过原来这就是盲点吗……

打电话来的是北海道内的黑帮人士。

"你在找的人，被北海道某个帮派藏起来了。小松拜托朋友，请那个帮派保护他。他说他可以出一亿，要对方用这笔钱安排他逃走。他先付了两千万。现在在札幌和A市之间来来去去。"

很像是信奉"这个世上只要有钱，想干什么都成"的和人会想到的做法。据说去了北海道以后，他便在札幌的公寓及黑帮人士的家中悠闲度日。小松和人戴上毛线帽和太阳眼镜，晚上前往薄野的夜总会，有时甚至跑去登别温泉逍遥。线人说他好像在吸毒，有时意识模糊，有点危险。

"不过到了最近，黑帮的人也开始觉得收了个烫手山芋，因为小松终于被通缉了。其实那个黑帮的最高层干部并不知道小松寄身在他们帮里。万一曝光就完蛋了，所以收钱的那伙人说要把小松移到钏路或根室去，准备最后让他逃亡到俄罗斯。"

根室前面有一座叫花咲港的渔船基地，是花咲蟹的卸货港。对方说这里有一条路线可以经由北方四岛①逃向俄罗斯。

这已经是好几十年前的事了，那一带的边境海域有叫作"报告船"（レポ船）的走私渔船出没。这些船只以交付日本的情报和产品等等作为条件，让当时守卫国境的苏联兵允许他们越过国境。不过这些人也不是什么厉害的间谍，只不过是提供沿岸的苏联兵喜欢的食品、家电、丝袜等，换取通行的方便而已。

现在这片边境海域成了毒品和托卡列夫手枪的走私路线。和人就是企图循此路线逃亡海外。虽然内容让人一时难以置信，但我另外得到线报，说其实和人持有假护照。不，不只是假护照，他甚至有假驾照。

和人曾经对佳织说：

---

① 也称"南千岛群岛"，该区域存在领土争议。——编者

"我送你一台车吧,是我哥放在我这里的奔驰。"

"咦,我不要啦,我连驾照都没有呢。"

"放心,连驾照一起送你。驾照这种东西,只要有钱就买得到。"

我在后来的采访中查到,和人与池袋的某个从业人员过从甚密。令人惊讶的是,原来有专门制作假驾照的业者。价格在十万日元上下。假驾照会以实际存在的别人的驾照资料为基础,另外制作出与原主人持有的驾照完全不同的成品。也就是利用原有的驾照姓名、住址、生日、公安委员会的驾照号码等等,只把相片替换成假驾照的持有人。

成品惟妙惟肖,仅仅在路上被警方临检,绝对不会曝光。即使违规被拦下,由于照片是本人,驾照资料也是真的,即使警察当场用警用无线电向照会中心核查,也不会发现是假的。接下来只要乖乖缴罚款,违规点数会记在真正的驾照持有人身上,但持有人绝对不会发现有人冒用自己的资料违规。即使发现异常,向警方申诉,也只会得到一句:"少骗人了,明明就是你自己违规!"

据说以前奥姆真理教也使用几乎相同的手法伪造驾照。他们为了拿到假驾照的资料,甚至开了家影片出租行,影印顾客的驾照,滥用个人信息。

在日本国内,汽车驾照是最高级别的身份证明文件。只要有驾照,就可以办手机、开银行账户、租车,不,甚至可以弄到现金。

护照比驾照贵一些,行情是二十万到三十万日元。据说是因为护照更难伪造一些。不过假护照上面会确实盖上日本入国管理局的"出入境"印章，因此可以自由进出海外。

和人拥有假护照。只要有护照，方法姑且不论，要离开日本就没问题了。等到风头过了，即使再回到日本，护照名字是别人，也有出境的印章，所以可以直接通关进来。这等于是印证了和人想要从俄罗斯前往海外的企图。我接到来自北海道的电话，才第一次想到这样的可能性。

这个人远比我或搜查员所想的更危险。据说搜查本部定期查核和人的出入境纪录，但这个举动毫无意义。

话虽如此，四处躲藏的和人现在的处境，似乎也不像他本人所想象的那么安全。那名道上的线人继续说：

"不过呢，事情没那么容易。之所以这么说，是因为帮里那些人本来就觊觎那笔钱才收留小松，他们已经想要甩掉这个麻烦了。说要让他逃去俄罗斯，我猜应该也只会把他丢进山里或海里，顶多就是沦为螃蟹的食物吧。"

那小松和人不是处境岌岌可危吗？弄个不好，很有可能钱被抢夺一空，小命不保。就算被剥个精光，也无处投靠。只要有钱就可以为所欲为的世界，不是只属于和人一个人的。自以为用钱买得到安全，却反过来因为钱而性命堪忧了。

从线人提供的信息，我得知了和人进出的札幌的几家店的店名、可能居住的房屋和公寓。消息的准确度不明，但没时间慢慢查证了。我和樱井决定不抱希望地前往札幌。仔细想想，这起案件一直都是在不抱希望的情况下采访的。这次会怎么样呢？会扑空吗？……

由于记者俱乐部的问题，再加上"批判报道"，我和上尾署已经形同决裂，不过如果这个消息正确，往后我应该还是必须以某些形式提供给警方，但也只能先查证看看。我们火速赶往札幌。

我们在新千岁机场转乘JR机场快轨前往札幌。月台位于地下，但这是新的车站，收得到手机信号。我连这都不知道，不经意打开手机电源，结果铃声当场响了起来。惊吓我这么多次，还是换掉冲绳民谣好了。

是佳织打来的。我起身到车厢间的通道接电话。佳织连珠炮似的说：

"听说小松在北海道！我朋友打电话来。警察也在找他，问我知不知道什么……"

又有什么要开始了。同时有两处捎来消息，看来和人真的在北海道？这个消息是正确的。既然搜查本部也知道小松可能潜伏在北海道，展开侦办，那么我也不必客气了。搜查员好像还在东京四处打电话询问。我们很有可能会抢先警方一步，找到和人的所在之处。

"其实我现在在千岁。"听到我这句话，佳织便悟出了一切。她的当机立断又一次令我惊讶：

"我现在就过去。"

这位小姐只要话说出口，就会蛮干到底。她就是这种性子。对于她说要一起采访的要求，我犹豫不决，但是我们只看过照片上的和人。想要联系和人，有佳织在会更容易。

而且我之前也答应过她,说如果见到和人,要先让她出面说服。

"或许会是白跑一趟喔。"我觉得这句话才是白费唇舌,但还是提醒了一下。我们说好她抵达千岁之后再联络,便挂了电话。

电车发出"哔——"的哨声,往前驶去。窗外刮着激烈的风雪。无边无际的雪原沉浸在夜晚的黑暗中。原来和人在这种地方吗……

和人也联络朋友说"我在冲绳"。搜查员和媒体完全被他摆了一道,他的手段比我们高明多了。

我正踏在与和人一样的土地上。既然都来到这里了,无论如何我都想见到他本人。为什么要那样逼迫诗织?毕竟答案只在他一个人手中……

日本屈指可数的娱乐地区——薄野。我在红、蓝、黄等炫目耀眼的霓红灯中寻找"那家店"的招牌。那个店名真的太平凡了,光是薄野一带,就有好几家同名的店。街道温度计的数字显示为零下10℃。我和樱井走在冻得硬邦邦的路上,寻找那家店,遇到以强势闻名的薄野的拉客小弟,还反过来向他们打听。

但是,我们迟迟找不到和人去的那家店。我们在觉得应该是的店里拿出准备好的照片,但薄野实在太大了,我们很快就发现自己陷入了有如大海捞针的状况。

据说和人也在距离札幌一小时车程的 A 市出没,因此我们也驱车前往。那户是帮派干部的住宅。虽然想要监视，但也许是黑帮这个职业使然，那里警戒森严，连靠近都很不容易。我们只是在附近勘察，窗帘就晃动起来，缝里出现反过来监视我们的人影。看这样子，别说监视了，连在附近打听消息都很困难。只能放弃了。

较晚抵达札幌的佳织带来了可能成为线索的消息。她说最近手机接到两次无声电话，显示的市外区号011是札幌的区号。佳织在札幌完全没有熟人，对这两通无声电话耿耿于怀，记了下来。确实有可能是和人打来的。

我们查询电话登记人的身份，发现是从札幌郊外一处高级公寓的某户打来的。虽然除此之外什么都不清楚，但还是请樱井白天盯着那里。理由很薄弱，不过有时通过监视，可以发现许多事实。至于佳织，考虑到她的安全，我们没有告诉她详细的地址。毕竟这位小姐个性太烈，万一她就这样直接找上门去，事情就棘手了。

樱井租了车子，从远处展开监视。我则去其他查到的公寓和小酒家走访。

监视只能到日落为止。接下来加上佳织，我们三个人一起在薄野的闹市区四处打听，询问有没有人看到身高180厘米的男人。

人没那么容易找到。

我联络札幌交情不错的记者，内容保密，请他协助。这名记者精通黑帮事务，我请他调查相关人士的住址，在可能的范围内逐一前往他列出来的地点,但全都扑了空。

东京有了其他的动静。《FOCUS》第三期的"警方批评"报道刊出后,各家媒体一样视而不见,但由于小松和人遭到通缉,风向渐渐改变了。有电视台说要采访我。第一个联络我的是TBS的节目"播报员"的记者原山理一郎。他说想要在他负责的单元探讨上尾署的问题。我开心极了。虽然只能在电话中交谈,但我答应他会尽可能协助。

在北海道的采访毫无进展的状况中,一月二十二日晚上,该节目播放了。据我所听到的,电视节目的影响力果然惊人。节目播放后,来自全国各地的抗议电话涌入上尾署,与读者阅读时间分散的杂志相比,反应居然相差这么多。

不过理所当然的,上尾署对这些声浪也完全不加理睬。虽然也没有向TBS提出抗议,却依然一副事不关己的态度。

我们持续在札幌监视与调查,但依然查不到和人的下落。樱井负责的公寓住处,也只目击到女人和小孩进出,没看到男人。女人、小孩与和人,这样的组合让人觉得古怪,不过再继续盯着那一户,会有什么发现吗?如果他不在这里,到底消失到哪里去了?……

遗憾的是,时限到了。截稿日到了,不过和人确实就在札幌。各方面的消息都如此指出,警方的侦办也开始扩张到这里来了。我和总编讨论后,把采访到的内容写成报道。更深入的部分,只能把希望放在接下来收到的线索上了。

收工的时候,我把详情告诉札幌的记者朋友,说自己在寻找通缉犯小松和人,拜托他如果有任何线索,请务必联络。

佳织说她要在札幌多留一阵子，所以我们约好如果有什么发现就彼此联络，在市内道别，我们拖着疲惫的身体前往千岁机场。

这里补充一点稍后发现的事实。就在我们离开札幌的几天后，北海道警方得到线报，知道我们追踪小松和人，监视着某栋公寓，便直接派人拜访了该户人家。

小松和人不在那里。那里的住户是一名妇人和小孩。两人都完全不认识小松和人这个人。虽然留下了为什么会从该户拨出无声电话给佳织的谜团，但这一点也在事后明朗了。母亲的手机号码与佳织的手机号码几乎一样，只有末两位数字是颠倒的。换句话说，是小孩子想要打妈妈的手机，结果按错拨到佳织的手机去了。揭开来一看，只是这么一回事罢了。这是我们的工作中常有的丢脸的事，只是樱井辛苦监视了那么久，结果却是毫无意义。

回到东京，截稿正等着我。我把标题定为"带着一亿日元现钞的桶川跟踪狂 '冲绳→札幌→俄罗斯'绝地大逃亡"，报道中揭露小松和人人在札幌，而且处境相当危险。目前应该没有任何媒体掌握到这个消息。

在这个案子的采访中，刚发生之后姑且不论，但接下来不管去到哪里，我都不曾遇到过同行。这或许也可以说是连续爆出独家，可是对我而言，孤立感更要强烈。实际上我们似乎也成了其他媒体的新闻来源，后来我也听说各家媒体的桶川命案负责人，都一定会抢先拿到发售日前的《FOCUS》，确认内容。比起和人的下落，我更希望警察的问题有所进展。难道就这样船过水无痕吗？上尾署就要这样全身而退了吗？……

我犹豫之后，在这篇报道下了个副标题："末路是葬身海底？"当时我的想法是和人总不可能真的死掉吧？标题挑衅意味十足，不知道能不能激怒和人打电话过来？我怀着这样的心情，结束了该周的采访。

次日开始，是我长达一星期的休假。这天我又一口气睡到中午。坦白说，除了桶川命案以外，我还得同时跑别的案子，真的累坏了。而且还有一堆累积着待处理的杂务。那件一直丢在洗衣店的夏季外套得快点去领回来。送洗之后，就这样一直丢到年都过了。这星期一定要把想做的事做一做，不过假期长得很，现在就先好好睡一觉吧。到了下午，孩子就会放学回来。偶尔陪孩子一起去图书馆吧……我昏昏沉沉地想着这些。

电话响了。休假的时候关掉手机电源也无可厚非，但我还是老样子，劳碌命。而且我正在休假，就算接到电话，应该也不会遇到太倒霉的事。

接起电话一听，来电者令人意外，是札幌的那名记者。他劈头便说：

"疑似小松和人的遗体在屈斜路湖被发现了。"

瞬间我哑然失声。

有什么在脑袋里不断旋转。怎么搞的？这起命案到底是怎么搞的？到底要把我惊吓到什么地步才甘心？这种结果，岂不是让一切都无法真相大白了吗？

遗体是在二十七日，前一天傍晚发现的。记者说才刚查出遗体身份而已。死因不明，接下来要进行解剖。

我先联络了总编和T先生。我慌忙更衣冲出家门。休假取消了。看来老天爷还是不肯让我休息。我得赶过去、得好好做个了结——我怀着这样的想法奔跑着，打电话告诉外出的妻子说"发生紧急状况了，休假取消了"。她对这种"紧急状况"早已习以为常，甚至不感到惊讶了。我挖出从上星期就一直丢在汽车后车厢的羽绒外套和冬季长靴，跳上出租车，直奔羽田机场。

出租车经过彩虹大桥。只有思绪纷乱如麻。

啊，如果我再早一点去北海道，或许就不会是这样的结局了。结果还是没能来得及。只差一点、只差一点就……

诗织的母亲看到电视新闻快讯，打来我的手机询问消息真假。

"似乎是真的。我也正在赶往北海道。知道详情后，我会打电话过去……"我从来没有想过我居然要向被害人的父母传达这样的消息。

仔细想想，已经没有半个人了。诗织被杀，和人也死了。命案其他的嫌犯也全都进了牢里。没有半个人了，徒留无力感。

来自各媒体的询问电话响了起来，我觉得一切都令人厌烦极了。

从出租车的车窗看见降落在羽田机场五彩缤纷的飞机时,我想起了佳织。对了,得打电话给她才行。

接到电话时,佳织的声音听起来很有精神。对着开朗地询问怎么了的她,我不知为何满怀歉疚地传达了和人的死讯。说明状况的时候,我等着她回应的声音,却有了一股声音被吸进电话另一头的奇异感觉。难道——就在我这么想的时候,电话另一头传来呜咽声。

果然,她与和人之间,有我不知道的一段,但是我没办法问。她在哭。光是这样,我就什么话都说不出来了。

我把手机按在耳朵上,听着里头不时传来的她的啜泣,我一样默默无语。虽然有好几通插播来电,但我全部忽略了。我已经受够了。

为什么只打电话给我一个人?我只是个普通的记者,你们够了没!

但是,脑中的想法和我的行动总是无法一致。起飞的喷射机轰隆声传入耳中。出租车滑进羽田机场。登机时间到了。"我再打给你。"我挂了佳织的电话。

我搭乘日本佳速航空137次航班前往钏路。机内有TBS"播报员"的节目人员。女主播访问我,但我什么都不清楚。就像我这星期写的报道一样,有他杀的可能性吗?或者是毫无关系的自杀?唯一清楚的,只有小松果然在北海道,以及他生前去了北海道东部。

透过椭圆形的舷窗可以看到云层底下的黑色大海，我的脸倒映在窗玻璃上。

奇妙的失序感支配着我。我没有对象地在脑中喃喃自语：

"我到底要去哪里？到底是为了什么目的，想要做什么？"

就是因为想要知道答案，我才没有辞职，继续做着这一行，不是吗？另一个我回答。不过真有那么一天，我能找寻到答案吗？

屈斜路湖位于钏路往内陆深入约八十公里的地方。这处极寒地区，在隆冬时节气温会降到零下30℃。我在钏路机场租了车，当成前往现场的交通工具，行驶在已经开始暗下来的路上。路面冻结了，不过对于总是在各地进行这类采访的我来说，雪上驾驶没什么好怕的。开车期间，电话仍响个不停。从几乎没什么交情的报社记者的询问，到对我的采访都有。

"事情发展就像清水先生所**预言**的那样，请说说您现在的心情。"

我可不认为自己成了预言大师。再说，我也不认为自己成了能够述说什么"心情"的"当事人"。起码在被这么问到以前，我是这么想的。不过真是如此吗？我是不是早已逾越了采访的界线？我太深陷于这起命案里了……

车子卷起雪烟，行驶在漆黑的根钏平原，钏路郊区无法收到手机信号。平常收不到信号会十分困扰，这天我却想尽快脱离信号区。我朝向能够扯断宛如黏在背部不断拉长的橡皮筋的那个地点，持续踩下油门。

车头灯中积雪被压实的洁白路面、车内的导航荧幕，除了这两样以外的一切，全是一片漆黑。汽车导航的右角显示着通往屈斜路湖的距离，数字逐渐减少。这完全就是我和小松和人之间的距离。而它的终点再也不会移动了。因为和人再也无法离开那个地点了。

小松和人为什么死了？这不是太造孽了吗？侦办这样就结束了吗？诗织为什么死了？是谁害死她的？……

两小时的车程后，我抵达了川汤温泉。从这里到屈斜路湖，只剩下一小段距离了。才刚入夜而已，公园的电子温度计却显示为零下17℃。所有的一切都冻结的街道。和人在这块极寒之地度过了几天。

我找到他投宿的旅馆，四处打听。和人是在一月十四日第一次来到这里。

据说和人搭乘巴士来到这处温泉乡时，穿着黑色马甲、黑色长裤、黑色登山鞋。他背着黑色背包，戴着黑色毛线帽，连手表都是黑色的，上下一身黑的行头。令人惊讶的是他的发型。目击者说他理了颗大光头，还留了胡子。

他在登记簿填上札幌市南三条的住址，以"山田耕一"这个名字入住。他在旅馆似乎过得很悠闲。

十五日，他吃过早餐，用现金付款后退房，搭乘出租车前往屈斜路湖。在那里闲晃了一阵后，下午两点入住湖畔的饭店，表示要住宿三晚。他在这里一个人悠闲地用餐，或是与湖边的天鹅嬉戏。

然而到了十六日晚上，状况却急转直下。十一点多，他突然说"家中有人过世"，从饭店退房了。

十六日是小松和人被发布通缉的日子。他一定是看到播出自己姓名和照片的新闻了。他似乎离开得很仓促，房间电视没关，没喝完的红酒瓶还剩下三分之一，不知为何还留下了一条内裤。

他对来接他的出租车说了不同的说辞，"我朋友出车祸了，我要去跟他碰面"，要司机开往钏路车站。但是他半途改变目的地，叫司机停在钏路市内的路边，不知为何要了收据，下了车子。

他在附近的饭店用"山本光一"的名字入住，接下来的行踪就不清楚了。

然而到了十八日，和人不知为何又重返屈斜路湖。有人在湖畔一个叫砂汤的休息处看见他。砂汤是湖畔水边有温泉涌出的地点，湖面只有这一带周围不会冻结，因此即使在冬季，也是热门观光胜地。十九日傍晚，和人再次现身砂汤，点了名产马铃薯丸子，坐在看得到湖泊的吧台座，喝着果汁和啤酒。据说他一直避免正面对着店员。

后来他似乎下榻湖畔的饭店。饭店人员说，二十四日早上因为他没有起来，工作人员前去房间一看，发现只留下行李，不见人影。那个时候我们正在札幌四处找他。这是小松和人最后留下的踪迹。

二十七日下午四点多,变成尸体的和人被人发现了。第一发现者是来拍摄夕阳与天鹅的当地年轻摄影师。这名青年在摄影的归途中,发现已经暗下来的湖畔水边倒着一个人。那名一身黑衣的男子被水冲到冰层底下,虽然是仰躺,但脸部结了一层厚厚的冰,看不出表情。因为耳朵的部分露了出来,青年出声喊叫,但溺水者没有反应。

摄影师回到休息处,用和人也用来叫过出租车的公共电话打了110报警。

负责此案的北海道警弟子屈警署人员表示,遗体脸部结了一层厚冰,无法勉强剥下来,所以将尸体放置在署内,等待解冻。然而随着时间过去,冰块融化,出现的竟是通缉中的小松和人的脸,引发轩然大波。身高等特征也完全符合通缉内容。他们委托埼玉县警比对指纹,但由于埼玉县警的多重失误,花了整整一天才确认身份。

报纸说,和人的遗体背部等下半部由于温泉的地热,多处烫伤,但上半部却冻得硬邦邦的,死状凄惨。

"我要让你遭天谴,我要让你下地狱。"不断笑着如此恐吓诗织的男人,最后却以仿佛遭受地狱酷刑般的死法离开了这个世界。

解剖之后,发现死因是溺死,死后已经过了好几天。距离遗体发现地约五十米外的地方,遗留有大衣和黑色背包。里面装着现金数万日元,以及一张潦草写下的字条,仿佛没有对象的遗书。内容也很像和人的做事风格。

据说字条上写着："我上不了天堂……"

和人的体内也验出酒精和类似安眠药的药物。脖子上缠绕着浴衣的带子，应是试图上吊，却没能死成，因此跳进屈斜路湖自尽。手臂上也有疑似试图割腕的痕迹，但无法确定是以前自杀未遂留下的，还是新伤。

脖子上的浴衣带子拍成照片后，由搜查员拿去附近的旅馆询问是哪一家的。

从状况来看，显然是自杀。

他最后投宿的饭店人员表示，房间里留下一张字条说"请寄回我埼玉县的家"，以及健康保险证、他爱用的随身听、大量的现金。是打算当作遗物吗？

据说和人也联络朋友说："我本来想从北海道东边逃往俄罗斯，但失败了。"和人来到北海道东部，是为了跟什么人碰头吗？或许是所有的钱都被卷走后，被抛弃在此处。事实上，据说他到北海道时身上带了一亿日元现金，最后却也所剩无几。

夸口"这个世上只要有钱，无所不能"的和人，就仿佛自己推翻了这话一般，留下背包和饭店里的一点钱，在他讨厌的寒冷地带，喝着不爱喝的酒，就这样死去。

"这么一来，命案真相就葬送在黑暗里了。直到最后，他都是个卑鄙的人。"

川汤温泉饭店房间里的红色塑料旧型电视中，女主播如此评论。

我觉得确实如此。尽管这么想，但另一个自己却怎么都无法彻底憎恨和人。再怎么样也不必寻死啊！小松和人确实是命案的原点，但是那一天，我却没有勇气义正辞严地如此一口咬定。诗织和和人都根本没有必要死。为什么年轻的两人，非得像这样死于非命不可？怎么会演变成这样？是什么让两人的人生结束了？……

第二天早上，我和晚了一些从东京出发的樱井会合。他从女满别机场来到北海道。

"和人果然在北海道。"一碰面樱井就说，然后不甘心地说，"真希望见到的是活着的他。"

据熟识的电视台记者说，小松和人的遗体在弟子屈署，所以我们一早就守在警察署。这里原本应该是清闲的地方警察署，现在停车场却挤满了媒体车辆，站着一大排裹着御寒衣物的摄影师。

我们抵达后不久，和人的家属就到警察署来领取遗体了。我没有见过她们，不过似乎是他的母亲和姐姐。我完全没想到会在这样的极北之地见到过去无法采访到的小松兄弟的家属。我怀着这样的想法目送两人。

遗体应该马上就要运出来了，一辆黑色的厢型车抵达，倒车进入署内的车库。我借了一台樱井的相机，一个人离开媒体大军，前往警署后面。遗体安置室在后方。和正面不同，屋后几乎没有媒体，十分安静。

我为了找到可以俯瞰署内状况的地点，爬上除雪后堆成的雪山。但是脚下实在太过松软，我的右脚踏穿积雪，整条大腿陷了进去。我正挣扎着拔出腿时，警署二楼的玻璃窗打开来，刚才疑似姐姐和母亲的两名女性探头出来。

两人对着底下的我，单方面地念起似乎是预先准备好的便条说：

"鬣狗！你们媒体就像争夺尸体的鬣狗！和人是被媒体逼死的。你们还是人吗？前几天我们打电话去《FOCUS》，跟一个男的抗议和人不可能去什么俄罗斯，都是胡说八道！和人是无辜的！"女人大声嚷嚷着这样的内容，就仿佛她们知道我是谁而这么做。

就算我是鬣狗也无所谓。就像你们说的，媒体就是鬣狗，可是鬣狗不会杀人。是先有尸体在那里，鬣狗才会围上来。

"那么是谁害死猪野小姐的？她为什么会死？"我怒吼回去。

但是她们根本不想听。我放弃向只是单方面嚷嚷的两人问话，以右脚插在雪山里的滑稽姿势，按下相机快门。

两人砰地关上窗户消失了。

时间稍微往前回溯。仔细想想，那是和人的遗体被发现的二十七日的事。确实有自称和人的母亲和姐姐的人打电话到《FOCUS》编辑部来。当时我不在公司，她们说向"一个男的"抗议，那个对象其实是记者小久保。两人就像从警察署的窗户怒吼时那样，对记者小久保强烈抗议。

"连我做母亲的都不知道儿子在哪里，你们怎么可能知道！"

但是会不顾一切地打电话来抗议,是因为她们知道和人已经走投无路了吧。或许"遗物"已经寄到家里了,或许她们根本就知道和人躲在北海道。

然而家人拼命打电话来抗议的时候,和人早已不在人世了。

我回到警察署正面。

车库的铁门打开,黑色厢型车静静驶出来。车子里载着白色棺木。棺木的尺寸应该比普通尺寸大,好配合和人的身高。

自命案发生以来的九十五天,我寻寻觅觅的对象就在那里。就在短短几米外的地方,然而这个距离再也没有任何意义了。已经变得冰冷的他,再也不会告诉我们任何事了。

这天,诗织的父亲通过律师向媒体发表声明:

"我们接到警方找到凶手的联络,向女儿报告了这件事。'警察找到真正折磨你的坏人了,你真的深爱家人,为家人着想,不过不必担心我们。爸爸会一直陪着你。对那些已经被逮捕的坏蛋,我们一定会努力替你讨回公道。你一定很不甘心,不过再忍耐一下就行了。你要在天上好好地看着我们全家哦。'"

此外他还提到:

"为什么我的女儿非死不可?我多么地希望女儿可以活得更久。她实在是太可怜了……"

入夜以后，我从饭店房间打电话给诗织的父亲。把现场的状况告诉他后，我询问他身为家属对这样的结果有什么看法。猪野先生以平静的声音道出他的心境，最后说：

"我想说，清水先生，真的辛苦你了……"

我觉得这话我当之有愧，一时说不出话来，就这样挂了电话。

窗外雪花纷飞。树叶落尽的树木也在雪花冻结的风中摇摆。树下有小动物的点点足迹。我想起了"之助"。

为什么大家都死了……

我一手拿着罐装啤酒，坐倒在廉价的沙发上。

我身为周刊记者、摄影师，采访社会案件的经验多到不能再多，但这却是我第一次得到命案家属的慰劳。大多数时候都是相反的。不论我们如何自认为报道出事实，站在相关人士的立场，媒体不管怎么样都只能是惹人厌的存在。

不要来烦我们！你们出现的时候，就是我们沦落到不幸深渊的时候。现在我们只想要安静独处。

每个人都这么想吧。本人就是罪魁祸首的情况姑且不论，但是当家人或心爱的人遭遇不幸的时候，被毫无关系的我们这些人团团包围、打扰葬礼、询问感想，如果不接受采访，就被记者用一副无所不知的态度任意编造报道。遇到这种状况，没有人能够冷静。

这一行干得愈久，我愈是这么感觉。不论是再怎么有内容的报纸、富有问题意识的电视新闻，采访时的状况，应该都差不到哪里去。

社会案件的采访很困难，一不小心就会坠入黑暗。我们总是在一连串的陷阱当中，摸索着进行采访。如果弄错一步，就会把读者导向错误的方向。这起案件也是如此。在漫无止境的采访期间，我真的可以说是走在"正确"的路上吗？而这又能持续到何时？尽头有着什么样的终点？我到底想要知道什么，想要传达什么？

外头又飘起小雪来，但房间里暖气很强。我不知不觉睡着了。

次日我们离开了北海道。

和人死后，报纸和电视一窝蜂地报道他的新闻。诗织家附近被张贴传单不久前，和人仿佛要制造不在场证明似的远渡冲绳一事，也被报道出来。

某个新闻节目成功采访到命案第二天，在冲绳与和人在一起的男子。男子说，和人应该知道诗织遇害的消息，态度却与平时完全无异。曾经交往过的前女友被人杀了，不管是不是跟踪狂，一般都会无法保持冷静才对。然而尽管拥有"无懈可击"的不在场证明，和人却也没有证明自己的清白，在十一月中旬逃离了冲绳。离开冲绳时，他先回了东京一趟，在涩谷向哥哥武史拿了一笔钱作为逃亡资金，接着前往札幌。

小松武史落网后，交给了律师一份声明。这完全是武史的说辞，他声称是久保田、川上、伊藤以及和人四个人，在他不知情的状况下共谋杀人。武史曾经试图说服他们自首。

这是久保田被逮捕的十二月十九日的事。

"（省略）所以我叫我弟跟我一起去警署自首，结果他说：'我这边已经有一套说法了，不必担心，我才不会去什么警署，我最痛恨条子了。'然后挂了我的电话。"（引用自原文）

次日武史得知久保田遭到警方逮捕的消息，急忙跑去他以为和人所在的冲绳。武史在机场再次打电话给和人。

"下午三点左右，我在冲绳机场打电话给我弟说久保田被抓了，结果我弟说就算久保田被抓也无所谓，他们绝对不会供出他的名字，然后一清二楚地说：'倒是哥，你最好担心你自己。'"（引用自原文）

事实上，小松武史当天晚上回东京以后就被逮捕了。

相对地，和人却连被通缉都没有，带着巨款逃往札幌，在夜总会和温泉逍遥度日。只能说他完全没把搜查本部放在眼里，不过警方也根本没有认真办案。这个时候的埼玉县警干部是这样说的：

"就算现在和人跑出来，我们也很头大。"

别说逮捕了，警方连把他找来讯问的意思都没有。很显然，侦办只绕过和人一个人进行。

但是警方这样的态度渐渐招来了批判。和人死后，电视报道、体育报、周刊等等，愈来愈多论调认为"埼玉县警只敢用名誉毁损发布通缉，才会害死命案重要证人小松和人"。稍早前发生的神奈川县警的一连串丑闻似乎也有影响。

同一时刻，又发生了让警方成为众矢之的的案件。不，说案件发生并不正确，严格来说，是丑行曝光才对。

九年前在新潟县三条市失踪的少女，被发现遭人绑架后就囚禁在同县柏崎市内一名男子的住处里。原本成为悬案的这起棘手案子似乎就此解决了，没想到这只是新潟县警"丑闻"的开始。侦办初期的失误、发现少女时的报告造假，以及尽管发生如此重大的案件，县警本部长却跑去温泉接受招待打麻将等等，引来了一发不可收拾的猛烈挞伐。

不过，对埼玉县警的深入调查还在后头。

进入二月了。一连串名誉毁损案的嫌犯，有七名遭到简易起诉，两名缓起诉处分。十日，实行犯里面的小松武史、伊藤及川上三人因强盗及侵入民宅等其他罪嫌再次被逮捕。看来上尾署对实行犯进行了严厉的讯问。

二月十五日，朝日电视台资讯节目"WIDE! SCRAMBLE"播出了"警察好离谱？！"特辑。这是继 TBS 电视台后，第二家播放上尾署问题的电视台。我本人也接受采访，出现在节目中。在大报社和电视新闻完全不闻不问的状况中，只有八卦节目开始报道这个问题。我认为只要能找到突破口，不管要上电视还是做什么，我都很乐意。

但是一星期后的二十三日，小松和人的名誉毁损罪因嫌犯死亡而被判处缓起诉，小松和人在刑事上的责任实质上就此结束了。以某个意义来说，是不出所料。结果别说命案了，在一连串的名誉毁损案中，上尾署完全没有追究和人在法律上的责任，就这样让案子落幕了。

如果知道这样的结果，诗织会怎么想？

她为了和人的问题拼命向警方求助，搜集证据，甚至提告，还写下了遗书，结果却只是逮捕到意料之外的包括和人的哥哥在内的四名实行犯而已，如果她看到这样的结局，会做何感想？

真相会就此消失在黑暗当中吗……

就在这时，佳织打电话来了。

这天她也哭了。因为我问了她，你为什么要那么拼命地寻找和人？你们两人之间究竟发生过什么？

就像前往屈斜路湖的那天一样，电话另一头传来啜泣声。但是这天她开口之后，说出了我意想不到的事。

"小松他哭了。他说他不应该那样做的，他应该听我的话的，既然事情都演变成这样了，他也不用活了……"

"等一下。"

这个女人突然在说什么？和人不是早就没再打电话给她了吗？

"其实他一直打电话给我，但是不肯告诉我他在哪里。他断断续续，打过好几次短暂的电话给我。"

"一开始他还算是有精神。他哥哥被逮捕时，他也说可以拿钱解决，可是他的感情起伏很剧烈……"

"他在自杀不久前，跟我说他已经不行了，他要去死，对不起，所以我才想要找他。我再也没办法一个人扛着这个秘密了……"

我知道电话另一头的她痛哭失声。我陷入茫然。

原来小松一直联络她。

而这名责任心重的二十一岁女子一直把这件事深藏在心底,不断寻找小松和人。她是这个世上唯一一个听到和人内心深处真心想法的女性,所以才会拼命联络上我,抢走我的记事本,甚至想要去冲绳。这时我才第一次理解到为什么她会这么拼命,一接到我的电话就飞到札幌去。因为她也收到了"遗言"。

我也知道有传闻猜测小松和人可能是被杀的,但是听到佳织的话,我不得不认定小松和人的死果然是他自己选择的人生终点。据说和人为了自己犯下的罪而懊悔。据说他说了"对不起"。但这与其说是对诗织、对被他伤害的许多人的赔罪,更像是对自己选择的人生的懊悔。

我紧握着手机,想起和人死去的那个地点。

和人的遗体从我数米前方通过的那天,我和樱井开着租来的车,爬上冰冻的路面,前往屈斜路湖畔。在原始森林中行驶约一个小时,来到成群的天鹅呱呱啼叫的那个地点一看,眼前是一片冻成了纯白色的辽阔湖面。望向水边,一小块水面正冒出温泉的热气。

从和人最后被目击的休息处沿着湖岸往北走上三百米。这个地方实在过度阒静,走在冻结的路上,自己踩出来的"啪啦啪啦"的脚步声显得格外响亮。

一根祭祀过去的溺死者的卒塔婆①在风中摇晃。就在那根卒塔婆前方，厚玻璃碎片般的大块冰片堆积的地点，就是和人的遗体被发现之处。我和樱井一起站在那里，注视着静默得恍若无事的白色湖面。我不得不想和人在这片冰下的世界，究竟期望着什么？他到底是在不断逃离什么？后悔着什么？……但是，再也没有办法确认了。

几乎令耳朵冻裂的寒风吹袭着，在湖面激起细微的波浪。我们取出相机。即使从观景窗看出去，也没有任何可以拍摄的物体或人物。我朝着空无一物的湖面按下快门。

和人去了我伸手不及之处。

天鹅啼叫声不绝的湖畔，这片湖畔，正是我们漫长追踪的终点……

---

① 指用来布施、祭祀的细长木牌。——编者

现场上空　前方为桶川站

第九章　余波

手机响起的时候，坦白说我第一个念头是，这次又是什么？

和人自杀以后，我烦恼着要采访哪里才好。"桶川女大学生命案"已经进入司法程序了。拘留所里的人、记者俱乐部高墙另一头的人，都不在我能够触及的范围。

对我来说，案子并不是这样就结束了。我接到的棒子，其中一根违背我意愿地被夺走了，但另一根却在我手中愈来愈沉重。这根一个人已经快握不住的棒子，或许再过一阵子，就要从我的手中滑落了，然而一旦落下，就再也无人理会了吧。我日渐抑郁。

那就是沉默到底的埼玉县警。

实际上，这不是我应付得来的题材。我不知道要针对哪里，如何下手才好。除非有什么重大状况，否则调查机制无法深入警方内部；即使如此，我还是期待记者俱乐部里能有人发难。尽管零零星星有人做出掩护射击，却只有时间不断流逝，无法形成大火燎原的情势。只凭一本周刊杂志，再怎么样还是有限。棒子就快从我的手中落下了。

就在这时，我接到了一通电话。

接起来一听，对方自称APF通讯社的山路彻。他说朝日电视台"独家内幕"（The Scoop）节目的主播鸟越俊太郎想要联络我，表示想要在节目中探讨上尾署的问题。真是求之不得。鸟越先生原本是周刊杂志的总编，算起来是我现在这份工作的大前辈。

几天后，我一接到鸟越先生的联络，便立刻冲到朝日电视台附近的饭店与他见面。关于这个议题，反倒是我想要拜托他制作节目。询问之后，我才知道鸟越先生也是读到《FOCUS》第三期告发上尾署的报道后，深受触动的人之一。

"我也待过杂志界，看到报道，就能分辨内容是不是事实。我被勾起兴趣，读了《FOCUS》的前几期，觉得这个问题实在太严重了。因此我想偶尔也该怀着愤怒制作节目，便策划了这个内容。"

这么说的鸟越先生可靠极了。这会不会成为一个契机？我怀着祈祷的心情，把能够说的全说出来。我一边说，一边深切地感觉我在这起命案中的角色早已脱离了记者的身份。不知不觉间，与其说是采访者，我更成了信息提供者、命案当事人。就像那天在KTV包厢里，我从岛田及阳子手中接到了"什么"那样，这次轮到我把那个"什么"托付给别人了。我将采访过的人和资料等所有的信息提供出去，也介绍了岛田和阳子。这样一来，是不是又能有新的发展？我对鸟越先生及山路先生怀抱着可以说是过高的期待，等待播放日当天。

三月四日,"独家内幕"播放了。

标题是"警方'见死不救'——桶川女大学生命案的真相"。这天我坐在电视机前,目不转睛地盯着荧幕。节目做得很严肃,中间穿插重现影片,报道上尾署的应对态度有多恶劣。节目彻底对警方的应对及"要求撤销报案"提出质疑。

鸟越先生对上尾署提出质问书。十项质问当中,把焦点放在其中三项的回答上面。质问内容如下:一、警方要求被害人撤销报案是事实吗?二、诗织小姐因为遭人骚扰而求助时,上尾署的应对。三、受理名誉毁损的刑事告诉后,对猪野家的应对。

以埼玉县警察本部公关的名义作出回复的上尾署回答如下:

一、并无警方要求家属撤回名誉毁损告诉之事实。

二、警方请被害人找律师咨询,数日后接到被害人联络,表示经与律师讨论后,问题已获得解决。

三、本案侦办期间,负责警察曾多次拜访被害人家属,制作必要之文件,并告知后续侦办状况、确认所受到的损害等等。

我忍不住笑了出来。一的回答让人觉得"又来了",二和三根本是胡扯。诗织什么时候找过律师商量,联络警方说问题**解决**了?警察多次拜访猪野家?是猪野一家多次上警察署求助吧？就连命案发生后，通知他们找到实行犯及嫌犯落网，以及小松死亡的消息的，也都是我。警察到底做了什么？

鸟越先生在电视画面中说：

"如果在警方侦办期间，诗织小姐遭到杀害，那么就是警方的重大过失。但是警方完全没有进行侦办，坐视诗织小姐遭到杀害，这更是重大过失。无论如何，上尾署都免不了责任。"

鸟越先生在结尾中说，期望警方彻底进行内部调查。

这已经是电视第三次以专题来报道上尾署的问题了，能不能引发某些回响呢？目前还只是小火种，但只要能燃起熊熊大火的话——

四天后的傍晚，我在编辑部打开报纸。目的是寻找材料，因此是快速浏览。编辑部的电视在背后漫无目的地开着，但播放的是我没什么兴趣的国会质询。我是社会记者，国会质询不可能有我要的材料。只有声音在无意间流入耳中。忽然间，我把某个女声读出来的词句在脑中重组，整个人吓坏了。

"……对此，刑警这样回答：收了人家那么多礼物，才说要分手，做男人的怎么会不生气？你自己不是也拿到一堆好处了？这种男女问题，警察是不能插手的。"

瞬间，KTV包厢重回脑中。时间和地点陷入混乱，那个女声与诗织朋友的声音重叠在一起了。不，不对，这是

《FOCUS》的报道内容，那个声音是在读那篇报道。我急忙转向电视机画面，看见预算委员会室里，女议员手中正拿着打开的《FOCUS》。

我大吃一惊。"三流"周刊的报道，竟然被拿到国会殿堂上朗读！虽然不清楚是什么状况，但这样一来，警方也无法佯装不知情了吧。只要有议员在国会提出质询，警方必须做出某些回应才行。

对于报道内容，我当然有十足的自信。如果要争论相关事实，正合我的意。

提出质询的是民主党的竹村泰子议员。她引用了《FOCUS》相当长的一段内容，逼问警察厅的林则清刑事局长。

"（警方要求撤销报案）这是不是事实？"

"并非事实，但是有造成误会的发言。"

刑事局长竟然做出这样的答询。

这样说真的没问题吗？明明事不关己，我却担心起来。刑事局长一口咬定"不是事实"，这表示一定又有人在什么地方撒了谎。这下有意思了。我调查之后，发现国会前一天也有这样的问答。竹村议员询问报道中的刑警后来有什么处分，刑事局长回答：

"我不清楚。"

议员质疑质询内容早在事前就已经提出了，为什么没有预先调查清楚？

刑事局长回答：

"这是我们的疏失。"

令人目瞪口呆，最后他甚至被纠正了不适当的发言。

后来，竹村议员告诉我她提出质询的经过。

"起因是我回去北海道时，在家里看到'独家头条'节目。第二天我便在东京搜集资料，读了《FOCUS》。这整件事实在太离谱了，我觉得绝不能容许这种事发生。就在这时，我刚好在预算委员会有个人质询的时间，便决定提出这个问题。

"提出质问后，媒体采访蜂拥而至，也接到赞同和鼓励的电话。我没想到那起命案会成为如此引发国民关注的焦点。最大的问题是，当市民感到恐惧时，除了投靠警方以外，就没有别的方法了，不是吗？然而警方却是这样的应对，岂不是叫市民自生自灭吗？

"命案侦办也是，警方应该拥有压倒性的公权力，侦办状况却远不及一本摄影杂志的采访内容，这到底算什么？我觉得这件事就是个象征，暴露出结构性的问题。我想要提出的，就是这样的问题。"

我觉得有人明确地说出了自己想说的话，议员的发言就是如此大快人心。经过"播报员""WIDE! SCRAMBLE"两个节目，到了"独家头条"，终于燃起了大火。又有某种力量令状况出现突破了。我稍微打起了精神。火势应该会变得更大。从这天开始，国会着手推动"跟踪骚扰行为规范法"的立法。

国会质询隔天的九日，这次埼玉县议会也拿县警开刀了。在警察常任委员会上，县议员长沼威追究了警方的责任。得知这件事后，我立刻访问长沼议员。

"《FOCUS》登出过那么多次跟踪狂的姓名和照片，为什么警方就是逮不到人？我觉得太奇怪了，所以提出质询。"

对于议员的问题，县警的横内泉刑事部长显然穷于回答："我们是很关心，但掌握不到他的下落。"

很关心……什么跟什么？

对于被害人诚挚的倾诉，警方只是关心而已？所以连像样的侦办行动都没有吗？我才不相信你们认真调查过和人的下落。诗织报案后，警方所做的事，不就只有调查小松和人的户籍，和前往他在池袋的公寓一次而已吗？而且命案以后也没有认真寻找和人，甚至没有派搜查员去冲绳。

如果说很关心，但是没有实际作为，那么久保田和川上那时候一定也是如此。多达上百名的搜查员到底都在哪里？在做什么？为什么我在采访的地点完全没有遇到他们？我甚至都想代替县议员质问警方了。

报纸和电视新闻等"报道"类的媒体，似乎也渐渐无法忽略登上国会殿堂的上尾署问题了。虽然是以埼玉县版为中心，但渐渐有大报社予以报道。也有些报社记者来访问我，但是都没有明确批判警方。最后呈现的报道几乎都仅是含糊地表示"家属与县警的说法有落差"。我只能宛如当事人一般，一边祈祷，一边关注着已经发展到我无力干涉的这起案子。

不过对于这个问题，县警的一连串回应十分耐人寻味。从命案刚发生的十月下旬起，包括我在内的几家媒体记者得知曾有刑警前往诗织家要求撤销报案，便各自向警方求证。但是对于这个疑问，上尾署的干部从头到尾都坚称：

"我们调查过了，没有这样的刑警。没有记录也没有报告。"

这种态度一直到后来好一段时间都没有改变。

转过年来的一月，《FOCUS》明确报道"上尾署刑警前往被害人家中，要求撤销报案"后，虽然警方全面否认报道内容，另一方面，警方对电视台一连串的采访要求也几乎全数拒绝。虽然对"独家头条"节目的质问书做出回复，但全面否定这件事的态度没有动摇。对于不利于他们的问题，甚至跳过不答。

接着，这个问题在国会提出之后，三月九日的埼玉县议会中，刑事部长虽然表示"有许多必须反省之处"，但对于刑警要求撤销报案一事，仍明确予以否定。

问题是这些回答全部登上报纸版面了。县警看诗织的父母不接受采访，便对记者任意胡诌，而这些内容轻易就会登上新闻版面。在难以采访到被害人亲友，而警方侃侃而谈的状况下，采访便会流于马虎。组织内部的内幕实情姑且不论，当时整个日本都还抱有一种幻想——在办案方面，警方是不会撒谎的。这种幻想也影响了媒体。人们也相信警方与被害人的利害关系应该是一致的。然而仔细想想，就知道这种想法毫无根据。无论意图如何，现实中就只有县警的谎言被报道出来。

竹村议员第一次质询后的第三天，三月十日，原本一直保持沉默的诗织父亲实在看不下去，通过律师发表声明。在警方继续装傻的情况下，猪野先生以书面方式明确表示：

"确实有刑警来问我们可不可以撤销报案。小女遇害以前，上尾署一切的应对处理，都令人无法接受。"

我期待一直闷烧的对警方的批判能够因此全面引爆。然而即使如此，大报社依然只把这份声明放在地方版或只占个小版面。

我真的纳闷极了。先前报社记者说，因为无法向被害人家属求证，因此无法报道。但现在家属不是通过律师发表正式声明了吗？结果也只能得到这样的对待吗？

县警的某个干部对记者私下耳语：

"家属在实行犯落网时，带着礼盒到上尾署来道谢。他们应该很感谢警方。"

结果这个消息就这样上了报纸版面。当然，这根本不是事实，是如假包换的谎言。可只要从警察口中说出来，就能变成新闻。

干部更满不在乎地对报社记者说：

"嗳，警方或许有些言行惹来了误会。不过三月以后，警方也见了猪野小姐的父母，他们也谅解了。死者的父亲说：'是我们仓促认定了，是误会一场。我觉得好像没有那回事。'母亲也说：'我这人性子急，可能是我搞错了。'"

这也是谎话连篇。当时我逐一向猪野先生确认了这些发言，全都是警方捏造出来的。猪野先生原则上拒绝一切媒体采访，唯独对于委托律师之前就有交情的我，愿意大略谈谈。

　　不过，警方居然敢如此恬不知耻地谎话连篇。既然如此，我就用县警的这些"谎言"来做一篇报道好了……报道主题决定了。标题是："桶川女大学生命案'撤销报案骚动'中警方的连篇谎言——嫌疑终于进入国会"。

　　内容是竹村议员的评论、在埼玉县议会警察常任委员会的质询问答，以及对于焦点的"要求撤销报案"问题县警不断端出的谎言。

　　我也登出了诗织父母的谈话：

　　"开什么玩笑？警察真的说那种鬼话？那都是假的。那个刑警一清二楚地用了'撤销报案'四个字。不管警方再怎么隐瞒，这都是不动如山的事实。"很可靠的发言。

　　然后，为什么刑警会特地要求被害人撤销报案？报道中也插入了警界人士的意见。

　　"一旦受理报案，警方就有义务以书面形式报告给检察厅。此外，县警本部也会管理报案的状况。而且九月是上尾署新署长上任的时期，继续侦办的案子会被重新检查一遍。如果受理报案后快两个月都没有进展，会变成问题。但是如果被害人愿意主动撤销，就全部不算数了。我想比起解决问题，他们应该更希望案子本身消失吧。"

　　听到这话我不禁沉吟，原来如此，也有这样的看法啊。

这个时期，T先生和某位警察干部有了如下的对话。如今看来，显然不是这名干部撒了谎，就是有部下对他撒谎。从命案刚发生的时候就知道被害人说法的T先生熟悉一切内情，打破砂锅问到底。然而对于T先生的问题，警察干部也堂而皇之地坚持"撒谎"。

T 警方要求被害人撤销报案，这是事实吗？

警 不是。我仔细问过当事人了，他从头到尾都说"我没有说过那种话"。

T 您不觉得可疑吗？

警 他又不是嫌疑犯，我们也没有对他进行讯问，难道要我逼他承认他就是这么做了吗？这才是扭曲事实。我相信他没有那样说。

T 我不打算争论有没有说这种没结果的问题。不过对方认为警方要求他们撤销报案，所以应该不是毫无根据才对。

警 关于这一点，当事人说可能是有某些造成误会的言行。但是本人没说过的话，当然也不可能记得，所以实际上他到底是怎么说的，还要再确认。

T 不清楚他到底说了什么吗？

警 对。知道的只有他说"很难抓到歹徒"。他并没有直接说什么"请你们撤销报案"。

T 我想一般人只是听到很难抓到歹徒，不会产生这样的误会……

警 他可能提过告诉状之类的事情，但我没有确认。

T 这不就是"要求撤销报案"吗？

警 不是。他是怎么说告诉状的我不清楚，也不知道他到底想要表达什么。

T 我不明白猪野小姐的父母怎么会误会。

警 我想应该不光是一天的事吧。之前应该也有过什么。不只是言行，或许态度也有引起他们误会的部分。本人也说"或许我的态度或言辞伤到了他们（父母）"。可是他说"无法明白想到"是"什么时候的哪些言行让他们误会了"。

感觉警方非常拼命，警察干部不停复诵有人为了保身而努力写出来的剧本。

T先生为我说明：

"这对话特别可笑，对吧？对方为什么撒谎，想要保护什么？我心知肚明，却还是听他瞎扯淡。不，不仅如此，对方也清楚我是明知故问。"

真的很像警方作风。只要否定，否定的发言就会刊登在报纸上。他们就是借由这样来制造"事实"。报社记者根本被踩在脚底下了。

"可是，我并不像大叔那样无法原谅警方的态度。他们也是普通人，只要没有搜查本部这种东西，就可以早早下班，去站前居酒屋喝上一杯，或是回家看棒球赛转播了。"

T先生说的没错，警察也是人生父母养的，我一点都不认为普通有什么不好。可是就算是这样，明明发生案子了，却毫不作为，甚至想干脆撤掉案子，撒谎包庇这种人，是可以原谅的吗？

"若说是息事宁人主义，倒也可以理解，但是任何世界都有保守的一群人，遇到问题就只想回避。就连警察也是一样的。因为大家都是工薪阶层嘛。"

T先生比我年轻，却成熟多了。可是不能原谅的事就是不能原谅。我的脑袋都快气炸了，好想像小孩子一样大喊："可是他们撒谎啊！"

三月二十四日，县警一连串的谎言，终于逼得诗织的父亲下定决心召开记者会。

上午十一点，猪野先生在律师陪同下出现在浦和的律师会馆大厅，淡淡读起准备好的稿子。律师主办的这场记者会，记者俱乐部成员以外的记者也可以参加。我在报社记者后面聆听记者会。

让我印象深刻的是这段话：

"问题不在警方有没有要求我们撤销报案。小女向警方求助，却惨遭杀害，这让我肝肠寸断。"

我觉得真的是如此。问题的本质不在谁到底有没有说什么，我们却因为县警可笑的谎言，一直在问题入口原地踏步。为什么诗织非死不可？这个问题更重要。我觉得烦躁极了，县警到底要持续这种猴戏到什么时候？

T先生又捎来奇妙的消息。久保田在犯案中使用的凶刀，搜查本部到现在都还没有找到，而且丢弃的地点就在命案现场附近。

案发当天，久保田杀害诗织以后，穿越现场的大型购物中心自行车停车场，徒步经过后方的社区，接着坐上停在社区出口等候的川上的车子逃走。但是上车的时候，凶器已经不在了。久保田说他把凶刀藏在集合住宅的灌木丛内。

在命案当中，没有比凶器更确凿的物证。而在这起命案里，这也等于是"吐露只有凶手才知道的秘密"，然而凶刀怎么会找不到？如果让久保田重回现场模拟，感觉侦办会比较容易。是有人把凶刀拿走了吗？这起命案如此受人瞩目，如果有一把刀子就掉在命案现场后方，而且八成还沾着血迹，真的会有人把这种东西捡走吗？

我被勾起了兴趣。如果凶刀还在现场，我们能找到吗？我和T先生、樱井三人决定来寻找凶器。

不知道究竟是采访谁问到的，T先生说凶刀是美国S&W公司生产的军刀。型号也查到了。久保田是在池袋的DIY卖场买到这把刀子的，没错，这家店就是池袋的随机砍人凶手和炸弹男购买凶器和材料的地点。

我想先看看与实物一样的东西。不过案发以后，卖场似乎停止贩卖这个型号的刀子了。刀具展示架上，只有那个位置是空的。我们也上网找了一下，但每家店都缺货。我的个性是愈看不到就愈想看，便去书店买了刀具专门杂志，四处打听库存。编辑部其他同事都露出目瞪口呆的表情："这次换成刀子了？"我盯着各家专门店的广告，四处打电话。

结果在涩谷找到了。

在专门店的橱窗中发出森冷光芒的不锈钢刀，比想象中的更可怕。全长245毫米，刀身125毫米，双面刃的中央往两侧扩张。那可怕的形状让人觉得光是拿在手中，一不小心就会弄伤自己。刀柄是黑色橡胶材质，收在附有皮带夹扣的皮革刀鞘里。

"这种双面刃，除了杀人以外没有别的用途了吧？弄不好，光是持有就会触犯枪械法了。"

明明自己就在贩卖这些刀子的老板说。

久保田用这把刀刺了诗织两刀。看到实物，就可以清楚地了解到那是出于杀意所为。有没有看到这把刀，对命案整体的印象应该会截然不同。我希望法官也能看到它。

我也弄到了用来寻找凶刀的道具。我向大阪的专业人士租了两台金属探测器。我们试着把刀子藏在公司前面的灌木丛，进行实验。一侦测到刀子，机器便发出哔哔声响。

次日开始，我们混合搜索班便拿着探测器，在命案现场后方的社区周边及人行道的灌木丛到处寻找。有花粉症的我和樱井戴着口罩搜寻。树木附着着大量花粉，只是树叶稍微晃动，花粉便会毫不留情地四下飞散。我们泪涕纵横地弯着腰，四处探头查看灌木丛里面。既然都来了，也顺便捡拾一下空罐等垃圾。探测器用黑色塑料布包起来，免得惹人侧目。

不过范围太大了。社区内外的灌木丛数量多到令人茫然无措。没有嫌犯的详细供词，叫人懊恼。

第二天开始，松原大叔和另一名工作人员也加入了。搜索班这下成了五人小组。然而结果还是一样。树木底下积满了落叶，如果刀子落入其中，就难以发现了。毕竟季节从秋季转为冬季，现在都已经要进入春季了。我们在有时温暖到几乎冒汗的天气中，花了好几天持续搜索。

结果没能发现凶刀，但这场作业也并非白费。我们到处向社区管理员和居民打听，得知自从十月案发以来，就几乎没有半个警察来过这里。原来连凶器都没有仔细找过吗？多达上百名的搜查员一如往例，也没有来过这里吗？

三月二十六日，《FOCUS》的截稿日到了。因为凶刀没有下落，我们决定在报道中以实际尺寸刊登出同型的刀子。我们希望让读者看到宛如杀意之具象化的这把凶器。标题就定为"'凶器'尚未发现 '桶川命案'草率办案再添一桩——命案中使用的双刃凶刀"。但是只有这样，照片不够。我们打算航拍一张久保田的逃走路线和丢弃凶刀的地点。

这天我来到就在现场附近的"本田机场"。荒川河岸的这家机场，是小型飞机专门机场，也是我平常进行航拍的基地。搭乘的是塞斯纳（Cessna）172天鹰飞机。这是美国生产的飞机，值得信赖。引擎发出悦耳的声响。我坐进机内，用安全带固定好身体。机体在跑道上不断加速奔驰。飞机的离陆方向会依据风向而改变。今天是朝北。塞斯纳没有拉升多少高度便右转，一下就来到桶川站上空了。

我对现场应该再熟悉不过，然而从高空俯瞰，感觉相当新鲜。我请机师降到航空法规定的一千英尺（约三百米）极限，拉开窗户的摄影用塑胶窗框上的安全插销，把窗框整个打开。写报道的人是我，因此取景的时候毫不犹豫。我用变焦镜头切实拍下周边景观，摄影一眨眼就结束了。一卷三十六张的底片就足够了。

这天是星期日。本田机场也是知名的降落伞训练场地。由于刚好有跳伞队开始降落，塞斯纳先在上空待机。稍微提升高度，在空中盘旋。

脚下是高尔夫球场及高压电塔。旁边就是猪野家。那天诗织骑着自行车离开家门，穿过住宅区，经过公园旁边。路线的终点是桶川站……我的眼睛自然地循着诗织那天的路线一路望去，最后无可避免地被某一点给吸引住——久保田等人埋伏的地点。诗织的生命结束的终点。

我强迫自己把目光从那里拉开，望向东京的方向。池袋太阳城大楼显得小而朦胧。那模糊的身影，让我想起了跟踪狂集团。

他们就是盘踞在那栋大楼的阴影处。就在距离这里几十公里外的那里……

我没料到状况会急转直下。四月四日那天，我坐上了前往台北的飞机。我必须快闪去台湾一趟，因此搭上一早的班机，但因为睡眠不足，打起盹来。然而不经意地拿起报纸，头版上刊登着让我睡意全消的报道。

"'报案'笔录遭到窜改"。报道中提到，上尾署的刑警为了把诗织的报案弄成单纯的备案，任意窜改了笔录内容。

什么？

连我都没预料到如此夸张的状况。我一直以为县警是在隐瞒要求被害人撤销报案一事，所以才会撒谎，没想到他们实际上做的，比这要恶劣太多了。窜改笔录，这已经远非是否"要求撤销报案"的问题了。这等于是警方任意撤销民众的报案，形同抹消案子本身，对小松的侦办当然不可能有进展。

我拿着盖有航空公司印章的报纸，陷入茫然。

四月六日，县警调查小组发表了内部调查报告书，同时决定了对十二名警察的惩处，其中甚至包括县警本部长的名字。直接涉入窜改文件的三名警察受到惩戒免职的处分，并且以伪造公文等罪嫌，将相关文件送交检方。这三人是不愿意认真聆听诗织及她父母求助的刑事二课长K（48岁）与刑事系长F（54岁），还有到猪野家来"要求撤销报案"的假刑警，也就是巡查长H（40岁）。据供称，他们的动机是觉得报告义务及查案很麻烦，想要减少报案数量。

如此坚称"没有那种事实"的埼玉县警，却以最糟糕的形式自打嘴巴，不仅就是事实，而且还恶性重大。一直隐藏在"女大学生命案"背后——不，一直遭到掩盖的"桶川案件"的全貌，这下总算要揭露出来了。

自从我在KTV包厢听到"遗言"，开始采访，已经过了五个月的时间。

主流媒体的风向骤变。明知道被害人一方的主张，却几乎不愿报道的主流媒体，这下像陷入狂喜般大肆抨击起县警来。"桶川案件"突然登上了头条版面。而且消息来源是撒了那么多谎的县警所说的"这才是事实"的声明,只能说根本是黑色幽默。为什么主流媒体会那样轻易相信警方的说法?过去县警撒了那么多的谎,媒体却还是认为县警的声明比被害人父亲召开的记者会更具真实性吗?诗织的"遗言"没办法刊载,但是警方的书面声明发下来的瞬间,警察的行为就被报道成犯罪、突然变成了**事实**……主流媒体那种翻脸比翻书还快的态度,令我只能瞠目结舌。

不过,总之火是点燃了,并且熊熊燃烧起来。这是继神奈川县警、新潟县警之后的警方丑闻,媒体欢欣地随之起舞。眼前的情景,应该是我一直以来所期盼的才对。

然而这真的是我所希望的结果吗……

我总算把在这起事件中接下的两根棒子交给了谁吗?

县警本部长在记者会中说:

"只要警方好好针对名誉毁损进行调查,或许就有可能避免这样的结果。"

他承认了上尾署的应对失当,以结果来说,错过了预防诗织命案于未然的结果。承认了先前那样坚决否认的撤销名誉毁损刑事告诉的事实;承认了窜改笔录、制作假文件……

我应该是一直希望县警的过错能够被公之于世,一直希望有媒体出来大喊"是警方对诗织见死不救"的,但是有什么不对劲。

命案发生那天,上尾署的搜查本部拥有一份一般案件难以想象的超级"侦办资料"。那就是诗织承受着警方恶劣的讯问所完成的报案笔录。前往检察机关或警察单位提出口头告诉的时候，检察官或承办警察就会为民众制作这样的笔录，把它当成和告诉状一样的东西就行了。上面应该详细记载了一连串跟踪骚扰的被害人的诉说、事发之前的经过，甚至连"凶手"的姓名和侦办线索都有。这份资料与我从诗织的朋友那里好不容易问到的种种内容，详尽程度应该是天差地远。

三名被函送法办的警官所犯下的罪行，就是将笔录的"提出告诉"字样窜改为"备案"。但是案发之后，侦办的干部和第一线的搜查员不可能没看到这份笔录。不仅如此，干部应该会叫来制作笔录的刑警，询问更详细的经过才对。

那份笔录上，"提出告诉"的部分用两条线划掉，改写成"备案"。有那么多名搜查员看到笔录，然而长达五个月的时间里，居然没有任何一个人注意到修改的部分，这有可能吗？

命案当天，一九九九年十月二十六日傍晚六点的记者会提问时间里，有这样一段对话。如今看来，上尾署的回答非常重要。

  问 被害人生前曾经与人有过纠纷吗？
  答 不清楚是不是有纠纷，不过今年七月下旬左右，被害人曾经为了名誉毁损的事，来到本署备案。

简单明了，上尾署在这时候就明白回答说是"**备案**"了。警方早已确认猪野诗织这名二十一岁女大学生提出的是"备案"，而非"报案提告"。别说什么要求撤销报案了，这不正代表了上尾署早在这个阶段，就已经看到"提出告诉"被两条线划掉、遭到窜改的笔录了吗？后来的记者会中，警方有时候说"报案"，有时候说"备案"，翻来覆去。

十一月，我写出"假刑警"这篇愚蠢的报道，年节刚过，也推出了"警方要求撤销报案"的报道。八卦节目也持续指出各种问题。这段时间，上尾署完全否定，说"警方不可能要求被害人撤销报案"，然而命案后都过了五个月，三月进驻的特别调查小组一调查，居然又改口说什么"令人惊讶的是，我们现在才发现笔录遭到窜改"。难道他们要说与命案被害人有关的重要文件，直到这天都弄不清楚到底是"提出告诉"还是"备案"吗？

然后负起责任的，就只有遭到惩戒免职、函送法办的三名警察，实在让人无法接受。这根本是断尾求生。

在进行《FOCUS》第三期"警察批判"的采访时，记者小久保于一月七日前往上尾署。这时他提出"刑事二课长K"的名字，质问副署长。

结果紧接着的一月十日左右，尽管警察早就把名誉毁损的证据传单丢掉了，但包括K在内的三名搜查员为了伪装成好好保管的样子，铆起劲来伪造文件。自从七月二十九日的提告笔录被窜改为备案后，直到九月七日左右都毫无作为的搜查员，却在这时突然行动起来，只能说一定是因为小久保前去采访的缘故。

同一时刻，其实上尾署又让诗织的父亲**再次**制作了名誉毁损的报案笔录。他们那时候才又把诗织的母亲带去传单张贴的地点，拍下照片。被周刊指责"毫无干劲"时，诗织的笔录由于遭到窜改，早就变成了"备案"。那篇报道肯定让上尾署相当慌张。名誉毁损是亲告罪①，如果没有被害人报案，即使能够侦办，也无法逮捕嫌犯。为了粉饰成报案笔录存在，警方只好弄出一份新的报案笔录。

但是即使只有一家，也被周刊爆了出来。这真的是只有那名刑事二课长 K 等三人能够**独立**完成的事吗？更合理的推测是，在这个阶段，上尾署还有搜查本部已经有相当多人知道诗织的笔录遭到窜改。而且巡查长 H 后来在自己的审判中说"窜改笔录，是以前上司教我的，其他案子也曾如法炮制"，看来在警界是相当普遍的情形。

这到底是怎么一回事？

如果市民感到恐惧，想要求助，就只能投靠警察署。守护辖区内居民的生命财产安全，这不正是警察最重要的任务吗？这种事连小学课本都写了吧？然而上尾署拼命守护的，却是"轻松的工作""名誉"和"地位"，绝对不是市民……

据说刑事二课长 K 长年任职鉴识课，其实几乎没有办案的实务经验。电视报道中说，课长 K 在讯问中供称：

"我对自己指挥办案的能力感到不安。因为手头还有其

---

① 亲告罪，指须有被害人告诉才处理的犯罪。——编者

他案子,我想尽量不增加新的案子。"

不过真的是这样吗?现在我连这都感到怀疑。刑事二课长K真的只是因为这样,就对诗织与父母连续两天拼命的求助充耳不闻吗?因为这样就推诿报案吗?因为这样就甚至要求撤销报案吗?

还有一点,是我在这次采访中一直感觉到疑惑的。
上百名搜查员都到哪里去了?
命案发生后两个月之间,在我查出行凶的歹徒是谁以前,他们都在做什么?

第一场记者会,也就是樱井用电话向我报告的那场记者会中,警方是怎么宣布的?"古驰""普拉达""厚底长靴""迷你裙"……这样描述被害人的外表,到底有何用意?

诗织在朋友的拜托下,命案一年前曾经勉为其难地在某家店打工过两星期,这件事也是警方透露给记者的。明知道那家店只因为提供酒类,就会被记者写成"酒家"。

还有诗织刚遇害的时候,各家报社记者在夜间进行非正式采访时,搜查员一直是怎么告诉记者的?

"那是酒家女的三流案子啦。"

这不是太过分了吗?警方可以这样诱导媒体吗?到底是出于什么用意,要把一个普通女孩套进某种**模子**里?

见饵就咬的媒体也实在糟糕。这些传闻不断增殖,出现在八卦节目、周刊杂志和体育报上。"酒家女""迷恋名牌"等形容,在警方的推波助澜下,塑造出一个甚至让人觉得充满恶意的虚像。换个说法也就是为数惊人的媒体落入了警方的圈套。讽刺的是，小松和人一直想要毁掉诗织的名誉，而警方和媒体联手达成了他的心愿。久保田刚落网的时候，就连发行数量全日本第一的大报，把诗织写成"曾经做过酒店小姐"。这些报道，与那天四处张贴的黄色传单又有什么不同？况且是不是酒家女、是不是迷恋名牌、是不是酒店小姐，跟命案到底有什么关系？

小松和人遭到通缉，各家媒体总算报出他的姓名，这次又这么写："当时与特殊行业老板交往的猪野诗织……"就像前面说的，小松和人伪装职业、姓名和年龄，自称"汽车销售业务小松**诚**，23岁"，亲近诗织。诗织至死，都不知道和人从事什么工作。即使想知道也无从得知，警察也不肯调查。报纸这样的写法，真的能说是传达了"事实"吗？

看到"与特殊营业老板交往"这样的描述，一般读者还能够把被害人当成"普通"的女大学生吗？然而报道却写得仿佛诗织是明知道这一点才跟小松交往的，岂不是太欠缺顾虑了？

终于连电视上都有女性名嘴根据这些胡说八道的报道，评论说："如果是在那种店上班，女生自己也有责任。"

方向都是一样的。

"她就是因为在酒店上班、因为喜欢名牌，所以才会被杀。而且她好像收了男方一堆昂贵的礼物。对方不就是特殊行业的老板吗……"

没有人想要被卷入命案。每个人都希望被害人与自己毫无共通之处，距离自己居住的世界愈遥远就愈放心。

"啊，那个被害人果然是那种女人，跟我不一样，跟我女儿也不一样，所以才会被杀，是她自找的。"那些报道，是想要让世人这样想吗？

就算退让百步，媒体是被警方误导的好了，那么，为什么警方甚至如此无所不用其极地想要扭曲诗织的形象？为什么这起命案**非得是**"酒家女的三流案子"不可？

我要不厌其烦地重申。

县警无论如何都不愿意逮捕小松和人。

搜查本部毫无作为地在命案发生后虚耗了两个月。然而这段时间，仅由三个人组成的团队，在许多人的协助及诸多幸运的眷顾之下，查出了实行犯，并成功拍到照片。这段过程中，我们在哪里遇到过搜查员吗？

这个时候，警方正铆起劲来塑造出与诗织真正的形象截然不同的另一个诗织的样貌。出于不想工作这种难以置信的理由而遭到窜改的笔录，也被彻底隐瞒起来。武史被视为主犯，依杀人罪嫌逮捕，然而小松和人直到最后都仅止于被以名誉毁损的罪嫌通缉，而且以缓起诉收场。

这当中的扭曲究竟是怎么回事？

一切的根本，果然在于警方无论如何都非要否认诗织的"遗言"吗？

一名二十一岁的女大学生拼命倾诉"我会被杀"，然而警方见死不救，害她真的被杀了，这件事他们无论如何都不能承认,是吗?

埼玉县警有人遭到处分了,但他们真心诚意地反省了吗?

只要看看警方最后画出来的图象是什么样的就知道了:实行犯久保田供称受到小松武史指使,而武史的动机,是打算惩治害弟弟和人痛苦的坏女人,因此和人与此事完全无关。警方直到最后都坚持这样的图象,目前审判也依照这样的内容进行。只要和人从这幅图象中被除外,就绝对不会符合诗织的"遗言"。这就是警方所写的剧本。

但是他们明白这意味着什么吗?诗织指明歹徒是谁,向警方求救,警方却独独排除掉那个人。这是为了保全警方的面子吗?如果是的话,为什么他们没有发现这样的面子等于是二度杀害被害人?诗织的声音直到最后都无法传达出去吗?只要下手的"凶手"落网就够了吗?"真相"怎么样都无所谓吗?

这与记者俱乐部的结构是一样的。俱乐部认为案子怎么样都不重要,重要的是警方发表了什么内容,而警方认为只要逮捕到"凶手"就好了,这两者有什么不同?

诗织遇害时,警方的应对恶劣至极。他们打电话到猪野家,不理会不知道出了什么事而忧心如焚的母亲,问起:"你女儿今天早上穿什么衣服出门?"明明诗织身上带着驾照,警方早已确认她的身份了。总算得知女儿遇害,母亲想要赶去医院,却被警察先叫去警署,然后父亲也被叫去,没完没了地讯问。这段时间,父母对被送去医院的女儿的伤势担心得不得了，警方却哄着要他们放心，实际上却把他们绊在警署长达十小时以上，害他们连女儿最后一面都见不到。结果父母在警察署内接到女儿的死讯，震惊无比，警方却还不断拿出文件要他们填写，直到填完之前，甚至都不让他们见到遗体。这种蛮横，真的能够允许吗？办案就这么重要吗？记者俱乐部为政府机关服务，而警察为法律服务，两边都很了不起。但如果其中没有"人性"，就毫无意义。日本这整个国家到底是怎么了？

不仅如此，埼玉县警接下来也拼命地把诗织以及命案本身的形象弄得廉价，设法让媒体的兴趣从"就算报案，也被擅自改成备案"这个事实转移开来，如果事迹败露，就断尾求生。他们不认为这样的行径是在再三、再四地践踏死者吗？

县警本部长在记者会上说："只要警方好好针对名誉毁损进行调查，或许就有可能避免这样的结果。"

不对。

警方不应该说得如此事不关己。最严重地伤害诗织的名誉、生命的，不就是埼玉县警吗？

埼玉县警为何会如此想要避开小松和人？实际上就仿佛同极相斥一般，搜查员从头到尾都只避着小松和人一个人，也没有派搜查员到冲绳去。据说武史在侦讯中再三提醒，和人有可能会自杀，请警方找到他并保护起来，却被一笑置之。自己画出来的图就那么重要吗？我绝对不是认为武史没有责任，也认为下指示的或许就是武史，但是县警打算让整起案子就这样以扭曲的样貌送上法庭,他们的态度中哪有反省?

开庭陈述要旨中有段耐人寻味的内容。

是武史想要杀害诗织的"经过",主旨是这样的:

"由于诗织要求分手,和人整个人十分沮丧。因此哥哥武史企图伤害诗织与其家人的名誉,分阶段变本加厉地骚扰,但是如果诗织还是没有受到明显的伤害,就杀害她。"

只读这个部分,主犯显然是武史。不必说,是做哥哥的因为弟弟被女人甩了,所以杀了那个女的,替弟弟出气,我从来没听说过这种"杀人动机"。这一点姑且不论,就连委托强暴、中伤传单、制作假援交小卡片,甚至是张贴和印刷黑函等行为,主谋都成了武史。而且据说武史还说:

"那女人家里有养狗。喂那条狗吃硼砂丸子,把它毒死。"

这个剧情是不是在哪里看过?撒照片,拍下强暴影片,然后杀掉……这不是跟诗织告诉岛田的内容一模一样吗?那么,这个剧情是谁写的?

我必须在这里坦承一个一直保密的内容。

那是第一次见到佳织的十二月底。我在咖啡厅里,听着桌子对面长得和诗织一模一样的佳织说出这件事——是关于和人的事。

是无法写成报道的内容。

命案发生好几个月前,就在和人即将与诗织分手的时候,据说和人对佳织坦白:

"我要把诗织搞到没办法过正常生活,要逼她下海卖身,叫部下轮奸她,搞烂她的身体,把她逼疯。

"你知道吗?杀人太容易了。只要雇人,花个几万日元就办得到了。我也要雇人宰了诗织,把她爸妈也杀了。因为她爸妈也有责任。我要让她再也没办法工作,要不然就宰了她。动手的时候,我会让我信任的伙伴去做。我有一堆这样的伙伴跟部下。"

和人以病态的表情说个不停,佳织拼命劝阻他:

"你自己也有父母吧?如果你自己的父母遇到这种事,你会怎么想?"

"不,我相信的只有我哥。我哥愿意为我做任何事。跟我爸妈无关。他们怎么样都无所谓……"

这是和人的"杀人计划"。和人在诗织面前,绝对不会用"杀"这种直接的字眼,但是面对佳织,却赤裸裸地吐露感情。和人有十足的杀意,也有进行跟踪骚扰的十足动机。

我的采访,过去只能问到诗织那一方的说辞。但是这段证词不一样,是小松和人本人亲口说出来的。

可是我不能报道出来。因为如果写出来,可能害佳织也遭遇危险。只要读到报道,不管我再怎么隐藏消息来源,和人也一定能看出话是从谁口中说出来的。

这是和人被关进牢狱以前,都必须藏在我心底的内容。

而现在看到这份开庭陈述,我会感到极强烈的异样感,就是因为我听过这段证词。和人所说的"计划",与警方准备的武史的"经过",和诗织的"遗言",竟是如此地不谋而合；然而说出来的却又是完全不同的人。那么，最原始的剧本是谁写的，岂不是不言自明了吗？即使如此，还是要撇开小松和人进行审判吗？为什么要躲避小松和人到这种地步？

诗织的"遗言"。

无论如何，我就是会回到这里。经过半年来的采访，我查证到她的"遗言"中所说的一切几乎都是事实。即使起先感到疑惑，但只要查到新的事实，就会发现诗织的"遗言"是对的，一再反复。我从极小的线索开始采访，与其说是我在追查事实，不如说我是被事实牵引到这里。不，**我成功地走到这里**，全靠诗织交给岛田和阳子、岛田和阳子交给我的那些话，以及那些话以外的某种力量。

"遗言"最后还留有一个疑问。

"小松早就打点好了。警方已经不能依靠了。我已经完了。我一定会就这样被杀死。"诗织这样说。

"我在警界高层跟政治圈有一堆朋友，我小松大爷没有办不到的事。"

小松再三对诗织如此强调。

唯有这一点，在我的心中未能消化。不，这就是我到现在依旧背负着的"什么"吗？

现在正在事件幕后放下心中大石的那家伙。不管花上多久的时间，总有一天我一定要把他拖出来。如果他心里有数，我要他好好记着。

"女大学生命案初审　前东京消防厅职员否认起诉内容"。

五月二日上午，通讯社发布了这样的新闻快讯。命案的初审开始了。不出所料，小松武史否认嫌疑。

这天早上，浦和地方法院前面形成了约三百人的长龙，都是来抽签参加只有四十几席的旁听席的人。不过大半都是媒体为了采访雇来的排队打工人员。

主流媒体拥有一般旁听席以外的司法记者席，因此各家媒体可以派一名记者进场。如果这样还不够，或是想要派出司法线记者以外的社会线记者或评论家旁听，就会雇用打工人员排队抽签。然后还可以顺便拍摄大排长龙的画面，当作新闻，这自导自演也太厉害了。

我当然没有司法记者席这种方便的东西。法院也一样，对于没有加入记者俱乐部的媒体，都不当成记者看待。只能赌抽签运了。

我拿着"1号"号码牌站在队伍前头。这是利用休假的自主采访，但我并不是特别起劲地早起来排队。只是由于我呆呆地站在抽签集合地点，刚好我所在的位置成了队伍开头罢了。这号码感觉就不会中，不过似乎足以引起来采访初审的报社记者兴趣。一名不认识的记者跑来采访。

"不好意思，请问您是一般民众吗？"

不是打工排队也不是记者俱乐部的我算是"一般民众"还是"特殊人员"？我自己也一头雾水，穷于回答。

"您好早就来排队了，对这起案子有兴趣，是吗？"记者紧接着抛出下一题。不要问我啦。如果真要回答，讲上三天三夜都讲不完喔。会害你赶不上晚报截稿喔，你真的要问？再说，我连能不能进法庭都还不清楚。

我怀着这样的心思，没想到预感成真。真是无益的负面思考。这也算是"心想事成"。领到"1号"的大叔完全落选了。我的运气说穿了就只有这样吗？跟我一起排队的记者小久保也落选了。这下初审的自主采访就结束了。答案出来了。我的身份是无限接近"一般民众"。

初审的内容，我只能通过报纸和电视得知。

天气已经完全变暖的某一天，洗衣店打电话来："您的外套已经放很久了，请过来领。"然后挂了电话。我都忘了。一直没时间去领，那件夏季外套还放在店里。

今天也没时间去领。我正准备出门采访，发现埋着"之助"的草地冒出向日葵的芽来。那天和"之助"一起埋下的它最爱的向日葵籽，不知不觉间长出了一根挺立的嫩芽。明明埋了好几颗种子，却只有一颗发芽，令我觉得十分奇妙。我时隔许久来到"之助"的墓前，蹲下来合掌。生命就是像这样在不知不觉间萌芽的……我边合掌边想。请你就这样健壮成长，有一天开出大花来吧！"之助"留下的这棵向日葵对我来说是特别的，因为诗织最爱的花也是向日葵……

这天，国会通过了《跟踪骚扰行为规范法》。如果说这起毫无救赎的"桶川案件"留下了什么，那就是这部法律吧。如果有这部可以规范纠缠骚扰行为的法律，这起命案或许会是不同的结局。

但是不管法律订得多么好，运用它的毕竟还是人。不可能世上所有的跟踪狂问题就此得到解决，最重要的是，如果能够对拼命倾诉的被害人多一点同理心，其实也根本不需要法律。

巧的是，五月十八日这天，刚好是诗织的二十二岁生日。

我把车子停在桶川站前圆环的外侧。

穿过时髦的电话亭旁边，走过嵌满褐色地砖的人行道。站在慢跑路线的起点稍前方，大型购物中心的角落。

十八年来，我一直站在第一线。所以一有什么结果，还是会回到现场。三流记者最后抵达的地方，就是现场。自从第一次来到这里，赫然回首，竟已过去了意外漫长的岁月。那个时候的我糊里糊涂，只是在现场不停地走来走去。后来，我又重回这里多少次了？

一度树叶落尽的道旁榉树再次长满了茂密的绿叶。杜鹃花丛间不知不觉放上了三个绿色的塑料桶。是有人放在这里，方便人们为诗织献花的。献花的种类也随着季节有所不同。还有许多人没有忘记诗织和那起命案，来到这里缅怀。

那天诗织一如往常，把自行车停在这里，正要上锁。当时她正在想些什么？刚开始采访这起命案的时候，我认为一般人所能想象的不幸，至多就只有自行车被偷；但是不对。诗织明白危险正在逼近她。一名二十一岁的女孩，一面对抗着恐惧，仍拼命地过着每一天，努力活下去。

然而这样的诗织，却突然感到背后一阵冲撞与剧痛。那会是多么可怕的感觉？她回头一看，只看到一名肥胖的陌生男子。然后目睹一把长达125毫米的刀子再次逼近胸口。那种绝望与孤独，没有人能懂，不可能有人懂。

诗织坐倒在她所爱的这个城市，倒在这个地方。过于短暂的人生的终点，不是自家也不是医院，而是身边没有任何爱着她的人的、这条嵌着褐色地砖的人行道。在逐渐模糊的意识中、痛苦的呼吸与疼痛中，她到底在想些什么？是心爱的父母，可爱的弟弟吗……或者是那样拼命地恳求警察救她，却落得这种下场的不甘与憾恨？

无需再次赘言，诗织只是个普通的女孩。她喜欢向日葵、深爱父母和弟弟、珍惜朋友、疼爱动物，是这样一个随处可见的女孩。是直到最后一刻都担心着父母，说着"我爸和我妈好可怜"、就像在你身边的普通女孩。这样一个普通的市民，为何得这样死于非命不可？

为什么诗织那样拼命求助，警察却听不见她的声音？

为什么恐吓诗织"我要让你下地狱"，逼她直到死前都活在惊惧中的男人，完全不必服刑赎罪？

为什么联合起来骚扰一个女大学生的男人们只被判了轻罪？

为什么一个普通的女孩要被单方面地称为酒家女？

为什么家属的声音会被警方掩盖？

为什么诗织留下来的话没有人相信？

还有，为什么诗织——或许有可能是你的女儿的诗织，非死不可?

　　请再次好好思考她所留下来的话。想想这名除了留下这些话以外,再也走投无路的二十一岁女孩那孤独的"遗言"。

　　"如果我死了,就是小松杀的……"

后　记

二〇〇〇年五月十八日，《跟踪骚扰行为规范法》通过了。

虽然限定为恋爱关系，但从此便可以对持续做出"纠缠行为"的人提出告诉了。在过去，"纠缠行为"本身无法可罚。虽然有各县级的条例，但桶川案件发生时，实施的仅有鹿儿岛县而已。

一旦遭到起诉，会被处以六个月以下的徒刑或五十万日元以下的罚款。即使被害人没有报案提告，警察也可以做出"警告"或"禁止命令"，若加害人不从，可以处以五十万日元的罚款。如果行为恶劣，可处一年以下的徒刑或一百万日元以下的罚款。这部法律尽管不被看好，但总算通过，只等十一月正式施行。

不过本书也提过，并不是有了法律就没问题了。因为这起案件的本质，并非"没有法律可以管制跟踪狂"。虽然或许轮不到我这种人来评论，不过这也令我质疑，除非牺牲一条人命，否则这个国家连一部法律都无法制定吗？

九月七日，窜改诗织报案记录的三名前警察被判有罪，但处以缓刑。

"如果警方迅速进行侦办，逮捕歹徒，应该就能避免被害人遭到杀害的结果。"

法官在判决文中如此陈述，关于这一点，我没有什么好说的了。不过我必须补充一点，就是本书中仅以首字母表示这三人的名字，是因为我不想把窜改报案记录的责任，全部归咎于遭到惩戒免职的这三人身上。不能当作是只有他们三个人所犯下的犯罪，矮化问题层次。

诗织死后，刚好一年过去了。

她看不到今年的樱花，听不到今年的蝉声，她的季节就这样戛然结束了。

命案的审判还在进行当中。检察单位依然照着警方所描绘的图象提起诉讼。

撰写本书时，我为了是否该用"我"这个第一人称，烦恼了许久。考虑到诗织的家属，我觉得"我"跑出来抢事件的风头似乎不太对，而且从社会案件纪实报道的形式来看，以"我"来描述似乎不太适合。不过在思考这起案子的时候，我无法忘记有许多人给了我力量。我是怎么查到实行犯的？我怎么能刊登出批判警方的报道？为什么我会执着于这起案件？许多人以各种形式询问我，但我只能说，因为有多到近乎不可思议的贵人，在绝妙的时机给了我行动的力量。

当然，我的内心确实有着类似愤怒的情绪。我有家人，也有女儿,有许多珍惜的人。对我而言,这起案子绝非事不关己。身为有女儿的父亲,我实在无法把诗织当成无关的别人家女儿。一个普普通通过日子的人,莫名其妙地被卷入这样的犯罪,是绝对不能够允许的。我一直这么想。

然而我只是个普通的记者,我觉得就算我一个人拼命挣扎也不能怎么样。对我而言,与这次采访有关的每一个人的"感情"才是原动力,也是推动这整起案件的"力量"。因此在书写这些的时候,也只能用"我"这个第一人称,还请读者谅解。

而现在,我依然是一名普通的记者。

我作为平凡的记者,一步一脚印地做好分内工作。我没有特别的力量,只是不停四处走访,查到某些内幕,传达给大众,如此重复罢了。我只能做到这些,不过或许我变得比以前更喜欢周刊杂志一些了。

本书出版时,已故的新潮社多贺龙介先生真的对我百般照顾。如果不是他建议我"把桶川一案写成书吧",应该就不会有这本书。

然而我竟粗心地没有发现共事多次的他正在与难缠的病魔搏斗。今年七月,他突然地从我面前消失了。在道别的场合中,多贺夫人告诉我,以毒舌闻名、难得称赞别人的龙介先生,把桶川报道当成自己的事一样地骄傲开心,听到这话,我居然再也忍不住泪水。不管再怎么懊悔,没能来得及让他看到这本书面市，是我唯一的遗憾。

我要特别感谢宽容地让我任意采访的山本伊吾总编等《FOCUS》的编辑部同事、撰写本书时多次为我确认相关事实的岛田及阳子等相关人士、与我一起三人四脚进行采访的T先生和樱井修先生。还有出版部的北本壮先生，从动笔撰写到出版，都受到他诸多关照。我想借由这个篇幅，表达感谢。

最后，尽管包括我在内的媒体添了那么多麻烦，猪野诗织的父母仍对本书的出版表示理解，我由衷感谢。

最后，比什么都更重要的是，愿诗织小姐在天之灵能够安息。

清水洁

二〇〇〇年九月

诗织的手表

补遗

遗物

眼前的物品确实是"古驰"的手表。

但是有什么不一样。案发当时,仿佛成了诗织的代名词般登上各媒体版面的"古驰",不知不觉间让我有了灿烂奢华的高级名牌的印象。

然而说到它的实物……诗织的这只手表戴了很久,银色表身和表带都布满了无数细小的刮痕。

这是一只平凡无奇、随处可见的手表。

案发后已经过了两年以上。一直被扣押的诗织遗物,有一部分总算送还给她父母了。包括案发当天诗织所佩戴的、警方在记者会上公布的这只手表。

我无法理解警方有什么必要调查被害人的手表这么久。不过我总算在诗织的祭坛前与这只手表面对面了。

没有亲眼看到的东西无法报道。关于这只手表,我所知道的就只有它是"古驰"这个品牌。

"古驰的手表""普拉达的背包""厚底靴""黑色迷你裙"……

媒体依照警方公布的内容进行报道。由于这些东西都在警方手里,无法得知它们实际上是什么模样。其中也有些媒体大剌剌写着"死者迷恋名牌"。名牌——用来代表这年头爱玩的、打扮招摇的女孩的记号。这是媒体彻底受到警方操弄的第一步。

但现在我手中的这只手表平凡无奇，只是散发着暗沉的光芒，是二十多岁女孩手腕上常见、不怎么昂贵、应该珍惜地戴了许多年的手表。

那一天，这只表上的指针指向十二点五十分时，诗织的一生结束了……

我在掌上轻轻翻过这只手表。

上面残留着诗织黑色的血迹。

二〇〇一年一月，我再次来到桶川的现场。

我仍然待在《FOCUS》，回到了一步一脚印的采访日常。

这天我结束某个案子的采访，在回程中前往桶川的现场。虽然不是多大的事件，但它的内容隐藏着推动我前往这处现场的能量。

前一年十月，埼玉县北本市的某户公寓门前被放置了三个火焰瓶，其中一个爆炸了。该户的居民，被害人M是埼玉县警警视，诗织命案发生当时，他任职于上尾署，负责指挥诗织命案的侦办。一接到在M家纵火的歹徒落网的消息，我一如往常地开着我那辆四轮驱动车前往现场——心想又跟上尾署有关。其实，自从诗织的命案以来，上尾署接连爆出了许多丑闻。我在鹿儿岛采访其他案件时，看到当地的报纸，吃了一惊。报纸以《又是上尾署》为标题，报道将虐待女童致死案搁置到超过时效的丑闻。丑闻的内容固然恶劣，但就连在遥远的鹿儿岛县，只需要"上尾署"三个字，大家就知道是指什么了，这个警察署到底糟糕到什么地步？

我在采访过程中，渐渐了解了纵火案的梗概。二〇〇〇年十月七日凌晨两点左右，M的长女闻到可疑的气味，打开玄关门，发现门前大火熊熊燃烧。附近倒落着宝特瓶和玻璃瓶，长女慌忙叫醒M。M虽然被烧伤，但仍拼命用灭火器灭火，总算免去了一场大祸。但是部分门板及周围的墙壁、天花板烧焦，只差一步就可能酿成烧掉整栋公寓的大火。埼玉县鸿巢署朝恶意纵火案方向侦办，持续追查，最后以其他的恐吓罪嫌逮捕了一名四十四岁（当时）的男子。男子在纵火案刚发生后，打电话给M以外的对象进行恐吓。

接下来才是问题。这名遭到逮捕的男子，其实也是埼玉县警的警察。而且就连他打电话恐吓的对象，也是埼玉县警的警察。他们每一个都是诗织感受到生命危险时不断地前去求助的当时的上尾署署员……

不仅如此，这名被害人M，就是把诗织提出的名誉毁损的告诉状丢回给第一线搜查员的警视。这是后来才查到的事实，据说M"以非常生气的口吻"说"又还没查到歹徒，报什么案，备个案就好了"，把笔录"扔回桌上"。

在因窜改诗织笔录的嫌疑遭到起诉的巡查H"行使及伪造公文书案"的判决文中，如此记载："被告H声称，M次长成天把业绩挂在嘴上，对于最重要的现在进行式的、令诗织不安恐惧的名誉毁损案之侦办该以什么样的方式进行，却只字不提。因此被告 H 认为 M 次长脑中只有业绩，根本不打算认真处理名誉毁损案，除了愤怒之外，亦感到幻灭……"

被 M 次长把告诉状丢回来的 H 巡查该怎么做？虽然不说他是逼不得已，但 H 巡查决定前往猪野家，请他们撤销报案，结果遭到拒绝，只好着手窜改笔录。简而言之，只要 M 次长说一句"好好办案"，或许根本就不会发生这起命案了。然而 M 次长虽然因为做出不适切的指示，遭到减薪处分，此外却没有任何惩罚，相对地，H 巡查却遭到惩戒免职的处分，成了刑事被告。

真叫人受够了。

那起丑闻是上尾署，这起丑闻也是上尾署。在桶川的一连串案件中，包括被函送法办的三人在内，这处警察署总共有十二人遭到处分，现在又加上了三名纵火案的歹徒与被害人。世上有如此荒唐的警察署吗？

据说成了纵火犯的警官，怨恨 M 害他从刑警被降调成交通警察，在上尾署内大吼"我要宰了那个王八蛋"。后来这名警官在监狱里自杀，不知道他是怀着什么样的心情说出这句话的，但再怎么说都是在警察署里面。就在女大学生拼命倾诉"救救我"的同一个署内，有警官怒吼着"我要宰了那个王八蛋"。

找上这种警察署求救的诗织，或许是运气太背了。但是当市民被卷入案件时，到底还能向谁求助？

我把这些想法写成了《FOCUS》的报道。标题是"'桶川跟踪狂案件'问题，警察干部为何自家遭人纵火？——绕来绕去，又回到上尾署"。

报道应该没有引起太大的瞩目，但我认为必须把它报道出来。因为就是有这样的警察署见死不救，才会害死一名被害人。

我又回到了现场。

结束采访，怀着对无可救药的警方难以忍受的心情站在现场。

我来到这个现场多少次了？起初我糊里糊涂，只是来采访"女大学生命案"的记者之一，然后不知不觉间就像被诗织的"遗言"驱动似的寻找凶手，最后已经变得不知道是记者还是当事人了。我无数次地注视、经过、伫足在这个现场。

这起案件究竟要持续到何时？

命案实行犯等人的审判甚至还没有结束。二〇〇〇年十二月，诗织的父母为了"警方处理上的疏失"，对埼玉县警提出国赔诉讼。这起诉讼是为了再次确认县警本部长谢罪的事实"只要警方好好针对名誉毁损进行调查，或许就有可能避免这样的结果"，以及追究县警的责任。"如果警察好好办案，我的女儿就不会死了"，做父母的会有这种心情天经地义。被告是县警的上级机关埼玉县。家属根据国家赔偿法，求偿约一亿一千万日元。

我对诉讼抱持乐观态度。县警应该会提出和解，即使继续打官司，发展对原告应该也很有利。毕竟再怎么说，县警已经谢罪，也处分了许多人。在遭到惩戒免职的三名警察的刑事审判中，法院也做出有罪判决，认为"只要警方迅速进行侦查，应该就能避免后续命案的发生"。事到如今，埼玉县警还能怎么开脱？

伫立在现场的我的视线前方，摆着案发已经过了一年以上，却依然有人献上的花束。

春去夏来。二〇〇一年对我来说，是波涛汹涌的一年。《FOCUS》一连串的桶川案件采访，获得了"编辑严选杂志报道奖"。此外，欲强化媒体管制的个人信息保护法受到热烈讨论，但是报道造成的二次伤害受到质疑的同时，桶川案件也被当成案例，作为媒体拯救被害人的例子被提及，我从原本采访的一方，经历了多次受访的场面。我不太喜欢这个陌生的身份，不过也知道有些时候我必须以记者身份大声疾呼。但是对我来说冲击最大的，仍然是任职了十八年的《FOCUS》停刊了……

这让人遗憾，也让人震惊。只是身为一名记者，我无力回天。这代表"三流"周刊杂志"耸动标题、愚蠢丑闻、强势采访"这样的印象，终究还是无法得到读者的支持吧。我不打算在这里深入探讨这个问题。我连"三流"记者的头衔都失去了，却得到许多媒体的邀约，结果成了电视台的报道记者。媒体类型差异颇大，但我还是没有参加记者俱乐部，继续执着于在第一线采访。

命案实行犯的审判虽然步伐缓慢，但仍在进行当中。杀人凶手久保田被判处十八年有期徒刑，负责监视的伊藤被判处十五年有期徒刑，而开车的川上，审判似乎也顺利进行。

只有检察官视为主犯的小松武史，在法庭上仍顽固地否认嫌疑，说"原本应该站在这里的不是我，而是我弟"。他开除律师、声称急病、中断审理等等，造成只有他的审判大幅拖延，但我认为审判的延迟，是检察官顺着警方——也就是和人——的意思推动审判应得的报应。

记者只能默默坐在旁听席的法庭报道，没有我出马的份。我只是每天持续采访——直到新年过去，状况出现意料之外的发展。

家属提出国赔诉讼后，警察的态度出现了一百八十度的转变。

这是我久违地拜访猪野家时的事。

猪野家中与案发后我第一次打扰时没什么不同。客厅有个大祭坛，点缀着向日葵的相框里放着诗织的遗照，还有许多鲜花、据说诗织生前喜欢的Kitty猫小饰品，以及到现在都还没有纳骨的骨灰。每次打扰，我都会在这里上香。

随口闲聊时，诗织的父亲猪野宪一先生说了这样的话：

"国赔的官司，警察甚至搬出诗织的隐私来……"

到底是怎么回事？

县警对家属的诉状提出答辩书等等，要求法院驳回诉讼。警方以扣押的诗织的日记和手机、遗书等遗物，对诗织展开各种攻击。

"像遗书，他们甚至说那不是遗书……"

宪一先生以平淡的语气诉说的内容，引起了我的注意。警方拿扣押的遗物，跟被害人的家属争民事诉讼？

直到这时，我才注意到一样东西。看起来仿佛时间停止的祭坛旁边，有一叠资料夹露出厚厚的书脊镇坐在那里。全都是审判资料。就在我悠哉想着"审判应该会很顺利"的时候，这些资料正不断增加。我征得宪一先生的同意，翻开那些资料夹。

事情要回溯到诗织遇害的第二天，十月二十七日。

这天埼玉县警的三名搜查人员来到猪野家，把二楼诗织的房间，连橱柜里面都彻底搜索了一番。岛田在KTV包厢提到的诗织的"遗书"，也是在这天的搜索中找到的。

找到遗书的是一名女搜查员。她匆忙跑下楼来，出示一叠信件对父母说"找到疑似遗书的东西"。上面的日期是三月三十日，是在遇害的七个月以前就写好的。这些是写给父母和弟弟，以及岛田和阳子的信，总共多达近十页。

这里引用其中一部分（文字完全引用自原文）。

爸，妈 这是女儿给你们的最后一封信

现在是平成十一年三月三十日 AM02:03。
我怎么会落到写这种信的地步？
虽然是自作自受，但只能说是我太笨了。

如果能够，我希望可以平安回到家，不用让你们看到这封信……

（略）

这是我自己种下的恶果，

我绝对不想让爸和妈知道，

一直在想有什么方法可以顺利跟他分手。

这是大概三月二十四日以后的事。

我没有可以依靠的朋友，我想了很多，明天就是那一天了。

（略）

曾经有人跟我说："从你笑的样子，可以看出你父亲一定很宠你。"

当时我得意地说："对呀！"

其实我还算能干，是因为看着妈长大的关系。

也有人对我说"你有个很棒的母亲"。我一直过得无忧无虑。

我想说什么都不用顾忌。我这辈子生为猪野诗织，真的很幸福。

然而却害得爸妈这么不幸，我真的好痛恨我自己。

对不起。

谢谢爸和妈给了我这二十年来幸福的每一天。

（略）

下次投胎，我希望还能是爸妈的小孩，弟弟也一样是○○和○○。

（略）

谢谢爸妈的照顾。

再见了。好好保重。

诗织

据说父母只是茫然地读完这份遗书，连眼泪都流不出来。这是女儿惨遭杀害第二天的事。除了引用的内容以外，诗织还明确写出逼死她的就是叫作"小松和人"的男子，她甚至写下自己的账户和密码，说要把自己的存款留给弟弟。

给岛田的遗书写着"你过得好吗？我果然还是活不成了……"给阳子的遗书则是"既然你读到这封信，表示我真的死掉了……"两人在诗织的预言成真的状况下，第一次读到这些内容。

这个时候的诗织，还不敢把她与和人之间的问题告诉父母。遗书应该是在向和人提出分手前，感到有生命危险而写下的。父母说直到搜查员找到之前，他们都不知道有这份遗书。

那天搜查员以"这是为了逮捕凶手""是为了命案侦办"，扣押了对父母来说比什么都要宝贵的这份遗书。这是女儿留给他们的、亲笔写下的最后一封信，完全就是"遗书"，会想要留在身边，是人之常情。其他还有私人日记、信件、照片等等，充满了诗织的回忆的各种物品，都被丢进纸箱，放上警用车的行李箱里。想到这都是为了逮捕凶手，父母也只好任由警方这么做。

然而这些遗物，却被遭到国赔诉讼的县警拿来用在完全不同的目的上。明确地说，是为了自我辩护，把它们拿来当成民事审判而非刑事案件的证据，而且是用来攻击被害人及家属。

像是以下的例子。

诗织的日记在未经允许的情况下，被拿到县警的警务部监察官室这个部门进行分析。警方一定付出了相当大的劳力。在诗织求救时无动于衷的警察，现在却动员组织力量，详细调查被害人什么时间、在哪些地点、做了哪些事等极隐私的各种细节。

而且警方居然荒谬地举出那个夏天，诗织和朋友一起去参加烟火大会、和朋友喝酒等与命案完全无关的行动，说"倘若真心认为生命、身体可能遭受威胁，诗织应该会暂时停止外出，或是寄住在亲戚家，采取避免危险的手段才对"。县警甚至像这样责怪起作为原告的诗织父母来。诗织尽管遭到跟踪狂集团执拗的骚扰，却拼命想要过正常生活，她这样的努力完全被忽略了。我心想，难道县警要学跟踪狂四处张贴传单那样，也在法庭上任意暴露被害人的隐私吗？

日记仅仅是其中一例。警察不断挑父母话中的语病，似乎真心想要击败他们原本应该保护的市民。县警的主张里最令我惊讶的是，他们声称诗织怀着肝肠寸断的心情写下的遗书"不是遗书"。理由是那是她遭到杀害前半年之久就写下的。觉悟到自己将死而写下的书信，不叫遗书还能叫什么？

难道说不是在死前几天，就不能写遗书吗？不，最重要的是，他们有什么权利贬低命案被害人真心诚意写下的内容？

而且警方任意运用这些扣押的遗物，家属却无法要回那些东西，甚至无从确定真假。就连遗书，也是在再三再四的央求之下，只拿回了复印件。

警察已经豁出去了。

县警本部长先前的谢罪算什么？

对那三名警察的判决算什么？

这天我借了所有能借的资料，离开猪野家。

比起记者的本能，作为一个人的本能更强烈地告诉我"这太离谱了"。

我的疑问很简单。

警察可以把刑事案件中扣押的物品，任意用在民事审判上吗？

资料里有一张文件，最上面的标题是"查扣物品目录交付书"，制作人是埼玉县警，嫌疑人栏是"不详"，罪名却是"杀人"，因此扣押的目的显然是为了刑事案件的侦办。但是县警却在国赔诉讼中使用这些遗物……

我在斜射的夕阳中，从JR桶川站搭上高崎线，背包里装着诗织生前使用的录音机及三卷录音带，是小松兄弟等三人闯进猪野家时的对话录音，以及她与和人的电话录音。没错，是诗织和父母拿去警署，却被说"没办法立案"的录音带。

前往东京的车厢里渐渐暗下来。我坐在角落座位,戴上耳机,按下播放键。起初只听得到车厢里吵闹的噪音,以及经过轨道接缝时的叩咚叩咚声,从耳机里传入耳底的,只有难以分辨的噪音。渐渐地,当我的耳朵熟悉这些声音后,噪音逐渐变成了男女的声音。

是害怕的诗织,以及仿佛从地狱里怒吼般的跟踪狂的声音。

"……为了自尊跟我的名声,我甚至可以不要我的命,我就是这种人!我就是这么爱你啊!而你呢?你是怎么对我的?你这个王八蛋、蠢女人、混账东西!!"

"……"

"我就算死了也没关系,我是说真的,就算叫我死在你家门口也行。"

"……"

"你没用的爸妈做不到的事,我来告诉你……"

"……不要扯上我爸妈……"

"我要!我就是要!!"

我受不了了。我甚至后悔不该听这些录音。对话中没有半点柔情蜜意,只有惨烈可以形容。一个二十一岁的年轻女孩,居然必须直接面对这样一个男人吗?我超越了时间与空间,站在这段对话的现场。而且从耳机传入耳底的这两个活生生的声音,现在都已经不在人世了。胸口好痛,背脊紧绷。尽管掌心冒汗,我还是继续听下去。

鞋底叩咚叩咚的电车噪音不停作响。

不知不觉间，一股似曾相识的感觉笼罩了我。

电车的节奏，渐渐地变成了那天在KTV包厢传入我体内的八拍节奏。我知道随着那节奏，令人背脊发凉的感觉渐渐变成了不同的感觉。

外头已经入夜了。车窗外的家家户户透出温暖的灯光，屋里有过着普通生活的人们。

我莫名地想要传达出去。想要告诉大家有人被卷入这种案件、有人遭受到荒谬无理的对待。我想要告诉那些理所当然地过着平静生活的人，有些与你们一样过着平静生活的人，人生却突然被卷入了横祸。

掌中诗织的遗物录音机，被我渗出的汗水沾湿了。这个录音机是诗织特地去买来，希望能作为向警方求救时的证物的，现在它却在我的手中。我又承接到了什么。那么我身为记者，该做的事只有一件。

回到公司后，我必须做的事堆积如山。首先是法律方面的解释。警察可以把刑事案件中扣押的证据拿来用在民事审判上吗？

我查了许多资料，但这几乎没有前例。看来连制定法律的人，也没有料想到警察居然会做出这种事来。由此可见桶川案件是多么特殊。我没办法，只好请教熟悉个人信息保护法的律师的意见。

答案清楚明了。

"埼玉县的个人信息保护条例中说：'（略）搜集个人信息

时，必须明定运用个人信息之目的，在达成该目的之必要范围内，以适法且公正之手段为之。'在这个例子中，是被提起民事诉讼的县政府，把作为刑事侦办的证据扣押的东西拿来使用，因此不能说是适法且公正之手段的搜集。此外，这很有可能也违反了公务员法的保密义务。"律师更进一步说，"尤其是这次的情况，实在太过分了。先不管条例，那是一般人绝对不会想要公开的隐私，是受到宪法保障的。"

接下来是寻找影像材料。摄影周刊没有照片就不能做出报道，电视台更是没有影像就无从开始。我借这个机会，到处搜集所属电视台关于"桶川案件"的各种影像素材。我从电视台的资料室借出所有关于桶川案件的带子，闭关在编辑室里。

我隶属的电视台累积了数量庞大的素材，像是命案刚发生后的现场、警犬搜索的场面、直升机的航拍影像等等。从遗留在现场的诗织的自行车影像，可以看出自行车上了锁。我是在开始写这本书的时候产生的好奇，诗织是在上锁后被杀，还是上锁之前被刺？或许是个小问题，但我就是会在意细节。还有，她用的是 Kitty 猫的钥匙圈。明知是挖苦，但我还是要写，为什么警方就不公布诗织最喜欢的是"Kitty 猫"？

此外，就连命案第二天，那名女搜查员在猪野家前面将装有诗织遗物和遗书的纸箱放入警用车里的场面都拍摄到了。

最重要的是——

我发现了一卷 Betacam 录影带。

一直沉睡在电视台资料室的这卷带子，标签上写着"一九九九年十月二十六日　上尾署记者会"。是诗织命案当天上尾署召开的记者会的场面。我在深夜的编辑室把那卷影带插进播放机里，不带感慨地按下播放键。我只是想要确定一下当天我没办法参加的记者会是怎样的情形。

荧幕中出现的是上尾署一楼的餐厅。放有麦克风的桌子另一头，两名警察干部登场后自报姓名，坐了下来。穿西装的是代理搜查一课长，另一个穿制服的，是我最终连一次面都没能见到的人——上尾署署长。两人不知为何，面对记者，露出诡异的冷笑。这是杀人事件记者会，有什么好笑的？

记者会弥漫着一股奇妙的亲昵气氛，但仍平淡地进行。应该是把记者俱乐部的记者当成了自己人，两名警察干部的脸上始终挂着笑容。"这可是命案的记者会啊！"他们的笑容令人难以忍受，我在编辑室里喃喃咒骂。画面中的记者，这天已针对命案和跟踪骚扰事件的关系多次提出问题，然而两人却只是笑，对记者故弄玄虚。

"最近没有听说（受害）。"

"不清楚。"

"不要让我们说那么多遍。"

"怎么愈问愈偏了？"

就在有记者询问诗织被刺伤的部位时，代理一课长缓缓站了起来，翘起屁股，手掌开始拍打自己的腰部。"用埼玉方言来说，应该就是'腰子'这里吧，哈哈哈……"

警察干部居然不正经地笑着说明一个人的死状……

我几乎快吐了。

脑中浮现久保田的脸。那个就在同一天，而且就在短短几小时前，被目击刺死诗织后，怪笑着离开现场的男人。

看完之后，我脑中清楚明白浮现一个念头。

这些影像连一次都没有播出过。无论如何，我都要让它出现在电视上。

我埋首于"桶川"的采访。虽然也必须采访县警，但对方可是埼玉县警。如果用我的名义申请采访，他们一定不会出面，因此我请其他记者前往，只是我的担忧其实是杞人忧天。因为我们只得到冷冰冰的回复："目前正在审理中的案子，我们无法作答。"这下很清楚了，只要遇上不方便的事，不管有没有加入记者俱乐部，都是一样的。一视同仁，了不起。

我进行采访期间，县警仍在继续反击。

比方说录音带。县警也把录下诗织与和人对话的录音带拿来当成反驳的材料。但他们提出的，却不是诗织遭到威胁的部分。县警拿出来的是其他部分，也就是两人的对话中平静的、听起来宛如男女朋友对话的部分。

对于听过全部录音带的人来说，这是难以理解的行为，甚至可以说是充满恶意。他们以为会有人故意录下情人絮语，拿去向警方申诉自己遭到跟踪狂骚扰吗？

而且这些录音带的正本到现在都还没有归还家属。我借到的只有警方拿去拷贝后归还的其中三卷。诗织因为遭到跟踪骚扰而求助时，毫不隐瞒地把录音带正本就这样交给了上尾署。其实诗织交给警方的录音带数量，县警和家属的说法之间有矛盾。虽然我不能说县警归还的只有对他们有利的录音带，但诗织的母亲会主张"警察只用了对他们有利的部分"也是当然的。毕竟家属把带子全交出去了，无从确认。

此外关于遗书，县警是这样主张的：

"这是年轻女性'幻想自己死掉的状况，沉浸在感伤之中写给家人和朋友的信'，而非在遭到杀害的危险逼近时写成，是一种日常经验的行为，并非遗书。"

县警的书面文章还这样说：

"此外，诉外人诗织所写的不是'遗书'，而是给父母和朋友的信件，从它草率放置状况看来，也显见那并非'遗书'。"

案发隔天，慌忙从二楼诗织的房间冲下来对父母说"发现疑似遗书的东西"的女搜查员的报告书也被提出来作为证据。

"发现状况：我为了侦办被害人诗织的命案，前往猪野宪一的住家，在死者诗织位于二楼的房间，整理地上散落的杂志、衣物等，寻找可能与嫌犯有关的线索，发现随便丢在地上的'粉红色封面的信笺：五封'。确认信笺的内容后，发现是写给父母及朋友的，认定为与案件侦办有关之资料。（略）"

从这里可以看出，报告中巧妙避开了"遗书"这个说法，而以"信笺""内容"等代称。而且还强调"随便丢在地上"。换句话说，警方想要塑造出"随便掉在地上的普通信件"这样的形象。然而另一方面，扣押理由却是"与案件侦办有关之资料"，即使家属要求归还也不回应。到底是普通信件还是证物？

开始搜索诗织的房间时，父亲宪一也在一旁。当时目之所及并没有遗书。那可是五份粉红色的信笺，如果真的有，一定很醒目。而且警方花了一个小时以上才发现，以"随便丢在地上"而言，不会太花时间吗？而且从写好到案发，中间超过半年以上，比较自然的做法应该是收进抽屉等地方，而不是丢在地上。诗织可是无论如何都不愿意父母知道和人的事，她怎么可能把告白自己与和人交往的遗书，随便丢在父母可能看到的地方？

县警冷酷的反击，终于到了露骨地攻击诗织的地步。

读到这些内容，我忍不住呻吟。县警利用诗织的日记，不仅践踏她的隐私，还任意截取对警方有利的部分，甚至批判诗织"性观念自由开放，索讨昂贵的礼物，厌恶束缚，任意行动"。这样的指控实在是太过分了。甚至还耍赖"（现在的年轻人）极端的情侣吵架天天上演，要求警察逐一插手调解，是不可能的事"。只能令人哑口无言。

那么，为什么诗织甚至报案提告？为什么警方又受理报案？没有人叫警方干涉所有的情侣吵架，而是有人报案了，请警方采取行动，如此罢了。大家质疑的不就是这一点吗？

许多疑问在我的脑中打转。案发当时警方向媒体塑造出错误的被害人形象，现在似乎又要对法官故伎重演。

警方的反击当中还有个颇有意思的内容。"遗书"遭到了否定，但有"礼盒"登场。警方变魔术似的使"遗书"消失，然后用同一只手变出了"礼盒"来。看来警方对礼盒情有独钟。

据上尾署说，一九九九年六月二十一日，父母与诗织三个人一起拜访上尾署，送了礼盒感谢："我们把小松送的礼物送还回去了，暂时可以放心了。"收礼的警察的说辞很有意思，这里引用一下：

"我回绝说：'这是我们分内的职务，不必客气。'但他们说：'请务必收下，这是我们的一点心意。'坚持要送，所以我说：'事情能够告一段落，太好了，那我们就不客气地收下了。'收下礼盒，诗织的父母露出舒畅的表情，深深行礼，然后离开了上尾署。"

这是想要表示上尾署应对得当，对方才会送礼，但又或许觉得措词不当，可能招来公务员收礼的抨击。文章别扭到让人忍不住想同情了。话说回来，当时猪野一家持续接到无声电话、遭到骚扰，怎么可能露出什么"舒畅的表情"？

那天诗织和父母确实一起去了上尾署。那是因为诗织的父亲担心只有母亲和女儿，警察可能不把她们当一回事，所以一同前往。那个时期他们只可能会倾诉遭到骚扰，根本无从感谢警方。

因为很有趣，这里再提一件"礼盒"的事。请回想一下第九章提到的、丑闻爆发前的"礼盒"。也就是县警干部对记者耳语"家属在实行犯落网时，带着礼盒到上尾署来道谢。他们应该很感谢警方"，这段话也提到了"礼盒"。这件事当时还上了报。但是前面提到的礼盒是命案前，这个礼盒是命案后。换句话说，如果两边都是事实，那么上尾署收到了两次礼盒吗？

直到今天，我曾多次询问诗织的父母有没有送过礼盒给警方。他们可能觉得我这个记者很烦，但每次都斩钉截铁地否认：

"我们从来、完全没有送礼给上尾署。"

每一次的回答都很明确，不曾摇摆。说到十二月，是诗织的父母对县警产生强烈的不信任感的时期。他们也知道我查到了实行犯久保田，以及县警收到我提供的线索，总算开始行动的事实。然后县警才终于逮捕了久保田，诗织的父母有什么好感谢县警的？

然而再次询问诗织的父母，我发现了一个意外的事实。这个时期，猪野家与县警搜查员之间，其实有过礼盒的收受，而且不只一两盒。

当时为了隔绝媒体，某刑警连日驻守在猪野家。那名刑警多次以祭拜诗织为名义送来礼盒。换句话说，确实有礼盒存在，但送礼的方向完全相反。日式糕点、水果篮等几乎天天送来，起初父母也解读为是好心的刑警出于个人感情送的，但这样来说，未免太频繁了。搜查员三番两次带着礼盒拜访命案被害人的家，冷静想想，这实在很奇怪。

我们一般人难以理解，但在警方这个组织里，"礼盒"似乎是具有重要意义的道具。

我在采访其他县警的办案疏失疑案时，那里的县警干部曾经给我看过一张快递单复印件。他说那是与某个案子的家属发生纠纷的从业人员给家属"送礼盒赔罪的证明"。我不懂这是什么意思，愣在原地，结果那名警察干部毫不理会，挖出小心翼翼地夹在办案资料里的快递单，指头戳着单子，一本正经地说：

"被害人家属收下了礼盒啊。"

……收下礼盒，所以呢？

"换句话说，这代表两造之间的问题一笔勾销啦。"当然，接下来他这么说："换句话说，这代表我们警方的办案没有疏失。"

原来如此，警方动不动就想让"礼盒"登场，是因为礼盒意味着"案子解决了"。

这让我学到了绝对不能送礼给警方。当然，我也从来没有送过礼。

二〇〇二年五月底，我的采访成果在电视上播出了。以警方直到现在都不愿意归还的遗物为中心，在整点新闻的特辑时段，播放了五分钟版与十分钟版。回响超乎预期。制作人邀我把内容做成三十分钟的纪录片，使我的工作更繁忙了。不过，我当然求之不得。在深夜纪录片时段播放的日期决定后，时间便像瀑布一样流逝得飞快。我是第一次挑战这么长的节目。标题也一如既往，一直思考到最后一刻，结果我简单地定为"回不来的遗物 桶川跟踪狂杀人事件 重新检验"。我想让节目直接提出疑问，刑事审判中扣押的遗物，警方可以不仅不归还家属，甚至用于在民事审判中自我辩护吗？县警干部面露冷笑的记者会影像当然不能错过。

我也向诗织的父母借来了诗织在成人式中穿上和服，盛装打扮的影片。

我决定在纪录片的开头与最后放上诗织的祭坛画面。诗织的父母都睡在祭坛所在的客厅，就在诗织的遗照注视的前方铺上被子入睡。在我大力恳求之下，拍摄了父母铺被子的场面——铺上三人份被子的景象。

节目在六月十日星期一的午夜零时四十五分播出。是我隶属的电视台长年经营的报道纪录片时段。我在自家等待播放。那是星期日的深夜时段，加上这天是世界杯足球赛的日本对俄罗斯赛，全日本正为了"世界杯第一次出赛、第一次胜利"而举国欢腾。我明白无法期望高收视率，不过隔天听到数字，也只能笑了。收视率之低，可以说是创下记录。

但是告诉我这个数字的制作人说："清水，日本还是有希望的。"他把一整叠打印出来的电子邮件放到我的桌上，踩着和来时相同的匆促脚步离去了。

节目刚播完，电视台就接到了大量的电话与电邮。后来我听说数量是这个纪录片节目开播以来最多的。抨击埼玉县警的大量意见震慑了我。收视率那么低，回响却如此之大。原来电视的力量居然如此巨大？

几天后，或许是总算醒悟到不肯真诚接受采访有多愚昧，埼玉县警焦急地联络电视台，表示想要再解释一次。看来县警也接到了大量的抗议电话。但事到如今，即使他们再冗长辩解，节目也早已在全日本播出，覆水难收了。

可能是因为接到大量抗议，后来遗物慢慢归还给诗织的家人了。"古驰"的手表也是其中之一。说是归还，也不是特地送过来，而是家属每次接到联络，就必须抽空去检察厅领回。手机、化妆品等包里的内容物、自行车……警方过去的说辞是这样的："从猪野那里扣押的证物，已经移送检方了，因此归还证物的责任不在警方。"

那是警方自己写下清单并且扣押的东西，归还的时候，却是这种态度。就连小孩子借了东西又借给别人，也会找个比这更像样的借口。

而且归还的手机资料全被删除了。包括短信、联络人资料，全部。警方说是因为手机没电的关系，但谁知道呢？理所当然，里面的资料全被警方分析过了。虽然附上了用文字处理机打出来的资料内容，但没有人能确定这些就是全部。

这等于是诗织的手机资料二度遭到删除。第一次是逼诗织折断手机的跟踪狂，第二次是警方。我已经开始搞不懂跟踪狂集团与县警之间有何差异了。遭到逮捕的跟踪狂有十二名，县警遭到处分的人数也是十二名。逼死诗织的，到底是谁?

即使接近宣判日,状况也没有太大的变化。警方就像机器一样,不停对被害人家属射箭攻击。法庭上充满警方琐碎的借口,可视为对诗织人身攻击的隐私文件也堆积如山。

这是国赔案宣判四天前的事。

当时的埼玉县警本部长大言不惭地发表了一番言论。

茂田忠良本部长于宣判前夕,在"警察署协议会代表者会议"这个公开场合所说的话,完全反映出埼玉县警的真实想法:

"(谢罪当时的报告书)警察厅说这样的报告书得不到舆论支持,必须承认过错,所以我们才写下了莫须有的内容……

"……原告也是,如果钱太少会不甘心,因为他们以为可以拿到大笔赔偿,才会提起诉讼,要是结果不如他们的意,可能还会上诉到高等法院吧……"

简而言之,就是控诉"报告书是假的""家属是为了钱才提国赔的"。可以很清楚地看出他们的态度。

理所当然,这番言论立刻引发风波,我也让它登上了电视新闻。茂田本部长遭到警告处分,后来写了一封信给诗织的父母表示"深切反省"。不过居然连续两名县警本部长都向同样的家属行礼赔罪……

我从来没听过如此荒唐的事。

那个日子终于到来了。

二〇〇三年二月二十六日，埼玉地方法院做出国赔案的判决宣告。法庭认定警方在"名誉毁损案件上的侦查怠慢"有责任，命令县警必须赔偿家属五百五十万日元，然而对于与命案之间的因果关系，则认为"警方无法预测命案之发生"。这等于是完全违背了诗织父母最大的心愿，"如果警察好好办案，女儿就不会被人杀死了"。

这个判决把命案前的骚扰与命案拆成了两件事，只能说法院完全受到了警方丑陋的遁词操弄。

这也等于是我一直担心的想法成真了。

小松和人消失了。

在警方的剧本中，命案的主谋完全是武史。和人的嫌疑只有名誉毁损，而且被判处缓起诉。因此警方可以主张命案前诗织对警方的求助与报案、与命案是两码事。只要这两件事分开来，不管是窜改笔录的事、跟踪骚扰有多严重、诗织如何拼命向警方求助，都没有关系了。因为这都只是**与名誉毁损案有关**的事，跟杀人命案毫无瓜葛。

实际上，县警在国赔审判中提出的文件也如此记载。根据的是平成九年到十二年之间，埼玉县警收到民众因为"纠缠、无声电话"等问题求助的件数报告书。结论是这样的：

"本县警察接获民众'纠缠、无声电话'骚扰问题求助的案例中，没有任何一件发展成命案。"

这个结论太令人瞠目结舌了。

诗织的命案发生在平成十一年。她死前就是遭到纠缠、无声电话骚扰，甚至还向警方报案，县警竟主张那起命案不是由于跟踪行为造成的。

也就是说，埼玉县警意图将"桶川跟踪狂命案"这起案子彻底抹消。等到媒体不再瞩目、世人不再关注的时候，原本假装深切反省的警察在不知不觉间，一脸无事地将泼出去的水又捞回了盆子里。

但是在窜改笔录的三名警察的判决中，同一个法院的刑事部认定"如果警方迅速进行侦办，逮捕歹徒，应该就能避免被害人遭到杀害的结果"。当时的县警本部长也道歉：

"只要警方好好针对名誉毁损进行调查，或许就有可能避免这样的结果……"

这不就等于是承认"因为警方没有好好调查名誉毁损案，诗织才会被杀"吗？

这场判决只能让人心想：法院，连你都如此迂腐吗？

诗织留下"遗言"，写下"遗书"，留下"遗物"。我在它们的指引下，通过小松和人找到了久保田。

所以我才明白。

警方完全没有把"遗言""遗书"和"遗物"用在侦办上。像我这样的记者竟能抢先搜查员揪出凶手，这不就是最好的证明吗？

《警察法》第二条是这么说的："警察之职务为保护个人之生命、身体及财产，预防、镇压及侦查犯罪、逮捕嫌犯、维护交通及其他公共安全与秩序。"**保护个人之生命、身体**

及财产。

警方抛开这些职务，不惜窜改笔录也不愿进行侦查，即使发生案子，也被周刊记者抢先找到凶嫌。不，我到现在都还在怀疑，当时埼玉县警真的在认真办案吗？那些仿佛隐形的大批搜查员到底算什么？而且凶嫌落网后，警方便着手窜改笔录，隐瞒丑闻，在国赔诉讼中则强辩名誉毁损案的侦查不周与命案无关，一再想要封杀诗织的"遗言"。为什么他们没有发现这形同是在封杀诗织、封杀一般民众"想要活下去""救救我"的呐喊？他们的行动，哪里看得到《警察法》第二条的精神？

我没有把诗织神圣化的意思，也不会说她就像个圣女。我想说的是，她真的就是个普通的、可能就在你我身边的善良市民。她就像是你我的女儿那样，在各种意义上都是无辜的。而跟踪狂集团杀死了她，警方无视报案，窜改告诉状。诗织到底做错了什么？

她只是倾诉而已，向警察倾诉：救救我。

诗织遭到小松和人恐吓，甚至被包括小松在内的身份不明的三人闯入家中，张贴毁谤传单。她担心状况可能继续恶化，向警方求助，却得不到警方的正视。

诗织难过地说"警方不肯行动"时，岛田曾建议她：

"你就说这样下去你会被杀掉，就算坐在警署门口抗议，也要一直强调你会被杀。"

诗织多次前往上尾署，因为上尾署说警方必须接到"报案"才能办案，所以她才会报案。负责单位从处理命案的刑事一课转为处理智慧犯的二课，也是警方的决定。如果一课告诉她"告恐吓吧"或"告杀人未遂吧"，她一定也会照办。诗织在意的不是手段，她只是在求助而已。

要求撤销报案，并且窜改笔录而遭到有罪判决的H巡查长，对检察官的讯问如此供称：

"七月十五日做笔录的时候，诗织小姐和（母亲）京子女士仿佛走投无路地说：'请快点去调查小松、快点逮捕小松，这样下去，我们不晓得会遇到什么不测。'"

同时H巡查长也说："对于诗织小姐遇害，我觉得'如果我们认真查案，或许诗织小姐就不会被杀了'，我真的觉得很对不起诗织小姐和她的家人，我自己也非常难过。"

H巡查长在后来的国赔诉讼法庭上，也在证人询问中作证："以可能性来说，我担心（案情）有升级的危险。"这表示上尾署当时完全充分理解诗织的处境有多迫切。

然而警方的态度却好像根本没有接到报案。直到命案发生都过了五个月以后的内部调查，才恍然醒悟似的道歉。难道说在这之前，根本没有人发现吗？

不可能。审判过程中揭露了以下的事实。

久保田等四名嫌犯刚落网的十二月二十三日，当时的刑事一课长对H巡查长指出：

"人家是来'报案提告'的，这里改成'备案'还是不太妙，重新改回'报案提告'吧。"

因此H把窜改过的告诉状又窜改了一次。也就是把已经用两条线划掉的"报案提告"改成"备案"的地方，再次用线划掉，改回"报案提告"。

我有机会看到那份告诉状，即使经过两次窜改，也不是全面改过来，而是"报案提告"与"备案"混杂的状态。难怪命案刚发生后的记者会上，会一下说是"报案"，一下又说是"备案"。

诗织的告诉状遭到忽视、任意涂改，变得惨不忍睹。

这就是警方践踏诗织"遗言"的证据，是他们不仅不理会被害人的求救，甚至毫无反省大加蹂躏的证据。

在国赔诉讼审判中，这样的态度也丝毫未改。警方为了自我防卫，将"遗物"任意曲解为对有利自己的内容、泄漏被害人的隐私，诗织在恐惧之中写下的"遗书"，被说成了随手丢在地上的一般信件。

"……再见。好好保重。"

若非预见自己即将遭遇危险，女儿会给父母留下这样的信吗？

除了对死者的冒渎以外，这还能是什么？最重要的是，不晓得是不是我的理解力太差，警方的这段解释，我到现在还是看不懂。

"……这是年轻女性'幻想自己死掉的状况，沉浸在感伤之中写给家人和朋友的信'……"

这种东西，一般人不就称为"遗书"吗？

诗织的父母提出上诉。国赔诉讼尚未结束。

二〇〇三年十二月二十五日，埼玉地方法院对于在命案审判中从头到尾都主张自己无罪的小松武史做出了判决。庭长认定是武史直接指示久保田动手杀人，依照检察官求刑，对武史判处无期徒刑。此外，对于杀人的经过，也认定是长期的骚扰行动升级造成的杀人命案。长达十九页的判决要旨如此总结：

"……各犯行的犯罪性质、内容，尤其是名誉毁损及杀人的犯罪动机、光天化日之下在人潮众多的站前以军刀刺杀毫无防备的被害人等犯行之样态、对于毫无过失的年轻女性被害人进行长期骚扰，甚至夺走其生命，从这一连串犯行之结果来看，被告之反社会性根深柢固，罪责重大。因此纵然充分考虑被告没有前科等情状，仍须令其付出其余生以为赎罪。"

毫无过失的年轻女性被害人。

走到这一步之前的路途，实在是太遥远了。

"诗织真的就只是个普通的女孩。"

从我在KTV包厢听到岛田和阳子这么说，已经过了四年以上的岁月。

我想起第一次进入诗织房间的时候。

由于充满太多回忆，连母亲都难以踏入的那个房间，到现在时间仍然停留在那一天。"警方搜索的时候进来过，但后来几乎什么东西都没有动过。"母亲走上前往房间的楼梯时说。打开挂着Kitty猫牌子的门，映入眼帘的是诗织从小就十分珍惜的玩具、摆满各处的Kitty猫周边商品、小学领到的奖状。书桌上、衣柜里也有Kitty猫。完全得不出半点

"迷恋名牌"的印象。这个房间刻画着受到父母全心关爱的少女，正准备要蜕变成女人的历史与证明。看到这个房间的瞬间，我的胸口感到一阵冲击。这里真的充满了普通的——没错，就好像走进自己女儿房间的生活感。实在太单纯了，一切的答案不都在这里了吗？

房间的角落有个玩具木箱，上面以稚拙的平假名写着"猪野诗织"。

我认得那笔迹。

是明信片上的字。案发后一年的时候，诗织的父母收到了一张明信片。寄件人是诗织，无人预期的诗织来信。那是十六年前，年幼的诗织与家人一同参加筑波科学万国博览会时，在那里写给未来的自己的明信片。

"你写了什么？"母亲问。诗织微笑说："收到就知道了。"就是她充满少女气息、稚拙但强而有力的笔迹。

> 我现在七岁。
> 二〇〇一年的我，变成了什么样子？
> 我变成一个很棒的女生了吗？我有男朋友了吗？
> 我好期待。

当然，等着收到明信片的人已经不在这个房间了。只留下时光冻结、寂静的空间，没有任何生命。

应该如此。

然而下一瞬间，我的眼角扫到了某些动静。我吓了一跳，反射地转头望去，但木板地上只有 CD 音响的音箱而已。

　　细微的动作。闪烁的动作。在一片寂静甚至没有声音的这个房间里，我全身紧绷地反复四下张望。然后我总算发现那是什么了。CD 音箱的显示面板上，蓝色的细长指示器仿佛具有生命般不断闪烁着。我吐出憋在肺里的气，忍不住注视着它。

　　忘了关掉的音箱。

　　那天诗织赶着去上课，就这样丢下正在播放音乐的音箱，关上房门下楼了。最后的音符在这个房间消失以后，忘了关掉电源的音箱现在仍继续运转着。在无人的房间里，没有人关掉电源，往后也将永远继续待机下去。

　　我一阵肃然，脑中浮现许多画面。

　　春寒料峭的初春深夜，对着书桌一个人写下遗书的诗织背影。

　　炎热的盛夏，害怕着电话和户外的声响，从窗帘缝间窥看马路的她的侧脸。

　　那个秋日的正午过后，慌忙出门的最后身影。

　　然后，诗织的遗书原本究竟放在房间的哪里……

　　再也无人的这个阴暗房间里，仍持续闪烁的这件"遗物"，应该看到了一切。

　　没错，它应该看到了一切。

文库版后记

许久不见的诗织父母，真的变得坚强了许多。

案发两个月后，我第一次拜访诗织家时，对他们的印象是精神磨耗、憔悴虚弱。当时命案的实行犯尚未落网，他们也无法批判警方。我记得他们喃喃细语地诉说对警方不信任的模样。

而现在他们两位分头出庭、旁听刑事与民事审判，接受众多媒体采访，并积极参与犯罪受害人及不实报道受害人的聚会、读书会及街头联署活动。

母亲京子女士在宣判当天穿上诗织的衣服，戴上那只手表出席。为了女儿的名誉而战的两人，说他们甚至怀有无法挽救女儿生命的忏悔情绪，但他们坚强的源头，也是诗织所留下来的许多事物。像是她留下来的话、遗书以及遗物。

物品不会说话。

但也能比任何话语更雄辩滔滔。

物品可以诉说真实，也能用来撒谎。

现在两位面对诗织留下的各种物品，借由明确厘清女儿被杀的理由，来确认她在世的这二十一年的意义。看到两位如此坚强，我强烈地这么感觉。采访他们的成果，就是这次的补遗《遗物》。

其实这四年间，也是我人生中波澜万丈的一段时期。

最初的变化在这本书完成后一年的炎热日子毫无预警地来临。我任职长达十八年的《FOCUS》停刊了。这里就不详述状况了，但从那天开始，我长年的杂志工作画下了休止符。我离开新潮社，曾经同甘共苦的伙伴也各奔东西。后来就像前面提到的，我成了电视台的菜鸟记者，从头出发。

同一时刻，本书获得了日本新闻工作者会议大奖，令我不胜荣幸。得奖理由是"身为周刊杂志记者，尽管受到记者俱乐部排挤，却仍比警方更早一步查出凶手，甚至将警界的丑闻公之于世，其坚定大胆的采访态度令人激赏"。对采访态度的肯定，让我觉得就像是《FOCUS》这份摄影周刊站在第一线采访的态度受到了肯定，感慨万分。

此外，命案后过了三年的秋季，这部《遗言》由日本电视台改编成电视剧。我无理的要求获得重视，电视剧的制作极力忠于原作，令我无比感谢。电视剧里也加入了真实的新闻画面，上尾署嬉闹的记者会影像也播放到全日本各地了。我认为这是最起码的救赎。

本书推出文库版时，我以审判为中心再次检验、回顾这起案子。我自以为对这起案件知之甚详，但这让我重新体认到这起事件根柢之深，也通过审判资料得知了一些新事证。不过第九章以前的正篇，我刻意完全不加修改。因为正篇是记录自命案刚发生后，我一步步摸索采访得到的当时的事实，即使事后发现了新的事实，我认为还是不应该加以补写或订正。特记于此，请读者谅解。

这次的采访给诗织的父母添了麻烦，我想借这个篇幅向两位致谢，并再次祈祷猪野诗织小姐在天之灵能够安息。

最后我想提一件私事，就是本书中也曾提到的我的女儿。

诗织的命案发生后刚好第三年的秋天，我的女儿过世了。一场突来的事故结束了她的一生。我在工作中接到消息，甚至无法见死去的她一面。

我对桶川案件感同身受，但是当时的我并不了解失去孩子究竟是怎么一回事。我从来不曾想过自己竟会在人生当中亲身体验。

女儿珍惜的各种物品、之助的照片，以及再也不会有人躺卧的小床……

"爸爸……"

如今再也不会有女儿的声音响起的那个房间，只剩下时钟的秒针滴答作响。

世上是有无可奈何的事的。

而死亡，就是再也见不到那个人。

女儿的死带给我的就只有这两项体悟，其余的全是失落。

直到那天以前,我都不知道诞生在世上的女儿,原来只有十四年的光阴,就这样任由每一天过去。请允许我这个再也无法为女儿做任何事的没出息老爸,在最后写下小女的名字。

我为小女取的名字、往后再也无法呼唤的名字,叫作清水梓。

二〇〇四年五月
清水洁

出版后记

二十多年前发生的"桶川跟踪狂杀人事件",在日本引发了强烈的社会反响,推动了日本《跟踪骚扰行为规范法》的出台。

案发时担任《FOCUS》杂志记者的清水洁,在追踪报道此案的过程中,不但从受害人亲友处获得了重要信息,先于警方找到了实行犯的线索,甚至追查到了曾扬言杀人却被警方选择性无视的重大嫌疑人。作为对此案的全记录,本书不仅揭露了"桶川跟踪狂杀人事件"发生之前的种种先兆,更抨击了警察、司法系统在处理此类事件上的敷衍和怠慢,反思了新闻媒体对社会舆论的导向作用。

如今距离"桶川"一案发生已有二十一年,然而由恋爱关系引起的毁谤、骚扰、暴力甚至杀害事件,在东亚乃至世界范围仍屡见不鲜。如何避免此类恶行的发生,公权力应在何种程度上介入民事纠纷,受害人与施暴者的关系是否重要……此类话题因恶性事件的一再发生而一再引起广泛的社会讨论。

希望本书的引进出版可以引起社会对此类事件的关注,提供他国的解决方法作为参考,更希望此类伤害事件终有一天不再发生。

后浪出版公司
二〇二〇年十二月

谨以此书的出版,纪念张晓辉老师。

图书在版编目（CIP）数据

桶川跟踪狂杀人事件 /（日）清水洁著；王华懋译. -- 成都：四川人民出版社，2021.2（2023.3 重印）
ISBN 978-7-220-11890-6

Ⅰ. ①桶… Ⅱ. ①清… ②王… Ⅲ. ①纪实文学—日本—现代 Ⅳ. ① I313.55

中国版本图书馆 CIP 数据核字 (2020) 第 094370 号

四川省版权局
著作权合同登记号
图字：21-2020-223

OKEGAWA SUTŌKĀ SATSUJIN JIKEN — YUIGON
By KIYOSHI SHIMIZU
©2000 KIYOSHI SHIMIZU
Original Japanese edition published by SHINCHOSHA Publishing Co., Ltd.
Chinese (in simplified character only) translation rights arranged with SHINCHOSHA Publishing Co., Ltd. through Bardon-Chinese Media Agency, Taipei.

本书中文译稿由城邦文化事业股份有限公司独步文化事业部授权使用，非经书面同意不得任意翻印、转载或以任何形式重制。
本书中文简体版权归属于银杏树下（北京）图书有限责任公司

TONGCHUAN GENZONGKUANG SHAREN SHIJIAN
桶川跟踪狂杀人事件

著　　者	［日］清水洁
译　　者	王华懋
选题策划	后浪出版公司
出版统筹	吴兴元
编辑统筹	梅天明
特约编辑	石儒婧
责任编辑	熊　韵　杜林旭
装帧制造	墨白空间·肖　雅
营销推广	ONEBOOK
出版发行	四川人民出版社（成都三色路 238 号）
网　　址	http://www.scpph.com
E - mail	scrmcbs@sina.com
印　　刷	北京天宇万达印刷有限公司
成品尺寸	130mm × 185mm
印　　张	10.25
字　　数	203 千
版　　次	2021 年 2 月第 1 版
印　　次	2023 年 3 月第 12 次
书　　号	978-7-220-11890-6
定　　价	45.00 元

后浪出版咨询（北京）有限责任公司　版权所有，侵权必究
投诉信箱：copyright@hinabook.com　　fawu@hinabook.com
未经许可，不得以任何方式复制或者抄袭本书部分或全部内容
本书若有印、装质量问题，请与本公司联系调换，电话 010-64072833